春陽文庫

探偵小説篇

女人果

小栗虫太郎

目次

女人果

二つの洩れ灯

東経一二二度、北緯二十六度五分、
福建省《ふっけんしょう》の、銅山の東五十浬《カイリ》ほどの海上を、黒々と灯火《とうか》を消した大汽船が滑《すべ》って行く。それが二日後に上海《シャンハイ》入港を控えた八月十三日の夜——。海は沙霧《さぎり》に閉《とざ》され、蒸《む》っとして風がない。

その日は、支那空軍第一回の陸戦隊襲撃があり、その直後に第三艦隊の無電で管制下に入ることになった。そんな訳で、この極東汽船の欧州通い穂高丸《ほだかまる》にも、いつもは雛段のように連なるあの灯《ひ》がみえない。

日が暮れると、窓防水布《まどぼうすいふ》が張られ、電球が取りのぞかれる。海図室も社交室《サロン》も同じように暗く、外部《そと》も内部《なか》も闇夜のような船である。

「さっき詳報が入ってホッとした訳だが、どうせ一度は本船も見舞われるものと、覚悟せんけりゃならん」

　Ｃ甲板《デツキ》の突角にある操舵室の中も、灯火はたくみに遮蔽され、誰の顔も見えない。時々只ジャイロ羅針儀《コンパス》に近づく二等運転士西塔靖吉《さいとうやすきち》の精悍な蔭影《かげ》が仄《ほの》みえるだけだ。

「本船も、客船でなけりゃ一度位はいいと思いますがね。しかし、船長には空襲の経験がお在《あ》りでしょう」

「いや、それがないんだ」

　胡麻塩の頤髯《あごひげ》だけがぼうっと微《かす》かに光る。

　和賀《わが》船長の豊富な大戦当時の経験がものを云って、いま全船の灯火管制には一分《ぶ》の隙もない。

「その代り潜航艇との闘いならわんさとあるぞ。当時は小口径の砲を六、七門積み込んでな、たまには潜望鏡《ペリスコープ》もへし折ったし、衝角《しようかく》を呉《く》れてやったこともあった。だがそれも、逃げるだけ逃げた、その揚句《あげく》だがね」

「へえ逃げ終《おお》せられるもンですかね？」

「それはね、いざという時に電光形《ジグザグ》の進路《コース》を採るんだ。絶えず羅針儀《コンパス》で四十五度の旋回をやる。すると魚雷を発射するのが非常に困難になって来るんだ」

「何故でしょう?」

「何故かって……君、潜航艇だろう、相手が。最初に船の進路を正確に計算せにゃならん。それからいよいよ発射の位置に向って潜行をはじめる。ところがだ、さてと云う土壇場になって、潜望鏡《ペリスコープ》を出して見ると船の方は電光形《ジグザグ》の進路を採っている。そこで計算を初めから遣《や》り直さにゃならん訳になる」

「成る程、僕にはホヤホヤの智識ですがね。だが下手をすると今夜辺り、使うようになるかも知れませんぜ」

「そうだ。或はこの近海を迂路《うろ》ついているかも知れん。出られたら……湖隼《フーチユン》、湖鵬《フーブオア》級の水雷艇でも事だからな」

全くその夜は、空襲と同時に、雷撃の危険もあるのだった。怯懦《きようだ》な支那海軍でも非武装船と看《み》たら恐らく近距離まで来て魚雷をぶっ放すだろう。仮にそうなったら……

(本船は何《ど》の位の時間で沈むものか?)何より船長にはその時間が問題だった。端艇《ボート》は足りる、救命具は充分、而《しか》も乗組員の訓練には過労の譏《そし》りさえあった。だが、ひょっとして油槽《オイルタンク》でもやられたら……。船客二百四十二名——

「じゃ西塔君、端艇を降ろして置いて貰《もら》おうか。欲しいよ、砲手を二人許《ばか》りと、砲を

四、五門位……」
　予感がジリジリと高まって呼吸苦《いきぐる》しくなって来る。とその時西塔二等運転士の眼が跳ね上って、暗い右舷の彼方《かなた》闇の海上を見詰めた。

「あッ、ありゃなんだ？」

　飛沫《しぶき》のなかを消えあるいは点《つ》いて、闇の海上をゆく微茫たる光があった。瞬いているのは雲間の星雲だろうか？　暫く船長には何も見えなかった。

「どこだ？」

「ホラあすこに見えるじゃありませんか」

「ふむ、本船に平行にやって来る」

「だが本船の所在が判るとは思われませんが。暫《しばら》く様子をみて、それからで……」

　船長の顔が次第に引きしまってきた。ゆらゆら羅針盤ランプが揺れているが、顔は筋一つ動かない、塑像のようだ。

「いや、いかん。こんな所で側灯《サイドランプ》をともすようなら唯の船じゃないぞ。兎《と》に角《かく》、急場の処置を誤まらんようにせんと」

　こうした場合、とっさの切れ味と糞《くそ》度胸という点では、船長、西塔ともに打って付けのものがある。やがて二人の手で応急の策がとられようとする。とその時船長がかるい叫び声をたてた。

「君、なんだか灯りを振っているようだぜ」

気がつくと、モールスの手灯信号《ハンド・シグナル》らしい。

「ああW……」と順繰りに明滅をひろってゆくと、それが「貴船の幸ある航海を祈る」――と読まれる。そして終りに「風級《かぜきゆう》」の一つの、ある駆逐艦の名があらわれた。

（ああよかった。日本駆逐艦だったか）

と、双方の口から、ホッとしたような呼吸《いき》が洩れる。西塔はモールス灯《ランプ》を取り出して半身を乗り出し、右舷の海上を目がけて、受信、感謝――と振りはじめた。しかし駆逐艦の信号は、続いて、反覆、応答を求む――と現われて来た。

「なんだ、本船に何事を云って来る《きて》んだ？」

そこへ給仕が一通の電報を手に、入って来た。

「船長宛で御座います」

「何だ？」読んでゆく裡《うち》に、船長の顔が唯ならぬ気配に、

「何事です船長？」西塔が寄り添う。

「本船に一人間諜《スパイ》嫌疑者が乗り込んだというんだ」それは新嘉坡《シンガポール》総領事からの暗号文で、〝貴船二等船客ニ波蘭《ポーランド》人スタシヤ・ナピエルコウスカ夫人ト称スルモノアリ。右ハ×国間諜《スパイ》嫌疑者トシテ監視ヲ要ス〟

「君はこのスタシヤという女を知っているかね？」

「サア毛唐なら大分《だいぶ》いますがね。しかし何《ど》れもこれも腋臭《わきが》で、鼻移りがするんですよ。兎に角それは、あとで事務長に、船室《キャビン》を調べて貰いましょう。それから、いまのモールスの続きですが、実は船長……」

と、西塔二等運転士の顔から巫山戯《ふざけ》きった影が消えて、

「実は、いまのモールスで有難い注意を受けました。舷窓《げんそう》に二個所灯《ひ》の洩れるところあり、よろしく注意――というのです」

とたんに、間諜《スパイ》、スタシヤ――と船長の胸は弾んだ。

「何処だ！　給仕は知らんか？　その不届き極まる船窓は何処だ！」

と給仕の顔はみるみる困惑の表情に変った。

「ハア、一つだけは存じております。それは、右舷一等の七号で……」

「何故、閉めさせんのだ！」

「それが、駄目なんで厶《ござ》います。何度も御注意申しましたけれど、お聴き入れがないので……何しろ、社長のお嬢さまですので」

「ああ、あのジャジャ馬か」

靖吉は、いつも弓子《ゆみこ》から翁《じい》や扱いされる船長を可笑《おか》しそうに見て、

「ねえ、船長、あのお転婆ならやりそうなこってすぜ」

「ふむ、困る。注意をしよう」

船長はにがり切った顔をしたが、「では、もう一つの灯が何処か判らんというのだな」

給仕に駄目を押すように云って、交代を呼ぶと、船長と西塔がその弓子の室《へや》にゆくことになった。

船室《キャビン》では弓子は入浴中であった。

三藤《みふじ》弓子――極東汽船の社長十八郎《じゅうはちろう》の一人娘は、いま会社の汽船穂高丸で帰国しようとしているのだ。

船長と靖吉が入った時、そこには社長の秘書大児《だいに》新一郎《しんいちろう》の姿があった。色白面長の商大出の学士、学生時代はラグビーの選手だったというが、スポーツマンらしい所は一寸《ちょっと》もない。ラグビーで覚えたか、彼は見事な押し《ダッシュ》を利かせて、先輩を尻目に異例的な昇進

を重さね、社長十八郎の身辺に迄《まで》取り入って、入社日浅くして社長付の秘書役に収《おさま》っている。小才の利いた能弁な紳士である。

「ふむ。君も一緒にいたのか?」

船長は、大児をじろりと見て、それから室内の各所を、迂散《うさん》臭そうに点検しはじめた。

「船窓の蝶番《ちょうつがい》は大丈夫かね」

「ハア、異状ありませんが」

「それから……」と頤《あご》を浴室の方にしゃくると、

「入っているんでしょう」と、西塔は薄《うっ》すらと苦笑し、椅子を引き寄せて、出るのを待つらしい。が船長は、脚を突っ張らせたまま、凝《じ》っと大児を見おろしている。

「大児君」

それは自分の統率する部下に背反者を見いだした時の憤懣《ふんまん》の口調であった。

「何時《いつ》来ていたんだね。君はこの室《へや》に何《ど》の位いたか聴きたいんだが」

「大分《だいぶ》になりますよ。三十分、いや、それ以上にもなりますか」

「ふむ」船長は咽喉《のど》がひりついたか、音高く唾を嚥《の》んだ。

「兎に角、君は船客じゃなし、困るじゃないか！　罰則も制裁もあるんだぜ」

「何でしょう？」大児は平気を装って、「唐突《だしぬけ》じゃ困りますな。判ったことなら、お詫びもするし、適当な処置も採りますが」

「いや、君があれを知らん筈《はず》はない」

と帽子を阿弥陀にして、西塔が見入るように前踞《かが》みになった。

「あれだよ。此《こ》の室へさっきぶつぶつ、給仕が云いに来ただろう」

「ふむ。来たのは、確かに来た。何でも浴室の窓から灯りが洩れるとか云っていた。ところが生憎《あいにく》と御入浴中なんだし……ネ」

「で閉められんというのだね？」

「そうだ。それが待てないような君は理屈知らずじゃないだろう」大児は敵意を含むようにいった。「考えて見給え。作法《エチケット》を知る僕らに、御婦人の浴室は叩けんだろう」

「だが……」船長が何か云おうとしたが、靖吉の方が早かった。

「だが、戦時だぜ。くだらん作法にかまけていたら……」

「兎に角、あの窓は閉めたり、防水布を張ったりは、弓子さんのような御婦人には一寸無理なんだしね。僕は伸《のぶ》やが来たらやらせようと思ってたんだ」

「ふむ……だが、君が浴室に入れんとは、そりゃ意外だったよ」

靖吉はたっぷり皮肉を浴びせて、聴こえよがしの声で、

「僕は君という男をこう見てたんだがね。社長のアンゴラ猫、あのお転婆には三助ぐらいにね」

「なに、三助！　君なにを云うんだ！」

じりじり、二人の間に険悪なものが顫《ふる》えはじめた。しかし船長にはこうして空《むな》しく時間を過ごしているのが、耐えられなくなって来た。船は今危険区域の真只中《まつただなか》にいるのだ。

「お嬢さん、すぐ浴室の窓をお閉め願えませんか」

「いいえ、閉めません！」

「分らんですねえ。お嬢さん、幼いころの貴女《あなた》はそれは従順《すなお》な、御発明なお子じゃったのに……サア昔馴《な》染《じ》みの爺やのいうことですよ」

「それで、閉めろって、あたしに云うのでしょう？」

「そうですとも。今は一寸《いつすん》先もわからない暗礁の海のようなものです。何処に支那の駆逐艦がいるか、水雷艇がいるか……」

「そうか知ら……。あたくし、支那に海軍があるなんてことは、一度も聴いてませんわよ」

「ありますとも、日本でつくった、寧海《ニンハイ》なんていう巡洋艦があります。それから平海《ピンハイ》、海圻《ハイサ》、飛鷹《ハーチユン》、効安《シヤオアン》どころの新造艦もありますからね。殊に、本船はですよ、今広東《カントン》の北海、絶対危険区域にあるのです」

「…………」

「ねえお嬢さん、船内ニュースで御存知の通り、上海が開戦になりました。支那空軍が、旗艦出雲《いずも》や、陸戦隊本部に投爆をはじめた。それがもし本船に起こったら、何等の抵抗もないのです。たとえ仄かな微光とはいえ、洩れ灯の恐ろしさが……」

船長は、事態の重大さを、社長の愛娘《まなむすめ》に今は盛んに吹き込んでいる。

「お嬢さん、あなたは篤志《とくし》看護婦になられるような気慨のある方と思いますが、それはいま、ここで御示し願いましょう」

「…………」

「閉められますかな」

「誰がですの？」

やっと弓子の素《そ》っ気《け》ない声がした。

「あなたが」

「…………」

「もしお厭《いや》ならば、お馴染みのアマを寄来《よこ》しましょう」

「…………」

「それとも、伸やを何処からか探して来ましょうかね？」

返事をしない。婦人の浴室――殊《こと》にその扉は外国航路の船員には鉄壁の感がするのだった。このままもし弓子が意故地にも籠城を続ける限り、あの洩れ灯は永遠に消えないのだ。

大児は船長と靖吉の顔を等分に見比べていたが、船長はついにメイン・スイッチを切る決意をしたものか、靖吉を振り向いたが、その瞬間、靖吉の閂《かんぬき》のような肩口が浴室の扉にぶっつかっていた。

「あっ、何すんの！」

扉が開き、隙間からは濛々《もうもう》と湯気が吹き出て来る。船長と大児がアッと驚きの声をあげた。

「何するんです！　船長、あああたくし……」湯気の彼方《かなた》に、さだかには見えぬ淡紅色のものが揺れ動いたかと思うと、きりッとタオルを捲き付けて了《しま》った。

「西塔二等運転士、あなたはもうこの船には二度とは乗れませんわよ」

弓子は声をふるわし、しかし態度には凛烈《りんれつ》なものが現われている。

靖吉は両手をかるくズボンのかくしに挟んでぐいと肩を落し、ぬけぬけと洒脱《しやだつ》な顔で微笑んでいる。

「あなたもですわ、船長……」

弓子独得なものが次第に息《い》き付《づ》きはじめ、

「驚きましたわ。婦人の浴室に高級船員《オフイサー》が乱入するなんて、何処《どこ》の国にありましょう。マアお父さまのお船ったら、なんて方々ばかりだろう。船長、あなたの御自慢のレコードも、この七十六回目で終りますよ。それからこの無法者には水上署に出て貰います」

「いいでしょう」

靖吉は噛《か》むようにいったが、顔はわらっている。

「その時、何処かの馬鹿娘にも防空法を喰《くら》わしますからね。いずれは、僕と虱《しらみ》仲間、留置場仲間でしょう」

「マア……」弓子はこの侮辱に耐えかねたように唇をうごかしたが、声は出ず、ただ戦《おのの》くばかりであった。

「お嬢さん」靖吉は、ますます外方《そっぽ》を向く弓子に、諭《さと》すように云った。

「僕は明日《あす》にもあなたの憎しみを受けて、この職を失うでしょう。だが関《かま》いません。悦《よろこ》んで、僕はこの船を去って行きます――僕はあなたにこうすることによって、尊い多数の船客の人命を救うのです。僕はあの窓をあなたの手で断じて鎖《とざ》しますよ、あなたの手で……」

靖吉は一歩前進した。弓子の足は地から生えたように動かない。そうして五秒、十秒。

「閉めろッ！」靖吉の拳がいきなり飛んで、弓子ははだける裸身も覆い得ずその場に倒れた。

それから、たくみに遮蔽《しゃへい》されたC甲板《デッキ》を、船長と西塔靖吉の二人が、真下に影を落しながら、正確な歩調で歩いて往《い》った。

「えらい事をやった。ううむ、全くえらい事だった！」

船長はなかば呆《あき》れ、なかば感謝したい気持で、

「無論、一切の責任は儂《わし》一人で負うつもりだがね」

「いかん、そりゃいけません。いわば僕の越権行為なんですから」靖吉が押しとどめるように云った。「船長がいま仰言《おつしや》ったメイン・スイッチを切ることとですね。あれがピンと頭へくるような冷静さがあったら、あんな事はしません。乱心沙汰です。婦人の浴室へ乱入したり、張り倒したり……」

「ハハハハハ、何を云うんだ。君は一時の亢奮《こうふん》に駆られるようなそんな男じゃないだろう」

「…………」

「儂は、あの場合、適当な措置として、妥当なものと認めるがね」

「…………」

「考えて見給え、あの洩れ灯をもし君がふさがなかったら五、六秒後にだね、或は四、五百人の人間が藻屑になる機会がやって来たかも判らん。それを職を賭《と》してまで君が防いで呉れたのだ」

「…………」

「だから」船長の声は次第に霑《うる》んで、感激がつよまってゆく。

「無論、君のためには全船が立つだろうし……」と、暫く俯向《うつむ》いていたが、屹《き》っと顔をあげ、「いや、儂もこの航海を最後に陸《おか》へ上ってもいいがね」

「しかし」靖吉は、亢奮を知らぬような、冷々《ひえびえ》とした態度で、

「御厚意はもちろん感謝しますがね。しかし、抛《ほう》って置いて頂けたら、より以上感謝しますがね」

やがて上部望楼へ来ても、そこへは入らず、給仕に船内大工を呼ばせた。

「一等の七号」

「ハッ」

「そこの窓全部を釘付けにする」

「ヘェッ？」大工は聴いた瞬間眼をパチつかせた。靖吉の命令の意味が突嗟《とっさ》に嚥《の》み込めぬようであった。

「釘付けって、そこは何ですかい、空室ですかね」

「いや社長の娘がいる。君も下手をすると、引っ掻かれるかも知らんぜ」

大工は今度は船長の方を窺った。

「構わんよ」と船長。「文句はすべて此方《こっち》が引き受ける。君はいわれた通り完全に密閉

すればいいんだ」

SOSの外円

そこへ汗を拭き拭き、今井《いまい》事務長《パーサー》が入って来た。

「暑いですな、どうも。かえッて遮灯をしたら余計耐《たま》らんようです」

云《い》い乍《なが》らポケットから抜き書《がき》のようなものを出して、拡げた。

「ところで、例の間諜《スパイ》云々《うんぬん》の件ですが……名は、スタシヤ・ナピエルコウスカ……ポーランド婦人か。年齢二十六歳とあるが、該当のものがないですな」

「ない!?」靖吉が興味を唆《そそ》られたように呟いた。「ないとなると、本当に居《い》ないのかな」

「サア」船長は問題が問題だけに有耶無耶《うやむや》では済まされず、困ったらしい顔付《かおつき》だ。

「兎に角、上海までには、なんにしても突きとめる」

「そうでもなけりゃ、責任問題ですからね」事務長《パーサー》も同じような表情をして、

「これが、誤断か……もしくは風説なら兎に角、間諜嫌疑と確言するには相当の根拠があってのことでしょう。弱りましたな。何しろ、相手は偽名の化物《ばけもの》ですからね」

「では」

と船長がちょっと眉をあげて、

「本船に、乗船の外国婦人は何名ほどいますか」

「左様《さよう》……」

「一等は？」

「十九名ですが。しかし、全部わしの身許《みもと》保証付です」

「二等は」

「四十名ほどです。うち、十二人は、夫婦もの、但《ただ》し、これも偽装といえば、いえぬこともありますまいが、それから、残り二十八人のうち十一人が……」

「なんです？」

「小児《こども》、ならびに、嬰児《あかご》ということになります」

「いや、どうも」

船長も、さすがに苦笑して、

「どうも、こんなところで、お座敷は困りますな。それから、三等となりゃ、人別もつき兼ねるでしょう」

「当然……」

事務長が一流の芝居がかった身振りで、

「雑魚《ざこ》です、ありゃね。それで、つまるところは根気仕事ですかな、網をひろげて、白魚の雌雄《しゆう》をさぐる……」

そこへ、靖吉が自信ありげな口を入れた。

「だが、どうです、調べたら……偽名には、かならず心理的根拠があるとかいいますよ」

「やりますか？」

眼鏡を拭きはじめてなかなかに口を開《ひら》かず、事務長《パーサー》は判《はっ》きりしない態度を示している。

「やりますかは良かったネ、ハハハ……」

船長は笑って、

「責任は儂が負うとして、ではまず上海迄の連中を調べて……と」

「何《ど》うします？　一人者だけにしますか、夫婦者も入れますか？」事務長が聴いた。

「サア」と船長は靖吉をうかがって、

「西塔君、君の意見は？」

靖吉は一寸思案気に天井を睨んでいたが、

「では皆無という場合はそっちの方もやるとして、さしずめ二、三等の上海行きを挙げて頂きましょうか」

「それでは」と、事務長が眼鏡の具合を直し乍ら、靖吉のほうを見た。

「君、君は此処で、大穴を当てる積りじゃろう。ハッハハハ、まず、ブアニタ・セルヴァンテス嬢」

事務長は船客名簿を読み始めた。

「ブラジルですか」

「いや、スペインだよ」

「それから、エレーナ・アンブロジオ」

「ああ、イタリーですね」

「左様。続いて、カリバルダ・ダ・ディアスといきますか」

「それは？」

「葡萄牙人《ポルチユゲー》さ」

事務長は、まるで競技《ゲーム》取りのように弾んだ声になってゆく。

「それからナメーレ・アドエルム」

「えッ」

「埃及《エジプト》、東京公使館員とある。まず察するところタイピスト位か」

「じゃ何《ど》うか」靖吉はやり切れなくなったか、申し訳だけに笑って、

「そういう一瞥《いちべつ》、人種の判《はっ》きりとなるものは除《の》けて頂きましょう」

「ホイ、こりゃ槍《やり》が入ったぞ」

事務長はかえって興《きょう》が乗ったように、せわしく眼を動かしはじめた。

「じゃこれは何うだね。パウリーナ・トゥベンソン、年齢二十四歳、墺太利《オースタリー》舞踊家とある」

「トゥベンソンですね」

靖吉が懶気《ものうげ》な声でいう。

「西塔君、なんか心当りでも？」

　船長が惹《ひ》かれるように訊く。

「いや、唯《た》だそのトゥベンソンというのが猶太《ユダヤ》名だからですよ」

「ふうむ」

「二等で確かマルセーユから乗りました。一度、広間《サロン》の舞台で踊るとか云って、渋皮の剝《む》けた……まず逸品のほうでしょうかな」

「次は？」事務長の饒舌に苦笑し乍ら靖吉が先を促した。

「では、次となると、大分眼移りがするて。これはいかん。これもいかんか。黒女《ネグロ》も亜剌比亜《アラブ》人も異人さんと云えるがな。そうだ、これはどうだ。但し、これにはわしが保証するが……」

「なんて云う女です」

「スタシヤ・ザマルスキー夫人」

「なにスタシヤ？」

「それに国《くに》籍がリトワニヤだから、一寸臭《ちょつと》いんだがね。しかし、お婆さんなら話にもなるまいて。あッ一人ポーランド人がいる」

「それは？」

「ディタ・ザルキンドだ。二等、こいつはまず絶品の口かな」

「えッ、ディタ？」

靖吉はなにか衝撃《ショック》をうけたように、ぶるッと声をふるわせた。

ディタ――その名は彼に涼《さわ》やかな肌の匂いを思いおこさせる。栗色の髪に、青磁色の瞳、しなやかな腕にふれた時の感触の悩ましさ。

そのころ遮灯下の舞踊場兼酒場《タンツ・バール》では、光と夢を追う虹のような旋律がふるえている。

「こう見えても、わしは昔のルシタニアを知っとるでな。ルシタニアもタイタニックも決して沈みはせんと、信じられておった。儂などはあれほどの船ならば暗礁などは打《ぶ》っ欠《か》いても通るじゃろうと信じていた」

「なるほど……」

「ところが、魚雷一発で他愛もなくお陀仏じゃ。その時つくづく海上ホテルも当《あて》にはならんと感じましたな」

「おやおや、なんだか心細いじゃありませんか。今夜の本船には最悪の辻占《つじうら》です」

「いやこれは警告と聴きなさい」

一人のドイツ紳士がバーテンダーを相手に盛んに気焔《きえん》をあげている。

「幸い統制よろしきを得て、一点の洩《も》れ灯もない。いま本船は鋼鉄城廓《シユータル・シユロス》も同然じゃ」

「ところが……」

一寸バーテンの顔に悪戯っぽい影が浮く。

「さっきそれが二個所ありましてね。一つは船長直《じ》き直《じ》きに消しましたし、もう一つは、空室で外部スィッチを閉じました」

その、空室の一つが洩れ灯二つのうちの、弓子の室に続く一つのものであった。しかし、どうして空室に明々《あかあか》と点《つ》いていたか、その疑問には誰も触れるものがなかった。

二つの洩れ灯――。

ところが、それから間もない頃であった。

展望廻廊《シユピーゲル・ギャレリー》にいた三等運転士《サード・メイト》の一人が、みえはじめた盤頼《ばんらい》灯台の灯に、異様なものを認めたのである。と同時に居合わせた事務長も何事かに気付いたらしい。

「君、ちょっと、ありゃ一体何事だろうね」

「あっ盤頼灯台ですよ。だが灯質が複連明暗《グループ・オッカルデイング》にしても、こりゃ妙だ。閃点《フラッシユ》と線《ダッシユ》……ああこりゃ変だぞ」

と、眼が異様に据わって来て、それから、舌を叩くようにして光芒《こうぼう》の明滅を計《はか》り始めた。

「こうなんです。トトト、ツーツーツー、トトト……。アッ事務長《パーサー》、ありゃ、発火信号《モールス》でSOSを打っているんです」

「なに遭難信号《エス・オー・エス》？」

しかし事務長は、一眼鏡《モノクル》を外して悠《ゆっ》たりと拭きはじめた。

「しかし意味が判らんにも、およそこの上なしじゃないか。本船が救助を求めるというならそりゃわかるが……灯台が、本船に危難を通じたにしろ、停船は出来やせんぞ。いずれ附近を貨物船でも通るだろうよ」

そうして福建省盤頼灯台が発する怪しい信号に事務長は一瞥もくれなかった。

ところが同時に、無電室へは別の遭難信号《エス・オー・エス》が入って来た。

「おい長谷川《はせがわ》君、いま何処からか遭難信号が入ったというじゃないか」

二等の食堂のヴェランダで靖吉が、非番の無電技師を摑《つか》まえた。

「うん、ただSOS、SOSとばかりでね。で何処だと訊《き》いたら前方近距離とだけなんだ。それで僕も切りはなし、業も煮えて来て、莫迦《ばか》引っ込め――といま叩き付けてやったんだ」

「判った。しかし、この辺の何処かに遭難船のあることは確かだ。何時《いつ》もなら此処は速《スピ》度《ード》を落して自動救命艇《ライフ・ボート》というところだ。しかし今夜はその手はいかんて」

と、その時、眼が硝子《ガラス》窓を越して、なにものかに止まった。

海は一面に泡立って微茫《びぼう》の面を、雲のような霧のような水煙《みずけむり》が包んでいる。ところが、巻きかえす波頭をサッと掃《は》いた光に、思わず靖吉の眼が前方に跳ねあがった。

見ると、天に冲した光の帯が倒れるように一点に落ちかかって来る。

「ふむ、支那軍艦か」

瞬間、眼先がくらくらとなったが、次第に距離を隔ててゆく。

そのうち、見物しようとする群集が、ひしめき合うようになって了《しま》った。

と、やがて、蜒《うね》りの向うが赫《か》っと明るくなったかと思うと、二度目の光芒が波浪の中の一点を照らしだしたのである。

ただ一つ、矢のように走ってゆく黒点のような小艇がある。

「なんだ、ありゃ?」

と双眼鏡を手にしている船客の一人が答えた。

「水雷艇らしいよ。支那の、どうも海隼《ハイチユン》級らしいね」

そして探照灯《サーチライト》を照らし目標を明るくしているのが、恐らく巡洋艦らしいのであった。

全く穂高丸は、危機とすれすれに完全な管制を誇りながら、黒く闇のように通り過ぎてゆくのであった。

(助かった)

すると、野次気分や好奇心のほうが無性に強くなって来て、今ヴェランダはひしめき合う騒ぎになった。

「見えんねえ、君、遭難信号《エス・オー・エス》の本尊が一向姿を現わさんじゃないか」

ところが、やがて光芒の中に一隻の貨物船らしいものが判《はっ》きりと現われたのである。

ヴェランダは、そうなると、いやが上にも活気附《づ》いて了った。もう危険はなく見世物だという意識に歓声さえあがり、一人も悲しむものはない。

「あれは、あなた日本の船でしょうかね」

船客の一人が靖吉に訊《たず》ねた。

「いや無電によると天津《てんしん》汽船の船だそうです。支那海軍奴《ちゃんころめ》、もう天津などは自分の国とは思わんのでしょう。つまり灯台の偽光で惹き寄せられたんですが、その襲っているのは、自国の汽船なんですよ。呆れました。あるいは掠奪《りゃくだつ》するのかも知れん」

その時、臼《うす》を引き摺《ず》るような砲声が轟《とどろ》いた。

とたんに、あっと叫んで反射的にであろう、思わず靖吉の手をぎゅッと握った女がいる。

見ると、弓子が白痴のような顔をして、夢を見るように襲撃を見詰めているのだ。爽《さわ》やかな、肌の匂いが人いきれにも損なわれない。

（偶然か奇縁か。おそらく、隣りが僕とは夢にも知るまいが）

さっき生涯の憎悪を感じたようなこの男の手を、弓子は、衝動ながら固く握りしめている。血が交《かよ》い合う。瞬間、憎しみの血だったものが、ほのぼのと囁きをかわしている。

と、その瞬後、それまで聴いたことのない、引《ひ》き摺《ず》るような大轟音《ごうおん》が、全船の硝子《ガラス》という硝子をビリッとふるわせた。

「あッ！」とたんに、しなやかな弓子の右手が靖吉の肩にかかり、ぴったりと胸が吸い着いた。

吹江仲子

こうして、穂高丸は全く危かったのである。

それからは船内は一層遮灯が厳重になり、酒場も食堂も早目に閉されて了った。――今宵もう一夜、そして上海へ入港。快楽を海に求めてきた連中はげんなりとしたらしい。

「これじゃお嬢さん、全く意味ないですなア」万事機会主義、迎合主義の大児新一郎――。彼は甲斐甲斐しく腕まくりして湿布のタオルを絞っている。

「意味、あるじゃないの」

「ヘッ！」

弓子は長椅子に横になって左肩を露《む》き出している。打身は――靖吉に打たれた時に、彼女は右腰と左の踝《くるぶし》を傷めていた。

「あたくし、あると思うんだけど……」

「なるほど」

「あらッ、まだ何《なん》にもいってないのに……」

大児は時々失敗をやっては、ぎゅうぎゅうな目に遭《あ》わされ、それが久しく外道《げどう》的な快楽となっていた。いま彼は、右手でタオルを抑え乍《なが》らふんわりと肌を味わい、左手は、弓子の莨《たばこ》に灰皿を捧げている。眼は、右は悩ましい腰の辺りに注がれ、左は弓子の顔に向い、下僕的な従順さを現わしている。大児とは、蓋《けだ》しかかる百面相的な存在である。

「あたくし、前には大児さんを違う人かと思ったわ。口説《くど》き上手で娘を悦《よろこ》ばせる代りに、必ず只じゃ済まない。つまりよく世間にあるスポーツマン色魔ね。あの類型……」

「…………」

「ところが」弓子はいい乍ら身体を痛そうに突っ張らせる。

「ただあんたは実にまめねえ」

「まめですか僕は？」

「そう、他にもよいところが、きっとあるんだろうと思うわ。だけど、なにしろまめ過ぎるんで、それが判らないの」

弓子一流の毒舌が、この時は全く苦痛のなかから発せられた。

「伸や、伸やを呼んで！」

腰の打身は、大児には触れさせない。そして伸子《のぶこ》は……今になっても帰って来ない。

（伸やがいない）

それを先刻《さつき》から、大児は弓子に思い出させまいとしていたのだ。

彼が、万事《ばんじ》何も彼《か》も取り仕切ってまめまめしく働らき、ほとんど、触れんばかりの身近にいる愉快を、伸やによって妨げられまいとしているのだ。大児は心の中で、チェッと舌打《したうち》をした。

（こりゃいよいよ、伸子を登場させなけりゃならなくなったぞ。それにしても、一体あの騒ぎにも出てこず、何処へ行って了ったのか）

「呼んで……ねえ、早く」

胸をそらし、弓子は身体をくねらせ、苦しそうに呻《うめ》きはじめた。

「早く、大児さん、引っ張ってきてよう」

「ですが」大児も流石《さすが》に狼狽《ろうばい》の気味になって、

「考えて見ますと……あれからもう、四、五時間も見えませんのですからねえ」

「そう、そういえば……」

弓子も痛みを忘れたように、不安気に眼を据《す》えはじめた。

「あれ、何時《いつ》だったろう。伸やは……食堂から出て、確かプールの側までは一緒にいたんだけど、そこへ……」

「お判りですか？」

しかし、弓子の顔は白茶け、ぼんやりと紅《あか》みが失《う》せてゆく。

「判らないわ」

「では、最後に伸やを見たのは何《ど》の辺《あたり》でしょうか？」

「それもね」と、思案気《しあんげ》な中で、きっと顔を振り向けた。

「大児さん」

「ハッ」

「ハッじゃないわ」

「といいますと……？」

「あんた、日頃伸やにも、大分まめらしい様子ね？」

「そうでしょうか？」

「ですから、あたくし……伸やはお腰元《ファンム・ド・シャンブル》にしては、あんまり縹緻《きりょう》が良すぎるでしょう。それに大児さんも、あたくしにする程にはまめじゃないのだし……」

「では、なにか……？」

大児は、ちょっと真剣なものを感じたらしく急に唸《うな》って訊きはじめた。

「お嬢さんが仰言《おつしや》る、その、僕がまめだということですね。その度合が何か伸やに関係でもあるのですか？」

「そりゃありますわ、当然」

と弓子はもともと耐えられぬという程の痛みでもないので、大児という、劣性を弄《いじ》りまわすことに何もかも忘れて了《しま》った。

「だけど、これ仮定よ」

「構いません」

「ではね……。つまり云うと、あんたの真目真目《まめまめ》しい働き——よく、用をして呉《く》れる。話を外《そ》らさず少しも失望させない。そりゃ会社の人としたら満点かも知れないわ。だけど下手をするとそれだけが興味になって了うの」

「なるほど」

「だからよ、大児新一郎、即《すなわ》ち真面目居士《まじめこじ》なんてなって了うと、尠《すくな》くとも、あたくしには相当興ざめな存在だわ」

「ふうむ」

「だけどもよ、それが伸やにするあの程度なら、幾らか青春大児新一郎君を観望《かんぼう》出来やしないかと思うの。それで……」

と弓子はぐいと唾をのんだ。

「つまりあんたは伸やに対する場合だけ、真面目居士ではなくなって了う。そこがあたくしに侍《はべ》る時とは違うもんだから、つい懸念がおのずと湧く訳なのよ。ねえ大児さん」

「ハア?」

「あんた伸やに暴威《ぼうい》を揮《ふる》ったことなんかない?」

「なんです、暴威って?」

「つまり、率直には、強行政策のこと」

「…………」

「もう一度云いますわ。伸やがあんたを愛しようなどとは到底思えないんだけど、あんたの方があの子に首ったけの結果……」

「…………」

大児は、まさかというような恨めし気《げ》な顔をしている。

(誰が女中風情《ふぜい》に!)

と云って、一概には云い切れぬものが頭にある。

大児は実に、奇怪な使命を背負《せお》わされているのだ。それは伸やに対して、社長から托《たく》された不思議きわまるものだった。

それでなければ、何も伸子一人で足りる附添いに男手は入らぬのだし、底を割れば、彼がこの航海に加わった目的は醜怪極《しゅうかいきわ》まりないものなのである。

——航海中、伸子を必ず手に入れなければならない。

——そして報酬として、新設会社の重要な地位が約束されている。

して見ると、その奇怪きわまる契約には、如何《いか》なる事情が潜んでいるのだろうか。

それは兎に角として、大児はその約束をいまだに果していないのである。今はじりじりと日を数えるだけで、残る航海もなん日もないのだ。

「大児さん」

やがて弓子は他のことを云い出した。

彼女には、すぐ話題に飽きて了う性格がある。

「やっと憶《おも》い出したわ」

「なにをです」

「さっき伸やが急にいなくなったわね。それが何処で、何時《いつ》ごろだったか」

「ホウ?」

「六時半の日の落際《おちぎわ》、その時プールの側《そば》にいましたわ」

最近しょんぼりとして、物思いに暮れ勝ちだった伸子……

(伸子の挙動にはたしかに暗い仄《ほの》めきがあった)

事によったら手摺《レール》から身を躍らす影が――。

こう、疑心暗鬼に溜《たま》らなくなって来ると、弓子は我儘《わがまま》の的《まと》にしているだけ、伸子がいじらしく、締めつけられるような思いだった。

「早く、大児さん、電話を掛けてよう」

「判りました。船内を捜すようにですね」

「ええ、早く」

「では云いますか、六時半ごろから――と。二人の佳人《かじん》、一人は活劇中、一人は失踪とか……」

と、その呟きが、運悪く聴こえまいと思ったのに……

「大児さん!!」

とたんに、灰が襟に……灰皿がスウッとかすめて飛ぶ。

「あんた、いまなんて云ったの?」

「ハッ!?」

「活劇って、それ、なんの意味!!」

弓子は、顔に長椅子の肱《ひじ》を当てて、苦しそうに呼吸《いき》づきはじめた。

あの汚辱。

一度ならず、二度までの屈辱、それは上海まで行けば仕返しが出来るのだが、それ迄は、胸に畳んで触れまいとしていた……その傷を、大児が迂闊《うかつ》にも触って了った。

(馬鹿、大児の馬鹿、道化師《ピエロ》。真面目居士に迄《まで》、あたくし、馬鹿にされる!!)

とたんに、じりじり足下《あしもと》から焙《あぶ》られるような気がして来た。

勝気な、敗《ま》けぬ気の、燃え盛るようなものが、俄然爆発して了った。

「頼まないわ、愚図愚図こんな所にいないで、お帰んなさいったら」

「でも」

「でもじゃない、あたくしが掛けます」

「お詫びは……。活劇と申しましたのは全くお聴き違いで、僕は決してそんな積《つも》りじゃ……」大児は、ただ怯々《おどおど》してまったく度を失い、頭を下げるかわりに電話器を上げ下げしている。

「寄越《よこ》してよ」

「でも、お嬢さん」

しかし、ついに受話器を捥《も》ぎ取って了って、呼吸《こきゅう》を安めてからやっと耳に当てがった。

「あのう」

と、交換手も最敬礼のように応ずる。

「売店で御座いますか？　もう閉めましたけれど、御用の品ならば……」

「いいえ、そうじゃないの。伸やが……見えなくなッちまったの」

「えッ、じゃ一寸《ちよつと》お待ち下さいませ」

するとと、事務長室につないだらしく、何やら話し合う中から男の声が抜けて来た。

「何？　失踪ですって？　あの綺麗な女中さんが？　なるほど、さてはお嬢さんに虐《いじ》められたという筋ですな」

「あっ！」

弓子は、とたんに真蒼《まつさお》になってがちゃりと掛けて了った。

「大児さん、何まごまごしてんの。何故あんた、電話を掛けないの？」

「掛けますか？」

「当り前だわよ」

そして耳につけた受話器の向うからは、靖吉の声が響いて来る。

「君、まだ居《い》るのか？」

「君もか」大児も負けていなかった。「今夜は当番だと見えて、盛んに遊弋《ゆうよく》中だね。ところで仲やの姿が見えないんだが……」

靖吉は緊張したらしかった。彼は直《す》ぐ命令を発し、捜査を始めさせたが、終ると、

「大児君」と、いきんだような声で、「兎に角、美人の女中氏は早速捜させるがね。多分、君にはあとで証人になって貰うかも知れないんだ」

「証人？　なんの為にだ」

「いや、あとで無論判るが」

靖吉は冷然として揶揄《やゆ》的なところはない。

「おそらく君には礼を云うようになるだろう。兎に角ね、今本船には重大な問題が起こりつつある……。じゃ、あとでまた。失礼」

それから、一時間あまりに亙《わた》って、綿密に調べたにも拘《かかわ》らず、伸子の姿は、船内の何処からも発見されなかった。

弓子は泣く。伸子の身投げは九分九厘確実ということになって、大児はただ迂路迂路《うろうろ》するが慰めようもない。

「多分、発作的にでしょうな。赤道を行ったり来たりして偶《たま》に陸なんですから……。そう懐郷病《ノスタルジー》――あれですよ。伸やはあと二日でも、待ち切れなくなったんです」

そのころ靖吉はもの思い気な足取りで、ことりことりと二等船室の方へ下りて往《い》った。

靖吉の胸には、暗い翳《かげ》が立ちはじめる。

それはさっき彼がふと乗船を知った、マルセーユの娼婦ディタ・ザルキンドである。

ディタは靖吉の情婦、馴染みということが出来る。もともと彼が私娼稼ぎから救った女であるが、その割には、靖吉の気性として執着が淡いのであった。

そのディタが、いま穂高丸に乗っている。

おそらく、西貢《サイゴン》にいる叔母でも死んだのだろう。その遺産でも継いだのなら成程《なるほど》と頷けるが、そうでないと、ディタと二等とはちょっと身分ちがいなのである。

この航海でも、往《ゆ》きも帰りもマルセーユにはいなかった。

と靖吉は、考えるに従い、だんだんと不安になって来た。

(ディタは生れこそフランスだが、国籍はポーランド。しかも船中にポーランド人は、この一人しかいない。困ったことだ。もしディタが間諜《スパイ》だったら、おれは何《ど》うなる。彼女を捕える、ディタをあのディタをおれが捕えられるだろうか?)

と胸苦しいなかで、笑《え》くぼがぼうっと浮かんで消える。

しかしその時、ふと靖吉は横手に気が付いたのである。

そこが一等の二十二号だけでは何の意味もないのだが、さっき、弓子の室《へや》に続いて、もう一つの洩《も》れ灯が在った場所なのである。

洩れ灯、しかも空室とすれば、何者か入っていなければならぬ。

靖吉は何故さっきこんな簡単な理屈に気が付かなかったろうと思った。

(事によったら仲子がこの中にいるのではないか)

そうして片手が把手《ノッブ》にかかり捻《ひね》ろうとした時、ふいに一つの影が飛び付いて来た。

「靖吉、遇《あ》いたかった！」

それは薄闇でも、ディタは火の点いたようなパッとした美しさだった。

靖吉は、ただ嬉しく、女のするに任せていた。可愛いい口説《くぜつ》のありそうな娘々した受け唇《くち》が、靖吉に迫ってぶるつくだけで云えないのだ。

「あとで話すけど……ただ会いたくて……気が変になりそうで、あたし、シンガポールで十日も船を待ってたのよ」

「何《ど》うしたんだい。何故お前、マルセーユを離れたんだい？」

靖吉はそれを何より最初に訊かねばならなかった。

ところがその時、彼も、答えようとするディタも、二十二号の空室でする異様な呻き声を聴いたのである。

「あれ、ねえ、何でしょう？」

ディタも、掛けていた腕を不安気に離して了った。

ところが入ると、そこには伸子が真赤な顔をして、大きな鼾《いびき》をかき、寝台に横たわっていたのである。

悲運の底へ

「まあ、この人、酔払っているんだわ」

そういってディタは靖吉の肩にやんわりと手を廻した。

「はじめて見たわ、日本の女がこんなに酔払っているのを。故国《くに》じゃこんなこと決して珍らしかないけど、私、日本の女のは、実際に始めてよ」

成る程《ど》、伸子は真赤な顔をしている。鼾は高く、所謂雷声《いわゆるらいせい》というのを発している。

(酔っているんだ……。何うしてだ?)

清楚な、恐らく酒などは香りも嗅《か》げない伸子が、酔いしれて女だてらに寝そびれているのは、何うしたということだ。何の為にだ?

「起こす、あんた?」

　ディタは声も態度も、さっきとは違いぐッと世帯染《じ》みて来た。

「此処で、暁方までこうやっていると、風邪引くわよ。夏でも暁方の風って、そりゃあ、利《き》くもんだわ」

「じゃ起こすか」

「ねえ、そうしてやりましょうよ。時に今何時頃か知ら?」

「二時四十分だ」

「じゃ、間もなく暁方じゃないの、でも……」とディタは、伸子の顔をしげしげと覗《のぞ》き込んで、「この女《ひと》、見りゃ、お酒なんか飲む顔じゃないんだけど……」

　と、彼女にも疑念が湧き起こって来たらしい。

「この女みたいな顔、よくお寺の正面《ファサード》の浮彫りなんかにあるわ」

「いやに感心しているね」

　靖吉は、ディタに一沫《いちまつ》の疑いを抱いているせいか、こういう邪気のないところが一寸《ちよつと》意外に感ぜられた。

(ディタ・ザルキンド――船中でポーランド人といえば、この女だけではないか?女間諜《スパイ》と入電のあったスタシヤ・ナピエルコウスカというのが、夢にも、この女では

なくあって呉れ)

そうして靖吉はだんだん知らず知らずの間に、窺うような態度になって了《しま》った。

「だけど、世の中にはこんな事があるからね」

「なに、それ？」

「外面女菩薩《げめんにょぼさつ》……」

「なによ？　東洋の妙なことなんぞ云って、私に判るもんか」

しかし訳が判らなくてもこんな時が切っ掛けになる。——それを情痴の荒海に僅《わず》かでも浸った丈《だけ》で、ディタは決して直そうとしなかったのである。

腕を頸《くび》に廻して、暖かい呼吸《いき》をふうっと吹き掛けてきた。

「ねえ、その人を起こしてやってから、私の船室《キャビン》へ往かない？」

「駄目だよ」

「なアぜ？」

「なぜって？　そんなこと馘《くび》に関わる問題だからね、高級船員《オフィサー》が、夜秘《ひそ》かに婦人の船室へ往《い》くなんて駄目だよ。陸《おか》ならば兎に角、絶対に船中じゃいかん。お離し、執拗《しつこ》いよ……もし、この女《ひと》が眼を開いたら何うするつもりだね？」

「いいじゃないの」

ディタは、恨むように離されまいとして、訴えはじめる。

「まあ、久し振りなのに、何て情《じょう》がないんだろう。たといこの人が限を覚ましたって、何でもないわよ。宜敷《よろし》くおやりって、手をこんな具合に振って、きっと祝福して呉《く》れますわ」

「莫迦《ばか》！」

「なによ」

「なによじゃないよ。この女《ひと》は君が思うようなそんな人間じゃない。第一、ひと目顔を見たって、凛としたものが来るじゃないか」

ディタは頷いた。

「似てる。ほんとに似てるわよ」

「お寺の正面《ファサード》の浮彫にか？」

聖女の、まるで童貞女のような娘が、酒呑童子《しゅてんどうじ》のように寝ている。ディタはふと訝《いぶ》かし気《げ》に眉間《みけん》のあいだを狭《せば》めてゆく。

（こんな人が酒を飲んで酔い伏して了うなんて、夢の様な話だ。夢、それも地獄の夢だ

わ)

と、ふと衝《つ》き上げて来るものにハッと胸を躍《おど》らすのだ。ディタが曽《かつ》て娘を失ったのは如何《いか》なる事からだったか？ 眼が醒《さ》めると、自分は料亭《レストラン》の特別室の長椅子の上に横たわっていた——飲まされた、厭《いや》だというのを口を割られるようにして……。そして不覚にも。

その時の痛恨が今ディタの胸に甦《よみがえ》って来たのだ。

(事によったら……この女性《ひと》も、飲んだのではなく、無理に飲まされて、その揚句《あげく》……)

彼女の眼が険しく、唇がぴくぴく動いた。

「何《ど》うした？」

靖吉は思わぬ変りかたを見て、不審そうに顔を覗きこんだ。

「何うしたんだ、ディタ？」

ディタはすぐに先が出ず、窒《つま》ったような声であった。

「じつは……」

「何うしたんだよ」

「じつは私、この方のことが、だんだん不安になって来たの」

「不安？」一寸靖吉も唆《そそ》られ気味になって来た。

「何故《いっ》だね、何《ど》んな事からだね？」

「何時かあなたにお話したと思いましたわ、私が最初あの商売に身を堕《おと》すようになったこと……」

「聴いたね、それ」

「そうでしょう。その時も私、お酒を飲まされたからですわ。女に最初の酒って、そりゃ利くそうですの」

「だがねえ」と嗛《けな》すような微笑をし乍《なが》ら軽く首を振って、

「君とこの人とは立場がちがうし、環境もちがうよ」

しかしそう云いながらも、靖吉には新しい疑惑が湧いて来る。

大児——

恐らく見当といえば、彼奴《あいつ》より他にない。すると急に伸子が、手折《たお》られた蕾《つぼみ》のように、いじらしくなって来た。

（失った処女——それも、もしやしたら真実《ほんとう》のことかも知れないぞ）

「ねえディタ、僕はアマを呼んで来よう」

「あッ、この人たいへんな熱だわよ」

ディタの手が仲子の二の腕のあたりを掠《かす》めた。

「なに熱があるって、どれ」

靖吉が掌《て》を当てた、仲子の額は燃えるようであった。

四十度——

おそらくいや、人間が耐えられる最大限の熱かもしれない。

「なんだか……」

ディタは、だんだんに怖ろしくなって、わなわなと身を顫わせながら、

「唇《くち》の端のほうに、あぶくのようなものが見えますわ。なんでしょう、この方、どうしちまったんでしょう？」

そうしている間に、靖吉は近傍《あたり》を手早《てば》やに探していたが、別に、薬瓶も見えなければ、粉末もこぼれていない。

（ふむ、舷側《げんそく》から捨てたらしいな）

彼はただ、吐息をつき黙然《もくねん》と腕をこまねいている。

（自殺だ。この症状では、××××××らしい。すべて、現われているのが、睡眠薬中毒だ）

しかし、何かにより、伸子を死の手から救わねばならぬ。間に合うだろうか。

と、一刻をも争うときと思うと自然に手が顫え、彼は、すべてがもどかしく、捥《も》ぎ取るように、受話器をとった。

「ああ、西塔さんで、いらっしゃいますね」

交換手が、待たせず出て呉《く》れたのが、なによりの倖《しあわ》せだった。

「うん、僕だ。で、君から医務室のほうへ早急に告げてくれ給え」

「なんと、申します？」

「この室《へや》に、ひとり自殺者がいるって。それで、船医《ドクトル》に大至急くるようにって」

「エッ、自殺？」

「そうなんだ。だから、もし何度呼んでも出ぬようだったら、君が駈けてってくれ。頼むよ。いま人間ひとりが、生きるか死ぬかって瀬戸際なんだから是非頼むよ」

そうして次に、弓子のところへこの出来事を告げねばならないのだが……。

しかし何より、彼の声を聴いたら電話を切りはせぬかと云うことが、懼《おそ》れられた。

それで、やっと一思案泛《うか》んで、顫《ふる》えるディタを振り向いた。

「ディタ、頼みがあるんだけど」

「なんですの？」

「僕がいまひとりの娘を電話で呼び出すからね。そいつは、この船会社の社長の令嬢でね、つまりこの、伸子には主人筋に当るんだ。ところが、そいつと僕とは犬猿の仲なんだよ。うっかりすると僕の声を聴いただけで、ぷつんと切ってしまう……と何《なん》にもならなくなるんだ。

それに、其奴《そいつ》はミッション・スクールの出で仏語が御自慢なんだから、君、御苦労だが、云ってやってくれないか。なるべく、俗語を使わずに、正統なのをやってくれ給え」

そうして、暫《しばら》く受話器を耳にしているうちに、やっと弓子が出てきた。

それをディタに渡すと、

「もし《アロー》、もし《アロー》」

と、南部の訛《なま》りを響かせて、附添《つきつ》いの変事を知らせはじめる。

しかし、やがてディタの顔には焦《じ》れったそうな表情がうかび、先ず聴き取れぬのか、頻繁《ひんぱん》におなじ事を繰《く》りかえしている。

「駄目よ、仏蘭西《フランス》人に魂《たまげ》消てしまうようじゃ、ミッション・スクールも、駄目ね。じゃ、こうするわ。簡単に、室《へや》番号と、伸子、自殺とだけ云ってみるわ」

そこへ汗を拭き拭き、船医と看護婦が駈け込んできた。

「おや、こりゃ」

と、伸子の顔を、覗きこんだ船医がちょっと靖吉のほうをみて、

「西塔君、貴方の云われるとおりですよ。だが、どうせ死にたいのなら、どぶんとやりゃ宜《い》いのに……」

「だが、見込みはありましょうか？」

「ただ吸収が、遅ければ或《あるい》はです。それに、うまく残物を吐いてくれりゃね……。この御人が、仏さまになれるかなれないかも、その機微にあるこっちゃ。とにかく、医務室へ運んで往《い》って、やれる丈《だけ》やって見ましょう」

そうして、伸子が運び出されてしまうと、入れちがいに、弓子と大児が、息急《せ》き切って駈け込んできた。

しかし靖吉をみると、弓子は、訊きたい衝動に悶《もだ》えながら、つんと脇のほうを向いてしまった。

「お嬢さん、伸やは睡眠剤を嚥《の》んで、自殺を企てたんです。可愛想に、貴女《あなた》にさんざん虐《いじ》められたとか云ってね」

「な、なんですの?」

弓子が、真蒼《まつさお》の顔を屹《き》っとふり向けた。

「あ、あたくしが……伸やを虐めたなんて、何時《いつ》?」

「何時だかは、知りませんが、ちゃんと、云いましたからね。詳しく、其《その》ことは僕の耳にだけ、入っています」

腹のなかでは、くすくす笑いながらも表面《うわべ》だけは、靖吉は厳《いか》つさを取り繕《つくろ》っている。

「それから、大児君、君だがね」

「なに、僕が?」

「そうだ」

「僕がって? 君。僕が、伸やに何をしたね? 冗談なら、こんな場合あまり悪《あ》くど過ぎるぜ」

「冗談なもんか。もし、不幸にも伸子が死んだにしても、この言葉だけは僕が殺さんよ。かならず活《い》かす……。そして、君は酬《むく》いられる……」

「…………」

弓子とちがって、大児には覚えがあるのか、とたんに血の気を失ってしまった。自殺の責任を負う――

彼には、辿《たど》ってみればこれまでも、それに当るかも知れぬ、端々《はしばし》のことが思い泛《うか》んでくるのだ。

第一、彼女を追いまわして、際《きわ》どい所作《しぐさ》まで演じたこと。

そして、第二も第百も、それに尽きることなのだった。

が、みなすべて、社長に依頼された、あの使命にほかならぬのである。

(糞《くそ》、社長め。それに、伸子のやつ、飛んだことを仕出《しで》かしやがった)

「とにかく、死ぬにしろ助かるにしろ、この点だけは究明します。そのつもりで、お嬢さんも大児君も、お引き取りになって下さい。それから君、君は、この御婦人をお室《へや》まで送ってくれ給え。お嬢さんも、よくお礼を仰言《おつしや》って……。この方が伸やの艀を聴き付けてくれたんですからね」

「奥さま、有難う、ほんとうにお礼を云いますわ」

靖吉の眼からは、弓子がディタに真心から頭を下げるのが、いじらしく思えた。しかしその時、彼の胸はふっくらと膨《ふく》らんでいた。

二冊のノート!!

それを、伸子の枕の下からそっと抜き取ったことは、ディタでさえ、さすがに気が付かなかった。

それから部屋に戻るまでの廊下が、靖吉にとると、どんなに長かったことか。

彼は、この二冊のあいだに、てっきり伸子の遺言が挟まっているものと信じていた。ところが、どんなに振《ふ》るってみても、片々《へんぺん》さえ落ちてこないのだ。

(はてな?)

が、やがて、それが遺書というよりも悲惨な運命を物語る……彼女が、やがて死なねばならぬように蜿々《えんえん》と導かれてくる……三藤と伸子の家に纏《まつわ》る、不思議な悪縁が記されてある。

伸子の生い立ち、それから、三藤の富に関する奇怪な物語、そして遂に、彼女のうえに落ちかかってきた、暗い、忌《い》むべき手。

それ等の事柄が、詳しく、辿々《たどたど》しく記されてあるのだが、最初仲子の生い立ちのほうは原文でかかげ、後段の、支那軍閥の闘争中の物語は、作者の筆で興味上しるすことにする。

仲子の生い立ちの記

まず最初に、仲子がうまれた吹江《ふきえ》の一家を明らかにする必要がある。

祖父の吹江算哲《さんてつ》は、牧師でかつ人類学者という、およそ反した二つの面をもつ人物だった。

そして単身、南支湖南《こなん》省の奥地八仙寨《はつせんさい》におもむき、布教のかたわら周狄峡《しゅうてききょう》の原人骨研究に、余生を捧げようとする篤学の士だったのである。

なお算哲には、頼江《よりえ》という一人娘があって、女子医専を出て養子を迎えたのだったが、間もなく仲子を生み落したころ死別するようになってしまった。

それから、頼江と仲子は八仙寨におもむき、算哲のかたわらでまったくこの世から隔絶してしまった。

その、隠遁《いんとん》生活——

土地の豪族で、近郷の信望をあつめている戴《さい》一族の、庇護はあっても、暗窟《あなぐら》のような生活だった。

やがて祖父は死に……母は戦乱中に非業の最後を遂《と》げ、伸子は初恋を截《た》ち切られて日本に送られた……

そして、それから三藤の家に於ける生活がはじまるのであった。

以上読者諸君に、作者はまず概念だけをあたえ、続いて、伸子にまつわる怪奇物語を繙《ひもと》いてゆこうとする……

×　　×　　×

私が幼時を追想すると、いつもいろいろな記憶が胸に泛んでくるのだが、それと紛糾《こんがら》かって……

懐しい母の顔、慈愛のこもった白髯《はくぜん》の祖父の眼。うつくしい花園、やわらかな楊柳《ようりゅう》の下枝《しずえ》などが思い出される。

しかしなお一つ、おそらく親身のものよりも一層深く、自分の心に刻まれているものがある。

それは、八仙寨の目標ともいえる、大きな建物が程遠《ほど》からぬところにあったのだ。

木づくりの教会堂——それは棟《むね》続きにあって、いちばんよく知っている。

だが、それよりもずうっと広大で、塔の数も教会のように一つではない。

金色《こんじき》の十字架はない。しかも、廟《びょう》のような丸々とした頂きで、そこには、大きな旗がひるがえっていた。

また建物には、窓がたくさんある。

そして一つ一つに、金色《きんいろ》の房で縁取った、真紅《まっか》なカーテンが透いてみえる。

庭には、四季の樹木が無数にならんでいて、夏は、密《こま》やかな葉で苔むす壁を覆い、白い花からは芳《かん》ばしい匂いが漂ってくる。

此処《ここ》——

これが八仙寨の豪族戴一族の館だったのである。

ところが、ある日のこと、祖父が私の手をとって、こう云うのだった。

「伸や、これからお館へお前はゆくんだからな。よく、粗相《そそう》のないように……それから、若殿がお言葉をかけるかも知れないから、そのときは遠慮なくお答えするように」

私はそのとき、六つだったので雀躍《こおど》りして喜んだ。

まえまえから、灯火《ともしび》のきらめく窓をみて、いろいろなことを想像していたし、祖父や母からも、お館の、姫や若殿がたいへん良い方であるのを聴いていたから、まアどんなに、御殿へゆけたら楽しかろうと考えていたのだ。

もう姫や若殿も、自分の玩具と同様に、古い馴染《なじ》みででもあるような気になっていた。

やがて、祖父に伴われて館の内門をくぐったとき、そこに青竜刀をさげた、衛兵がいるのに吃驚《びっくり》した。

それから、階段をのぼった。

しばらく、室《へや》をいくつか行くと突き当りの折戸《おりど》が開かれる。

そこには、うつくしい女性がすらりと立っていて、此方《こっち》を見、歩み寄ってきて、手を伸べた。

きらきらする、生絹《すずし》のなかで、宝石が燦《きら》めく。

耳輪、頭飾、小石ほどもある頸《くび》飾の珠数《じゅず》玉。

だがそれよりも、古い信仰でもって鳴る聖家族の、これは、浄《きよ》らげな奥方だったのである。

私は、もう、懐しさがいっぱいになってきて、祖父が、挨拶しているにも頓着なく、たまらなくなってしまった。

それで、奥方に飛び付き腕を頸《くび》に巻いて、ちょうど、母にするように無性に頰を摺《す》り付けた。

すると、奥方はたいへん嬉しそうな顔をして、私の、髪をなぶりながら、お笑いになったが……

祖父は、私をいきなり引きはなし、かような無作法者は、二度とは連れて上れぬというのだった。

私は、何がなんだか分らなくなってしまって、無性に悲しく、眼には、涙が溢《あふ》れそうになってきた。

そしてその儘《まま》、広間を飛び出し階段を駈け下りて、家にもどると母の腕にわっと泣きくずれた。

「どうしたの？　ええ伸子や、どうしたの？」

「お母ちゃま、私ね、いまお祖父《じい》さまと一緒に、奥方さまのところへ往《い》ったの。そうしたら……だって、お母ちゃまのように、私を可愛がって呉《く》れそうだったから……私飛びついてかじり付いちゃったわ」

「おやまあ、不可《いけ》ないことをしたねえ。あの方とは、お前、お近附《ちかづ》きでもないんだし、尊い、よその方だからねえ」

「他《よそ》の方って?」

「ええ他の方よ」

「だけど、私を可愛がってくれる人を、可愛がっちゃ、いけないのかしら……」

「そりゃ、可愛がるのは、そりゃいいの。だけど、飛び付いたり、頬摺《ほおず》りなんかしては、いけないと云うことなの」

「だって」

「だってって、どうしたの?」

「だって、じゃ可愛がるのは良くって、そんなことをするのは不可《いけない》なんて、何故《なぜ》なの」

「それはね、お前が変に思うのは道理だけれど、いまに、もっと大きくお成りだと、きっと解りますよ」

その日は、私にとって一日中悲しかった。

しかし、それから日課のようにして、私は、お館へゆき誰かれとなく遊んだ。と、そのうち、はじめて戴子岐《さいしき》という若殿に会うことが出来た。子岐は、私からみると十ばかりも上で、始終病身で、あまり喋らない方だった。しかも、寝台のうえに横たわったままで、下男二人に運ばれて、私たちの遊びを見にくる。

そして飽きると、そのまま旧《もと》のように運ばれて去るのであった。

その蒼白い顔は、瘦せて、しかも愛らしく、気高くうつくしかった。

いつも、白い毛氈《もうせん》にくるまれて情《じょう》の光を輝かせ、手で招かれなくても、何時《いつ》の間にか傍《そば》へ行ってしまう。

私はよく、若殿のそばで、考え込んだものである。

(こんな方でも、やはり他人なんだろうか。飛び付いては——と、いつぞや母に戒《いまし》められたことがあったが……)

しかしそう云うときには、若殿が手を出して、そっと私の頭へ載せてくれる。

その心持……

私は、嬉しさのあまり総身に電気をかけられたように、身動きも出来ず凝《じ》っと声も出さずに、ただ美しい双《そう》の眼を見つめるばかりだった。

それは、おそらく、恋の芽ばえが童心に潜んでいるときの感情だろう。

思えば、後年のあのことがそのとき決められていて、二人は、運命の糸に動けなくされたのかも知れない。

私は、若殿のことを、男の天使だと思っていた。

そして、頼りなさそうに寝台に横たわったまま、一生を、歩きも出来ず楽しみもなく、ただ日を送るのだと思うと、ぞっと暗い感じがした。

こんなことなら、なぜこの世に生れてくることがあったろう。

絵で見るあのように、天国で楽しく暮したら良さそうなものだと思った。

そして私は、頑是《がんぜ》ない一量見《りようけん》から、出来るだけ、子岐の苦痛を減ずるのが、自分の義務のように考えられた。

それで、足をさすったり、両掌《りようて》を揉《も》んでみたり、それが真心からする私の祈禱《きとう》でもあったのだ。

するとやがて暫く経ったころ一日子岐が私たちを集めて云った。

土を奪うもの　（伸子の手記）

「きょうはね、僕の誕生日なんだよ、それで……」

と云いかけて、子岐さまは淋しく微笑んだ。

「じつはね、間もなく神さまからお迎えがきそうなの……僕は、みんなと一緒にいつまでもいたいんだけど……だから、別れたのちのちまでも忘れないでね。それで、遺品《かたみ》に指環《ゆびわ》をみんなに上げる。みんなは、まだ幼いんだから最初は人差指に、それから、だんだん次々の指へ移していって、大人になったら小指にはめる。分った？……どうか、それを一生離さないでね」

子岐さまは、指をひろげて名残《なごり》惜しげに、五つの指環を暗然と見つめている。

私はもう、それを見ているのが耐えられなくなってしまった。

胸はせまり、涙が溢れそうになってきて、やっと、眼を閉じ、うつ向いて堰《せ》き止めたほどだ。

やがて子岐さまは、第一の指環を抜きとってそれを従弟に与え、第二、第三、第四も、いずれも縁続きの子たちの柔らかな掌にのせた。

(私には、来ない)

側に立って、子岐さまの、白い瘦せた手を見ているうちに、自分は他人だ、だから
……

と、幼いながらも健気《けなげ》な断念がうかんでくる。

が、指環はまだもう一つ残っている。

すると子岐さまは、疲れたような様子でうしろへ寄りかかっていたが、ふと私の眼とピタリと出合った。

病める、少年子岐のうつくしさは、私を魅さずには置かなかった。

六つだのに……

それでも、私は子岐さまをまったく愛していたのだ。

幼女の愛……

育った、少女や娘にはない汚《けが》れのない熱情と、真底からの、純愛とでまったく愛していたのだ。

そして指環をもらった。

これまでは、子岐さまは他人であるから決していけないと思って、滅多に言葉もかけず甘えたこともない。

それが……今はもう隔《へだ》てが除《と》れた。

私はもう、いまは子岐さまとは他人ではないのだ。

（一緒にいる……）

（同化している……）

と、幼いながらも、そう思うようになった。

しかし子岐さまは、せめてこの指環だけは身につけて逝《ゆ》きたいと云ったではないか。

子供の眼は、なによりも心を正直に語るものだ。

子岐さまは、またもや起きあがって私の額に手をかけ、なにかの影を求めているように、じいっと眼を見つめている。

やがて静かに、最後の指環を抜きとったのだ。

「せめて、これだけは身につけて逝きたいと思ったけれど……。どうも、君にやって、憶《おも》い出してもらったほうが、良いようだ。君はやんちゃだけども、やさしい心をもっている。きっと君なら、これを離したり忘れたりするようなことはないだろうね」

そのときの、私の心のなかは到底言葉では云い表わせない。と、たちまち昂《たか》まってくる感情に耐えられなくなって、私は、声を震わせてこう云ったのである。

「お返ししますわ。子岐さまの、お身体《からだ》についているなら、私のものも同様ですわ」

すると子岐さまは、この幼女がというように、まるい吃驚《びっくり》した眼をした。

が、それが、私と子岐さまとの当分の別れであった。

早生れの、私には翌年が学齢。それに、母も一年でやめた、女子医専にゆきたいと云いだした。

そんな訳で、翌月八仙寨をはなれて東京へ戻り、それから祖父の仕送りで、十年のあいだ学校生活を続けていた。

母も、五年の学業に五年の研究生活――

しかし、母が三十六、私が十六になったとき、ふと祖父は、毒蛇《どくへび》に噛まれてこの世を去ってしまったのである。

それが、夏の休暇で久方振りに二人が祖父を見ようと、八仙寨に戻った最中であった。

十年――

それは、ながいと云え、瞬く間であった。

そしてとうに、子岐さまはこの世にないものと考えていた。

砂塵《さじん》は変らぬ。

楊柳や、合歓《ねむ》の木に似たタマリンドは繁っていた。

相変らず、昔馴染みの李桃《すもも》屋が、埃《ほこり》っぽい店を張っている。

なにも、かもだ。

ただ、変ったのは、あの子岐さまがいないということだけだろう。

私はこんなことを土塀にもたれながら、お館の内門にいる衛兵をながめつつ考えていた。

魂は、想い出の懐しい海に、追恨《ついこん》の波は響くように胸をうってくる。

すると四、五日経つと、私には思わぬ手紙が舞い込んできた。

×　　×　　×

懐しい伸子よ――

僕は、あなたが八仙寨に戻って来たのを、媼《ばあ》やから聴きました。

まったく久しい……ほんとうに、何年も見ないので、夢のように考えられます。僕は、あなたの成人を見ないで、逝くのかと思っていましたのに……

懐しい仲子よ——

僕は、はやくお遇《あ》いしたいと思うのだ。まったく、僕がこれまで生きながらえていたのも、ただただあなたの成人を見るためにのみだッたが……

明日《あす》、逢いましょう。

× × ×

(子岐さまが生きている……)

私は、夢のなかの、また夢を見るような気がした。

数えると、今年は二十六になりの筈だ。

私は、十六——

数える気持も、てんであのときとは違った、匂《かぐ》わしいものになっている。

甘い、期待——

擽《くすぐ》られるような、あの戦慄《せんりつ》——

ああ、もう私は十六になっているのだ。

翌日、お館を訪れたが、すこしも変ってはいなかった。
ただ、子岐さまがいまは、御当主だと云うこと。
御両親は、四、五年まえ相次いでお歿《なく》なりになったそうだ。
そして私は、最後に、十年まえのあの室《へや》に通されたのである。
一々、見憶えがある。
葉のひろい、常春藤《きづた》のある窓も、椅子の象眼《ぞうがん》も……
が、いまは、もう子岐さまも私も、子供ではなくなっている。
やがて、十年まえのあの時そのままのように、二人の下男が寝台をかつぎ込んで来た。
子岐さまは、やはり静かに同じように横たわっている。
(十年も、マア、十年もおなじ姿勢のままで……)
私は、込みあげてくるものに、耐らなくなってしまった。
しかし子岐さまは、下男が室を出るまで、一言もいわなかった。
冷静な顔をして……二人だけになると、そっと首をめぐらした。
相変らず、昔のような人を魅する眼。

しかしだんだんに、眼も唇《くち》も微笑《ほほえみ》で綻《ほこ》ろんできた。

「僕たちは、旧い馴染みなんだからきっといまも、昔も変らないと思うんだけど……」

私は、黙って、肱掛《ひじかけ》のうえに手を置いた。

そして、ずいぶん二人は永いあいだじっと黙っていたが、私にはなにを云おうとしても纏《まとま》りがつかず、子岐さまに、手を重ねられてやっと気が付いたほどだった。

「ほんとうに……お眼にかかれて……。お便りを、しようしようとは思ってたんですが、お忘れかと思って」

「忘れやしない……」

子岐さまも、私の、声がふるえるように、瞳を漂わしている。

「忘れるもんか。人間というやつはね、つまり云えば鳥みたいなものなんだから……。誰とでも、好きな枝にとまって一緒になって、好きな歌を、さんざん唄いたいと思うんだから……」

「でも」

私は、やっと落着《おちつ》いてきた。

「でも、なかには、梟《ふくろう》と小鳥のような間もありますわ」

「そう、それもあるね」

と子岐さまは、私の眼を窺《うかが》うように見やったが、それが、親しさのあまりの冗談とわかると、ぽうっと、頬が染《そ》んで、亢奮《こうふん》してきたらしい。

「だが、それも初めからではないと思うよ。君、憶えてる……僕の、指にあるのが何んだか？」

と云って、毛氈のなかから女のように、しなやかな手を出す。

私はそのとき、指環が一つ、きらりと光ったのをみた。

ああ、あれ!!

一度、子岐さまが私に呉《く》れ、私がまた、子岐さまにお返ししたものではないか。

私はとたんに、ただ愛されたい子供のように、無条件で身を投げだしたくなってきた。

（この人、この一族）

土匪《どひ》でさえ、近郷を荒しては会堂まで掠《かす》めようとするが、この戴一家には土塀に弾《たま》一つ当てぬのである。

しかしいま、兵匪《へいひ》の横行につれ、荘園の上《あが》りは減るばかりだ。

そして、戴一族は病《びょう》子岐を中心に、一路、崩壊の路《みち》へと急ぎつつある。

しかし、おなじような儚《はか》なさは私の胸にもあるのではないか。

子岐さまは、ふいに苦痛がおこったとみえ、悩ましげな色をうかべた。

「アッ、どうか……どうかなさいましたんですの」

「いや、ただ喋り過ぎたんですよ。医者から、僕は時間を制限されてましてね」

「お医者って？」

「あなたの、お母さん……。それも、昨日からですが」

私は、どきりとした。

おたがいに、いま感情が甘く響き合っている。

しかしそれも、やがては花が散るように儚いのではないか。

事実、湘江《しょうこう》の上流には、血腥《なまぐさ》い風が吹きそめている。

軍閥に、抗する苗《ミヤオ》族軍の一隊が蜒々《えんえん》と、桂湖《けいこ》山塊《さんかい》を縦列で取りまいて、八仙寨をめがけ湖南《こなん》侵入を企てている。

しかも、子岐にもまた、死期が近いのではないか。

「僕はね、とうてい長生きは出来ないと覚悟している」

「そ、そんなこと……、そんなこと仰言《おつしや》られると私、悲しくなってきますわ」

「いや、そうだ」

子岐さまは、案外冷静な声で、きっぱりというのだった。

「でも」

私は知らず知らずの間にからだを乗り出していて、涙が、子岐さまの二の腕を伝わるのだった。

「駄目です。そんなこと、仰言らないで……」

まるで、二人が十年の時を忘れたように、はじめての日にさえも、こうも近附けられてしまったのか。

「でもねえ……」

子岐さまは、賺《すか》すように云うのだ。

「憶えているでしょう。僕は、まだ子供のころ到底駄目だとあきらめて、指環を、あなたに遺品《かたみ》にあげたことがありましたねえ。まったく、きょうまで生きていたのが、自分ながら不思議なんです。それにこの頃《ごろ》はだんだん悪くなって、今度こそ、お別れが間もないうちと思うんです」

「…………」

「こうしている、一分の間でも、じつに惜しいのですよ。だが、これで、今日はさよならをしましょう」

そうして最初の一日は、ただ声のない思いが、かわし合わされたに過ぎなかった。

しかし、帰るとそこには凶報が待っていた。

祖父算哲が、動きもせず長々と寝台に横たわっている。

枕辺には、母頼江の放心したような顔。

注射器が、いくつも転がり、薬液さえも流れている。

祖父が死んだ。

母に聴くと、毒蛇に嚙まれて、土民に運び込まれたというのだが……

しかし私には、慌《あわただ》しい祖父の死が契機となって、このまま、八仙寨を永遠に去るのではないかと、懼《おそ》れられてきた。

（学校を止《や》めよう）

（日本にも帰るまい）

たった、時間にすれば一時間たらず、それも、十年も他人でいたあの一瞬が……私を異常な力で縛りつけてしまった。

（お祖父《じい》さま、どうかお叱りにならないで……。お祖父さまを、悲しむよりはそのほうが、私には実際案じられるんですから）

やがて、葬儀が済み、そのまま秋になった。

ところがどうしたことか、母も故国に帰るとは、一言も云わないのである。

いつの間にか、母校の研究室には辞表を出していて、このまま八仙寨に止《とど》まるものとしか、思えないのであった。

謎だ――

この、南支那の奥地に埋《うず》もれようとする、母の気持はまさしく謎だ。

それも、祖父が死ぬ朝までは、飽々《あきあき》したと云っていた……

（どうしたことだろう？）

なにか、そこには原因がなくてはならない。

しかし、母は私になにも云ってくれないし、ますます、日につれて陰鬱の度をふかめてゆくのだ。

（問い詰《つ》めてやろう）

一日、私は心に決めてなじり掛ったのだが、母は、かえって答えるよりも別のことを云うのだった。

「お前、近頃繁々《しげしげ》とお館へゆくようだね」

「いけませんの、何故……？」

まったく、母からそんなことを聴こうとは思わなかっただけに、私にはそれは意外なことだった。

「いろいろ、あんたに説明したところで、分りますまいが、ただ一言注意だけを云って置きます」

「なんのことですの？」

「それはね、もう決して、子岐さまをお騒がせしてはいけないと云うこと……。私は、ゆうべも徹夜で附きっきりでしたよ。それも、考えれば、お前の故《せい》なんだから」

「…………」

「お前も子岐さまのお命を大切だと思ったら、決してもうお館へ行ってはいけないの。いいこと？　私の注意を忘れないようにね。疲れさせて、お前さんが子岐さまの病勢を昂めるんだからね」

私は、冷やりとした。

事実そのころは、もう恋と云ってもいいほどに、成長していた仲だったからだ。

(事によったら、それを母が、覚《さと》ったうえの事ではないのか)

しかし、誓いを強いるように見つめた母の眼には、ただ患者に対する責任の意味のほかはなかった。

娘の恋を知っての心遣いは……?

まだ、影も匂いも、漂っていないのである。

(だが、子岐さまを二度と見てはならぬという……)

それには、母に対する反感よりほかにはないのだ。

(もし、喋っていけないのなら、黙ってすわっていよう。一言も話すなと云うのなら話さずにいよう)

ただ、子岐さまの側にいればそれで嬉しいのだ。

たとい世界が欠けても、一日も子岐さまを見ずにはいられなくなった私。

それだのに……

それこそ、永遠《とわ》の沙漠、無窮《むきゅう》の闇路《やみじ》を辿《たど》らねばならぬ。

（行こう）

母が癒《なお》せなければ、私が癒してみせよう。薬や診断よりも、愛と熱情がどれほど強いか見せてやろう。

と、とうとう、母に反抗してまでと心を決めた。

しかしそれも、意外なことから妨げられるようになってしまった。

それは翌日、湖南の軍閥譚延闓《たんえんがい》の麾下《きか》——第十六旅、張以棟《ちょういとう》の部下が掠奪のいとまもなく、算をみだして風のように八仙寨を通り過ぎたからだ。

潰走《かいそう》だ。

苗族軍が来る。

そして、永いあいだの、苛斂誅求《かれんちゅうきゅう》から遁《のが》れられる……

土民は、いそいそとして歓迎の準備をし、いまに、桂湖《けいこ》の裾に砂塵があがるのを、待ち兼ねていた。

（作者からのお断り——

此処で、興味上筆をかえて、伸子自身よりも、これから起る八仙寨の怪奇に重点を置

くことにする。以下そのおつもりで、御通読願いたし）

苗族軍――

その、軍の主体が西域の夷蛮《いばん》、苗族であるのはいうまでもないが、この異色ある兵団はいかなることから起ったか。

それは、先年の、雲南《うんなん》奥地の大地震からである。

そのとき、いちばん被害の甚だしかった路江《ろこう》上流苗族の一部が、耕地をうしなって一大浮浪団と化したものが、次第に勢力を得た。というのが彼等の中《うち》に、頭目黄中行《とうもくこうちゆうこう》を助けて軍政の才を発揮した一日本人があった。

その日本人とは……

それが、いまは極東汽船の社長――すなわち弓子の父、三藤十八郎《じゆうはちろう》その人だったのである。

つまり彼が、まだ志を得ず南支を放浪し、印度《インド》志士や、支那亡命政客と大鵬の夢を語り合っていた頃である。

しかし彼の、軍政顧問としての縦横の才は、みるみる裡《うち》に奇蹟にちかい勝利をかさねていった。

そして、湖南の省境を冒《おか》し、桂湖山塊にせまったころは、すでに押しも押されもせぬ軍政府の実質をそなえていた。

銃八千五百、砲五千。

夷狄《いてき》、蛮族と呼ばれる黄色い歯の悪魔苗族軍が、いよいよ省境を越え八仙寨に侵入した……

×　　×　　×

八仙寨の街路は、祭礼日のように喧噪をきわめている。

号令、靴鋲《くつびょう》の行進、砲車のきしり、輜重《しちょう》自動車の爆音。

それにやっと、土地軍閥の劣悪な兵質から解放された、土民たちのあふれるような歓喜の合唱だ。

が、街道から、一キロほどはなれて森閑としたなかを、頼江の背後で、顧問十八郎の拍車《はくしゃ》が軽やかに鳴っている。

「まったく神話ですなア、こんな僻地に、文明の精髄が埋没《まいぼつ》しているなんて」

と十八郎の驚嘆に、頼江は、廻転のにぶい機械のような調子でこたえる。

「父は周狄峡《しゅうてききょう》の、原人骨発掘に余生の全部をささげる決心で居りました。それで布教のかたわら、故国から研究所を移したので御座います」

司令部にえらばれた、会堂につづく吹江算哲の研究所――

葛《かつら》と、鎧扉《よろいど》にかこまれ塗料は剝げ落ちて、みかけは、古めかしいイギリス風の作りだが、なかには二十にちかい部屋があり、汚染《しみ》一つない天井だ。

そして十八郎は、かねがねこの八仙寨のことを耳にしていた。

桂湖山塊と、湘江《しょうこう》の支流とにはさまれて、十いくつかの、浅い泥沼を背にした部屋のことを……

曇天の西風の日には、ぬるっとした湿気をふくんで腥《なまぐさ》いような生暖さで、嘔気《はきけ》を催させるような濃霧が沼のほうから襲ってきて、それが部屋を、鴉《からす》の肉でも煮るような悪臭で包んでしまうのだが、さて今度は風が東にかわると、桃源境さながらの仙境に化して了《しま》うのを……。

それから算哲が死んだあと、不思議な孤独生活を送っている日本の女医吹江頼江のことも――。みな、片時も離れない執拗な記憶であった。

ところが頼江の実体は、十八郎が耳にした風聞以上に陰惨なものだ。

女、三十五、六といえば、皮膚から熟れる果物のような芳香を放つ齢《とし》ごろである。がはじめて会った瞬間、十八郎は心臓を射すくめられるような、無気味な冷感を浴びせられた。

一わたり巡視を終えると十八郎は頼江に、軍の首脳部を紹介した。

最初に、引き合わされた四十がらみの雲南人は、政治部長の鵬輝林《ほうきりん》。

その経歴は、安南《あんなん》大学在学中に発していて、一九二七年、海防《ハイフオン》の暴動では追放をうけ、いまも反英仏熱に烈々と燃える人物である。

しかも、風貌のほうもすこぶる大陸的で、まず、古廟やなにかにある、武人像と思えば間違いはない。

それから次が、厚い眼鏡をかけ熱情的な眼をした、軍医の印度人レスビハリ・ケロルム――

それから日本士官学校出の、若い南京《ナンキン》政府の反逆将校が二人。

一人の、いかにも刺々しい、精悍な男は汪済沢《おうさいたく》という砲兵司令。

もう一人の、短軀で滑稽な髭をつけたのは、葉稚博《ようちはく》という軍参謀であった。

いずれも、僻地のこととて服装に統一がなく、兵も、大半は草鞋《わらじ》ばきであった。

「分りました。戴一家には指一本触れさせませんから……。それでなくても、わが軍の軍閥とちがうところは、厳正な軍規にあるのですから……」

その夜、夜食がおわったのち十八郎に、頼江は、戴一家のこと、病子岐のことを話したのであった。

それで、いよいよ手狭《てぜま》な研究所を司令部にすることとなり、伸子は、母のそばで怯々《きょうきょう》と会話を聞いていた。

そのうち十八郎がいきなり改まって、切り出した。

「時に無躾《ぶしつけ》なお訊《たず》ねのようですが……」

「ハア」

「じつは、なぜこの奥地に、このままお止《とど》まりになるのか、もしお差支えがなければ、理由をお聴かせ願いたいと思うのですが」

「ええ、それには……」

と、頼江はハッと伏眼になると、

「でも、差し障りがあるなら、強いてとは申しません」

「いいえ、別にどうのと云うことは、御座いませんのですが、ただ私にも自分ながら分りませんのです」

「と、云いますと？」

十八郎は、怪訝《けげん》そうに見つめるのであった。

「それには、もちろん仔細《しさい》がありますんですけど、それに常識的な見当をつけたら、たいへんな間ちがいになります」

「ふむ」

「むろん、父ほどの信仰は私には御座《ござ》いませんし……」

「………」

「それから、こんな世界の辺土《へんど》で恋愛沙汰などは起こりませんわ」

「なるほど」

「で、そうなりますと……」

と、頼江の顔には、淋しそうな微笑がうかぶ。

「なにか私が、故国へもどれないような、犯罪でもおかしたのじゃないかと……」

「いやいや、そんな」

十八郎は、大仰に、あわてて手を振るのだった。

「誰が……莫迦らしい……そんなことを考えるもんですか」

「でも、そう思うより、考えようが御座いませんもの。お隠しになっても、私にはちゃんと、読めておりますわ」

「いや決して」

十八郎は打ち消すように笑いはじめる。

「そりゃ誰しもですよ。おなじ国のものに、思わぬところで逢ったとすりゃ、自然、そうなりましょう。しかし、われわれとても、戦争ルンペンですから」

するると頼江は、しばらく伏眼になっていたが、いきなり改まって、

「実を云いますと、それは私個人の、事情からではないことなのです」

「ふむ、それで……」

「ですから、理由はと云っても、私には分りません。ただ、父からお聴き下さい――とそれだけは申せます。父は、この土地に私を縛り付けたまま……」

「なに、縛り付ける……」

「そうなんですの。そしてとうとうその秘密を墓のなかへ、持って往《い》ってしまいましたの」

「ふうむ」

十八郎は、瞬《またた》きながらじいっと灯りを見つめている。

緯度の低い、しかも秋は浅く、蛾の雨が降っている。

「実際申すと、私には宿命のような気がしてなりませんの。久し振りに、八仙寨を踏んだかと思うと三日目には、涯《はて》もない墜落がはじまったのですから……」

「つまり、お父さんがお歿《なく》なりになったと云う……」

「ええ」

「すると、張以棟軍の暴行ですか……、土匪ですか？」

「いいえ、それは毒蛇で御座いましたの」

「ホウ」

「それからは、無抵抗に、此処をはなれることが出来なくなりました」

「………」

「まるで、生きながら埋葬されるような気がいたします」

「すると、ではなにか、遺言かなにかで……」

「マア、云わば、そんなところでございましょうね」

「………」

「臨終の間際に父が右手をうごかしますので、私は、ためしに紙と鉛筆を当てがってみました。すると見るも痛ましい努力で、絶え絶えな文字を連ねてゆくのです」

「ふむ」

「戴家の、先代から死に際に托《たく》された……それを、明らかにするまでは、この土地を離れてはならん——と」

いきなり、十八郎の眼が、燃えるように輝きはじめた。

「ふむ、戴家の先代から、死に際に托された……それを、明らかにするまでは、故国に帰ってはならんと云う……」

「そうですの」

「するとつまり、御自分が依頼されたことを、子のあなたにやれと云う……」

「………」

「それとも、とつぜんの災害でこれまでと思い、自分だけが知る、秘密を書き遺してゆこうとしたのか……」

「ええ、まったく」

と、頼江は重たげな、吐息をつくのだった。

「実際とりようによれば、どっちにも解釈がつくのです。父は、戴一家の庇護で、恩は私共にまでありますす。その義理、なにか父だけが知っている、託されたこと……」

「ううむ」

戴一家は、名だたる湖南の豪家だけに、なにか十八郎は、唆《そそ》られるようなものを感じたらしい。

眼は光り、小鼻が卑しそうに蠢《うご》めいている。

大兵の、赭《あか》ら顔で隼《はやぶさ》のような眼をした、この五十男には、直感のようなものがあったのである。

「では、お父さんが書いたのはそれだけですか、なにか、まだ他にありましたか？」

「ただ」

「と、それは？」

しだいに、十八郎は熱っぽく畳みかけてきた。

「最後に、一行ほど書き加えたものがあったのです」

「…………」

「多分、最後のそれは痛ましい努力で……、云わねばならない、しかし、ものも云えず書き続ける気力がないので、ただ、仄《ほの》めかすだけに書き加えたとしか思われませんが……」

「では、なんと云う……」

「それは、乳脂色《クリーム》の封筒——という六文字だけでした。しかし、そのとき、父の心臓が停《と》まりました」

「…………」

「それ以上、申しあげることは、なにもありません。でも、この先を考えますと、暗窟《あなぐら》のような気がするんです。なん年も、いまだに雲をつかむようなものが、いつ分りましょう？」

「お察しします」

　十八郎は、眼の光を消して、真実らしく云った。

「じゃその、乳脂色の封筒というのも、結局は分らんのですね」

「いいえそれは、やっとそれらしいものを、書類入れのなかから見付けました。お眼にかけましょう。じつは一枚の経文がなかに入っているのです」

と、立って往ったが、間もなく戻ってきて、十八郎のまえに細長いものを置いた。

その経文は、経巻でも全文でもなく、ただ一枚の断片に過ぎなかった。

しかも、年代を相当経たものらしく、ほとんど文字の色が、黄色い地とおなじ程度に変色している。

「なんだ、ふむ、仏手《ぶつしゅ》一……か」

十八郎は、それをみて、ちょっと唖然としたらしい。

なぜなら、それは他奇《たき》もなにもないところの、仏説観無量寿経《かんむりょうじゅきょう》の一節だったから……

仏手一。浄指端《じょうしたん》。一一指端有梵《うぼん》八万四千情画。如印珞《にょいんらく》。一一画有《がゆう》八万千色。

「なんで御座いましょう」

頼江は、十八郎がその紙から、やっと眼をはなしたのを見て、

「私には、こうした方面の、智識がさっぱり御座いませんので……」

「これは奥さん」

十八郎は、いらぬ緊張をしたのが、莫迦らしくなったらしい。

「どうも、あんたも儂《わし》も、無駄汗を掻いたらしいですぜ」

「と云いますと?」

「きっとあなたは、これがなにか暗号のようなものではないか……」

「ええ」

「――そうお思いだったでしょうが」

もう十八郎も、決して急がなくなった。

一口、咽喉《のど》をしめした顔には緊張もなく、また旧《もと》の、静かな座談にもどってしまったようである。

「これはただあり来《きた》りの、経文に過ぎんのです」

「マア」

「だから、なんの変哲もない……よく、儂のお袋などがこれを唱えておりましたが、たしか、観無量寿経とかいいます」

しかしまだまだ、十八郎の眼は未練がましくそのうえを這っている。

そして、ときどき顔を引き緊《し》めてみたり、また弛《ゆる》めては、ふうっと吐息をつくのだった。

しかし翌朝になると、頼江をもう一つ、驚かすものがやって来た。

それは朝まだきに、牛車の、轍《わだち》らしい軋《きし》りが窓外から聴こえてきた。

と、得体《えたい》のわからない、叫び声のようなものが……

往々に未開人が激情のとき発するところの……

あの、間の抜けた歌謡的な歓声が、屯《たむろ》の方角からどっと一斉にあがる。

「サア、行ってみましょう」

十八郎は、朝食を半ばに、頼江を促すのだった。

出て見ると、頼江は両眼を瞠《みは》ったまま、棒立ちになってしまった。

ああ、なんと戦陣だというのにあり得べからざる光景であろう!!

水牛の牽く、三台の幌車には妙齢な中国婦女が、ぎっしりと鮨詰めになっている。

そしてゾロゾロ癇《かん》だかい嬌声《きようせい》とともに降り立ってくると、ぐるりの、兵士たちの眼には粘液的な霑《うるお》いが、唇には、高く低く、水牛の呼吸のようなものが弾んでゆく。

と、十八郎はニッコリと笑って、頼江に囁いた。

「お分りでしょう、あれで、わが軍規の厳正な理由に、合点《がてん》が往ったでしょう」

「と申しますと?」

「分りませんか。つまり、あれは一種の食糧庫なのです。官能が空腹を感じたとき与える食糧を彼ら、尊敬すべき女性たちが作ってくれます」

「マア」

「しかし、古い道徳から云えば、なにに当りましょう。丘站地《へいたんち》醜業婦、マア、淫《みだ》らな家畜かも知れませんがね」

と、そのとき、頼江の驚きがもう一つ加えられた。

二人が話している間にいつの間に現われたのか、一人の白人婦人が臆面もなく近附《ちかづ》いてくるのだ。

その婦人は、三十がらみで粗目の半毛服を着、厚い、臙脂《えんじ》の唇とまっ黒な瞳。

それに、黄ばんだ鞏膜《しろめ》、やや丸い膨らんだ小鼻と揃ったところは髪が、亜麻色でさえなければ、紛れもないジプシイだ。

「奥さん、これは私たち、幹部連だけの友だちです。サア、ヘッダさん、御挨拶したら……」

十八郎は、ポカンと挨拶もせずその場に突っ立っている、女を険しそうに促した。

そしてつくづく、この二人の婦人の対照に感心するのだった。

頼江は、いかにも思索深げな学究的な容貌だが、惜しいかな、女性の美と情緒をまったく欠いている。

それに反して、ヘッダは一瞥《いちべつ》でもわかる低格者だが、なんと、女である実感が滲《にじ》みでているることか。

「ヘッダさんですのね」

頼江のほうが、先に云った。

「ええ、ヘッダ・ザルキンドですの」

薄髯《うすひげ》の生えた、ヘッダの口から出る棒のような言葉を、聴くのも頼江はもの珍らしげであった。

しかし、ヘッダは、なぜか自分の姓を、口汚く罵《ののし》るのだ。

「奥さま、ポーランドって国は、実際こうなんですからね。ザルキンドより、鑑札《かんさつ》のある犬のほうがよっぽど人間様なんですの」

「そう……。だけど、それはどういう訳ですの？」

頼江はなにより怪訝《けげん》そうに訊きかえすのだったが、しかし、神ならぬ彼女はこの女によって、八仙寨に殲滅《せんめつ》的な悲劇が起ころうとは知らなかった。

それより読者諸君は、このザルキンドという姓に何事か想い起こすにちがいない。

広い、無限のようでいて、また地球というものは実に狭いのであるから……

姿《すがた》なき侵入者　（仲子の手記）

「それは、奥さま……」

　と、ヘッダは訴えるような眼をして、

「どういう訳か、私たち一家を誰も相手にはしてくれませんの」

「マア」

　頼江も、興味を感じたか、だんだん冷やかではなくなってきた。

「相手にされないって？　そりゃ仕事によっちゃ役所なんかで冷たくされることがあるでしょうからね」

「いいえ、それればかりじゃ……」

「すると、たとえば県々でちがう厳しさってようなこと？」

「そんなこと……」

「じゃなんでしょうね」

と頼江は、一輪車のゆく裾野《すその》のほうを見ていたが、

「分りませんね。実際、私にも見当が付きません。警官や、公吏に蔑視されるような商売なら、私も知ってますけれど」

「それが、奥様」

と、ヘッダは、肩をはずませ、荒い呼吸《いき》をしはじめた。

「困ったことに……誰もかれも一切がなんです。警察や町役場で胡散臭《うさんくさ》そうな眼をされる、それだけなら未だしもとあたし思いますわ」

「じゃ……」

「人……町……国中がなんですの、私達一族には、ポーランドと云う国全部が冷たいんです」

頼江は、眼を伏せた。

ふたたび旧《もと》の暗い冷たさに帰って、妙に思案深げな、打ち解けない顔になった。

しかし、ヘッダはそれに気附かず、訴えるように喋り立ててゆく。

「で私たちザルキンドの一族は、叔父の家と、私の家の二軒しかありませんでした。叔父は流して歩く鋳掛《いか》け屋でしたし、私の父は、錠前屋でそりゃいい腕を持っていまし

た」

「なるほど」

十八郎が莞爾《にこ》つきながら、口を入れた。

「そりゃ、無理はないよ。君たち一家が嫌われるのも当り前だと思うがなア」

「なアぜ？」

「何故ってさ、例えばだよ、君の親父が錠前屋なら、合鍵が作れるだろうし、叔父さんが、鋳掛け屋なら簡単な窃明《ぎっちょ》けが出来る。つまり君たち一族で泥棒道具が一切揃うことになるよ」

「マア、なに云うのさ」

ヘッダは、何時《いつ》ものことらしく別に気にも止めない。

「それで奥さま、私たち一家は国中を流れ歩きました。ところが、まるで、『噫無情《レ・ミゼラブル》』のジャン・ヴァルジャンみたいに、誰も暖かい眼を注いでくれるものはありませんでした。そのうち、叔父をはじめに、私の父も死に、とうとうザルキンドを名乗るものが、三人になってしまったのです」

「三人と云いますと？」

頼江が、不審そうな眼をあげて、

「他にはザルキンドという家がポーランドにはないのですか」

「ええ、お袋がそう云いましたけど……」

「それから、その三人の方は？」

「私に、お袋……」

「ええ、それと……」

「ひとり妹がいましたの、それが私と不仲でお袋が死ぬと、間もなく行衛《ゆくえ》が分らなくなってしまいました。死んだものだか、生きたもんだか。今頃、ディタのやつ、どうしてるかしら……」

「そう、ディタさんと云う、お妹さんがね」

と、頼江は聴き流してしまったのだが、しかし、読者諸君の耳にはぴいんと響くものがあるであろう。

ディタ・ザルキンド――

その名は、はるばる靖吉を追うてきた、あのディタではないのだろうか。

それとも、もしやしたら、偶然の符合《ふごう》であろうか。

しかし作者は、謎を後刻に残して、ひたすら手記を追うことにする。

×　　×　　×

「それから奥さま」

と、ヘッダは棒のような調子を続ける。

「で、お袋には死なれ妹にはわかれて、とうとう私はひとりぼっちになったのですが、この名は、神さまがよほどお嫌いと見えますのねえ」

「………」

「その証拠には、生れ落ちた百姓の納屋から先ごろの曲馬団《サーカス》まで、ついぞ自分を、人間だと思わせた生活がありませんでした」

「よくねえ……」

「ですから、いくら愚鈍な私だって……一生に一度ぐらいは、自分の部屋や寝床を持ちたいと思いますわ」

と、妙な抑揚で、光の鈍い眼で……

ヘッダは、悲惨な過去をくどくどと訴える――それが、彼女には、本能のようになっているらしい。

頼江は、ヘッダのすべてを観察しつくしたように思い、これが、退化した人類の通型ではないかと思った。

それに、ザルキンドという一家を国中が忌み嫌うに就いては、なにか理由がなくてはい。

——とも考えた。

しかし、ヘッダのまるで子供のような単純さには、強い憐憫を感ぜずにはいられない。

「マア、ほんとうにお可哀そうに」

頼江は、真実そう云うように、

「では、此処《ここ》にいる間だけでも、こうなさったら、如何《いかが》?」

「といいますと?」

「あなたを、私の部屋へお招きしたいと思うんですの」

「マア」

「ですから、どうぞ御自由にお使い遊ばして……。私は、予供の部屋へなり、書斎へなりと参りますわ」

「有難う、ほんとうに」

ヘッダは、頼江の手をとって、狂気のように接吻をはじめた。

まったくその言葉が、彼女を有頂天にさせたらしい。

「そうすると……あたし生れてはじめて……寝台《ベッド》らしい寝台へ臥《ね》られることになりますわ」

と、頼江に熱っぽく近寄ったとき、ぷうんと、ヘッダの口から酒臭い呼吸《いき》が洩れた。

しかも、それから玄関をあがってゆくのも危なげに足がもつれる。

「あの方、大分この方が、お飲《い》けになるらしいですわね」

と十八郎に、眉根をせばめて、不快そうな顔を向けると、

「それに、過去が過去ですから、矯《た》め直しようもありませんし……」

「でも、たいてい士官の方はお飲みになるようだし、それに、酒と女のない戦争って、想像もされませんわ」

「皮肉ですか、奥さん？」

「いいえ、ただあの方に就《つ》いてだけ云うんですの」

「それがね」

十八郎は、杖で地面を叩きながら、吐息のようなものを洩らす。

「事実は、まったく手こずっています。それに、彼奴《あいつ》の酒癖もそうですが、なにより汪と葉の仲があの女を挟んでどうも面白くありません。行末ヘッダの存在が、兵団の癌《がん》になりはせんかと、懼《おそ》れているんです」

そうしてやがて、あの悲劇の夜がやってきた。

それから、十日目――

廊水岡《ろうすいこう》の、集落を中心に主力戦が開始されたが、三日目には、湘江の右岸に敵影を見なくなった。

しかし、苗族軍は、戦術上進むのを見合わせて、先頭に、調子はずれな軍楽をつけた隊列が、ふたたび河を渡って蜿々《えんえん》と八仙寨に戻ってきた。

その夜。

戦勝の夜は――

なにより先に、肉体の飢渇が充たされねばならない。

しかし、十八郎と鵬輝林とレスビハムの三人は、ほとんど三日間不眠不休だったため、帰るや否や寝台のうえに倒れてしまった。

従って、汪済沢、葉稚博を混ぜた五人の士官のなかから、今宵のヘッダの主《あるじ》が定《き》められねばならない。

それは籤だった。

汪に当った。

その夜は――

埃《ほこり》りっぽい空も霽《は》れ、八仙寨には、鎌のような二日目の月が現われた。

秋ちかい亜熱帯の夜は羹《あつもの》のように熟れ爛《ただ》れ、物の面と影がみだらがましい抱擁に揺れている。

残された四人は、ヘッダの隣室で麻雀《マージャン》卓をかこみはじめた。

窓外はいま素馨《そけい》の花ざかり……その甘酸っぱい強烈な芳香は四人の鼻へなやましく匂ってくる。

すると、それから一時間ほど経つと、死んだような、さびれた夜気のなかを彷徨《さまよ》うがごとく、忍びやかなオルガンの音《ね》が聴こえてくる。

「畜生、誰だ、ありゃ」

「ハハハハハ、なにも君、オルガンに当る手はないだろう」

「いや、誰が弾いてるんだか、それを僕は聴きたいんだ」

「此処の奥さんさ。さっき、地下室の釜場《ボイラー》に降りたら、オルガンがあったがね」

一人が、牌《パイ》をあげたまま、おろしもせず聴き惚れている。

「だが、あれはなんと云う曲だね？」

「いや、知らん」

「君は？」

「僕も知らん。ねえ汪君、君は、ふだんから通《つう》がるが、知っているかね？」

「知らなくってさ」

汪は、髭をこすりながら、得意そうにこたえる。

「あれはね、グスタフ・マーラーの『子供の死の歌』と云うやつさ」

そして彼は、——小心な、感傷家である汪は、打牌《ダーパイ》もせず、うっとりと聴き惚れている。

しかし、それは実際にも曲名とおなじなのであった。

死の歌の、もの佗びしげな旋律のなかで、ひとり、あの世へ連れ去られようとする、人間がいたのだ。

こんな荒《し》けた日には、

こんな嵐には、

戸外で遊ぶ子はないのだけれど――

×　　×　　×

この、悲痛なしかし渋い、むしろ形而上的な巨人の最後の作品はなんと八仙寨の隠者頼江にふさわしい事だろう。

と、それからしばらく経った頃、今夜は、誰が弾いているのだろうか？

無闇と「子供の死の歌」が、煩わしい騒音になった。

そこへ、扉がひらいて、頼江が使っている若い下婢《かひ》が現われた。

「オイ君」

葉が、眉をしかめながら、待ち兼ねたように訊ねた。

「今のは、君、誰だね？」

「ハア、今のと申しますと？」

「あれだよ。さっきと違って、ぶかぶかなんの意味もなく弾いているだろう。あれは、まさか、此処の奥さんじゃあるまい」

「いいえ」

「なに、奥さんだ!!」

「ええ」

と、下婢はくすりと笑った。

「だけど、あれは他人《ひと》の手をとって教えているんです」

「分らんねえ。すると、生徒と云うのは、いったい誰だい?」

「女たちです。いま、非番の女たちが七、八人も押しかけてきて、五月蝿《うるさ》いのって、そりゃありアしません。私、ヘッダさんの御用を伺いに来ました」

「いかん」

一人が、いやらしい手附《てつき》をして、いった。

「いかんよ。いまは君……」

と、その瞬間――

側《そば》で、あっという声がした。

見ると室《へや》に入っている筈《はず》の汪済沢が、ぬうっと長身を現わしたのである。

「オヤッ」思わず驚きを罩《こ》めた視線が、一斉に汪の顔に注がれた。

「何《ど》うしたい、君」

「こんな訳さ。さっき、おれが籤《くじ》に勝って部屋へ入って往《い》った時、その時あの女が何《ど》うしたと思うね？」汪が苦笑と共にいった。

「無論お化粧して君を迎えただろうが」

「ところがだ」汪は忌々《いまいま》しそうにペッと唾を吐き捨てて云った。

「ヘッダの奴、ぐでんぐでんに酔払ってね、浴槽《バスタッブ》の中で石鹸《シャボン》の泡と喧嘩しているんだ」

「ハハハハハ、それから？」

「それからは体《てい》のいい看護兵って訳さ。驚いたよ。まるで正体がないんだから怒《おこ》りも出来んしさ」

そうして汪は廊下の方へ出て行って了った。

すると汪と下婢が去ってから間もなくだった。

「オイ、聴こえるか？」

「うん、あれがか……」

と、眼を交し合う顔も憑《つ》かれたように、四人は呆然となって了《しま》った。

それは――ヘッダの部屋から、ワッハハハ――と、異様な哄笑が響いて来るからである。

（不思議だ、何うしたというんだ）

しかもそれが気狂《きちが》い染《じ》みた調子、二《ふた》呼吸ほどの間《ま》を置いて続けられる、酔いどれの高笑い。が、それにしても、余りに異常だ。

「君、酔いが醒めごろになって笑うようなことはあるかな？」

「ないねえ。夢を見てるにしちゃ時間が長過ぎるし……もう彼是《かれこれ》十分近くも続いてるよ。君どうだ、行って見ちゃ」

一人が扉の側へ往ったが、ものの半分とはいなかった。直ぐその男は前よりも一層痴《ほう》けたような顔付で戻って来た。

「何うした、形勢は何うだ？」

「おれは」とその士官は腑抜けたような眼で、「てっきり、夢じゃないかと思うんだが、そうらしくもないし……」

「何いってるんだい、確《しっ》かりしろよ。君は、女には当らんし、麻雀には敗《ま》ける――そんなこんなで茫《ぼう》っと来たな」

「いや多分君だってこうなると思うよ。君へッダの室《へや》には男がいるんだ」

「何？」とたんに他の三人がぐいと呼吸《いき》を呑んだようである。

　ヘッダの室に男がいる。もしもそれが事実としたら、奇蹟のような話である。そこは袋部屋で、入口はいま汪が出て来たあの一つしかない。しかも窓は鎖《とざ》されている。この室を通らずにあの部屋へ入ることは不可能だ。

（この男の、事によったら幻聴かも知れんぞ）

　とそう気がつくと、あとはまた割れ返るような爆笑だった。

「オイ君は今夜は確実に何うかしているぞ」

「何故だね？」

「何故って？　いま汪が出たんだから男一人いない筈だ。そこへもし入ろうにも、この室を通らにゃならん。ところが此処にゃ俺たち四人、八つの眼が頑張っとる」

「うん、そうだ密室だよ、あすこは――」

　中で一番智識的な葉がいった。

「よく探偵小説にある密室という奴だ。入口は一つしかない。しかも周囲は堅固な羽目で蟻一匹も通れない。まるであすこは穴一つしかない箱のようなものだ」

「だけど僕はいま、この耳で聴いたんだからな」

　その士官は余り冗戯《からかわ》れるもので、怒ったような声になった。

「事実は、僕に取っちゃ、飽く迄事実なんだ。密室云々のことはそれからの問題さ。君、葉君！　そんなに僕を疑うなら、君往《い》って見給え」

ところが、葉より先に腰をあげた一人があって、しかし、それも間もなく腑抜けたような顔で戻って来た。

「やはり」

が中にはまだ信じ切れない士官もいて、

「よおし君等、兵隊の癖になんだ！」

しかし半信半疑ながらそっと扉口《とぐち》まで行くと、やはりヘッダの狂笑にまじって、男の笑いが聴こえる。

ワッハッハッハッ――と、まるで割れかえるように高笑うヘッダ。それに混って、ウッフッフッ――と低音《バス》で忍び笑う男の声。

「うむ、確かにいる」

こうしていよいよ、不可解な男の存在が確実にされて了ったのである。

ところがそれから間もなくのことである。

四人は背筋の辺りがぞっと寒気立つような気がした。

それは、ヘッダのも男の方も、笑い声が不意に止《や》んで了ったからである。

「あッ、何うしたんだろう?」

葉は、牌《パイ》を一つかみにして、唸《うな》るようにいった。

「止んだね」

「うむ」

しかしその止み方が、じつに薄気味悪いのであった。

こうして一方、鳴り続けるオルガンの音を聴きながら、一同の不安は高まったが、それを払い退けるように、ウイスキイをあおり、夜を徹しての打牌《ダーパイ》を続けた——が、果せる哉《かな》、不思議な侵入者のあったその翌朝、ヘッダ・ザルキンドは屍体となって発見されたのである。

やがて頼江、十八郎をはじめ邸中のものが集まった。

屍体は寝台《ベッド》の上に仰臥《ぎょうが》の位置で横たわり、両脚をややはだけ気味にして右手を胸にのせ、左手は寝台の端からダラリと垂れているが、顔は、紫地の枕覆いの上に行儀よく載せている。

頼江は鵬や十八郎が来た時にこの部屋にいて、屍体の口腔を調べていた。

彼女は、医者だけあって事務的に処理しているが、さすが、腰部を覆うたりして女性らしい心使いを示している。

部屋中の窓は、鎧戸にも硝子窓にも掛金が下りていて、桟《さん》は垂直になり足跡はおろか、室内には服の繊維一つ落ちていない。

総じてどこと云って別に異状はなく、また変死を立証するようなものはなに一つ発見されない。

十八郎は、ゆうべこの室に不思議な侵入者があったのを知ると、鵬を、片隅に引っ張っていってそっと囁《ささや》いた。

「じつに、鵬君、弱ったことになったね」

「うん」

鵬も、政治部長だけに、苦り切った表情をして、

「ヘッダは、最近は君も知ってのとおりだ。長沙《ちょうさ》の、ポーランド領事分館を通じて曲馬団《サーカス》の持主がこの女の引渡しを要求しているんだ」

「そうだ、その矢先だからね。多寡《たか》が、一淫売婦の死だけれどよほど慎重にせんことにゃ……」

十八郎も、暗然と、まったく途方に暮れたらしい。

「それでないと、却って政治的に逆用される虞《おそれ》があるよ。だからね、なるべくなら、南京政府の逆宣伝には乗りたくないよ」

闘う女医（仲子の手記）

その裡《うち》に十八郎が一同の昨夜の行動に就《つ》いて訊問を始めることになった。

「では、汪さん」

と、静かに、事務的な訊きかたをした。

「あなたから、どうぞお始めになって、ゆうべの行動をお聴かせくださいませんか」

「と云いますと、全部ですか？」

それから汪は、露骨にゆうべの感情を曝《さら》け出すのだった。

「ねえ、そうでしょう？　一週間も人殺し作業をやってやっと帰ってくると、当った女が、ずぶ六ときやがる」

隅で、誰かがクスクスっと笑った。

「なにしろね、ヘッダが浴槽《バスタッブ》のなかで、石鹸《シャボン》だらけになっている。それをやっとの事で引っ張りだして襦衣《シミーズ》だけを着せ、とにかく寝台《ベッド》のそばまで引き摺《ず》って来た」

「うむ」

「すると、今度は床にふんぞりかえって、梃子《てこ》でも動かんのです。なにしろ、馬鹿力があって足腰が利かない。それに、あんな二十貫《かん》もある、重い奴ですからね。たかが、二間《けん》のあいだを、小《こ》三十分も費《かか》ってしまいました」

するとと頼江が割って入るように優しく訊いた。

「あなたが部屋をお出になる時……ヘッダは何《ど》んな状態だったのでしょう?」

「つまりこう、寝台《ベッド》のしたの左側のところにですね、手足を、枕木みたいに抛り出し、仰向けざまに寝転んでいました」

「じゃ」

と、頼江の眼が、はげしく瞬《また》かれ出した。

が、どうしたことか、その時はそれなり質問を打ち切り、午後になると、葉をこっそり自室に招いたのである。

「私、皆さんのお出でのところでは、どうかと思いまして……」

「と云いますと……?」

葉は、何事かを予期して、愕《ぎょ》っとしたような表情をしたが、

「ハハハハハ、じゃ奥さん、僕がとうとう容疑者にされた訳ですね」

「いいえ、決して」

頼江は、さも打ち消すように笑った。

しかし、いつも表情のあまり動かないその顔は、かえって葉には薄気味悪いものだった。

彼は、此処で機先《きせん》を制せられてはと、問われぬのに云い出してしまった。

「ねえ奥さん、あなたは、僕が蚊帳《かや》を吊ったかどうか、お訊きになりたいのでしょう」

「…………」

「だが、それは僕じゃない、笑い男です」

「マア、笑い男なんて、実際いたんでしょうかしら……」

頼江の――しかし眼は、すこしも笑っていなかった。

「だが、それが事実なんですから、不思議きわまる事件です」

葉は、頓狂《とんきょう》な眼を、はげしく瞬《またた》き出した。

「とにかく奥さん、僕があの部屋へさいしょに入ったのですからね。結局疑われるのも、当然かも知れません」

「オヤ、マアたいへん、覚悟がいいこと……」

「いや、聴いてください。それに僕はあの部屋に十五分近くもいました。尤《もっと》も、それは念のゆくまで調べあげた所以《せい》ですがね。笑い男が、絶対出入りの出来ないなかから、消えてしまったんですから……」

「オヤ、またお復誦《さらい》……」

「ハハハハ、いやどうも、辛辣《しんらつ》ですなあ、奥さん」

葉は、強いて動こうとするものを、抑え付けているように、

「でも、結局、ピンからきりまで、笑い男なんですよ。で、あの時の実際をもう一度申しあげましょう」

「………」

「あの時、笑い声が止む、汪が現われるという暗合が現われたんで、とにかく、薄気味悪いながら、調べようと決心しました」

「それで？」

「ところがですよ、入ると意外にも、なにが映ったでしょう？　ヘッダが、蚊帳を吊って寝台《ベッド》のうえで、スヤスヤと眠っているんです」

「では、なにもかも、推測とは、あべこべになる訳ですね」

「そうです。しかし、奥さんなら僕を信じて頂けるでしょう」

葉が、ちょっと異様な訊きかたをした。

知らぬ間《ま》に、額から油汗がにじみ、なにか心の奥底で荒れ狂うものがあるらしい。

「御覧の通りですわ」

頼江も、さり気なく笑って、

「私は、どなたにも不偏不当ですわ。その代り、ヘッダを殺した男には、誰でも仮借《かしやく》しませんわ」

するど、葉の動揺が、ますます甚だしくなってきた。

云うまいか、これを云ったが有利か不利かと、はげしく惑っているらしい。

「ねえ実は……」

やがて、葉は眼を据え、声を低めて、

「この事を、云おうか云うまいかと、先程から迷っていたのですが、奥さんなら、公平な方でもあるし……」

「と云いますと?」

「それはヘッダが、あるいはその時、死んでいたのではないか——ということです。そのときは、さして不審な気も起こりませんでしたが……」

「なるほど」

頼江も、深々と頷いた。

「そのことは、私も異論なしに認めますわ。また、それが大切な点でもあるのです」

「………」

「とにかく、ヘッダの屍体を床から寝台《ベッド》へ移し、それに蚊帳を吊った人物があります」

「左様」

「また、それが犯人なのは、云うまでもないことです。でも、葉さん、なんだか私、説明が付きそうなんですよ。誰が——といっても見当だけですけど」

「と……」葉の眼が、はげしく燃えてきた。

「それは、誰だと仰言るんですか?」

「まだ、私の見当という程度ですの、ゆうべ麻雀をやった四人以外と云う……」

「では、多分これじゃありませんか」

葉の顔からは、神経的なものが消え、安堵《あんど》した、弛《ゆる》みがあきらかに見て取れるのだった。

「ねえ奥さん、あの部屋と、僕らがいた間にですね、細長い、なにもない空部屋があるじゃありませんか。すると、少々突飛《とっぴ》なようですか」

「なんで御座《ござ》いましょう?」

「ゆうべ私達四人が、男の笑い声をたしかめに、間の部屋へ入ったことがあります。そのとき、背後から、こっそり忍び込んで、隅の闇に隠れた者があったとします」

「………」

「そいつは、やがてわれわれが戻った隙に部屋のなかへ入り、それで目的を果したとします。そして、終るとすぐまた旧《もと》の位置へもどり朝まで竦《すく》んでいたと云い得ましょう。朝がたには、僕らも引き揚げたし、脱出の機会はありました」

「なるほど」

頼江は、頷いたが、そのしたから反駁《はんばく》した。

「でも、それだけじゃ、完全じゃありませんわよ。ところで、あなたにお訊ねしたいことがあるのです?」

「ホウ、なんなりと」

「それは、さいしょヘッダを、御覧になったときのことです」

「…………」

「そのとき、たしか一つ、御覧になったものがある筈《はず》ですわ」

「サア、なんでしょうな」

しばらく、葉は視線を宙に据え、惑うような、捜《さ》ぐるような表情をしていたが、

「分りません。僕は、隠さず云いますが、仰言って頂けませんか」

「でも」

と、頼江は、惑わすような笑みを続ける。

「でも、なにかヘッダの顔に、御覧になったものがある筈ですわ」

「いいえ、ヘッダは俯向《うつむ》いていたのですから、ただ僕は亜麻《あま》色の髪を見ただけです」

哀れにも、葉は頼江の穽《おとしあな》に、すっぽりと嵌《はま》ってしまった。

「そう、亜麻色でしたの」

頼江の、声は静かながら、サッと眉があがる。

「そうです。ヘッダの髪は、亜麻色でした」

といいかけて、葉はなにかなしに、不安になってきた。

「だが奥さん、その髪の色がどうしたと云うんです。僕は、見たまま、真実を云っているのですが……」

「そうでしょう。それで、よいのです」

頼江の頬に、冷やかな嘲るようなものが泛《うか》びあがった。

「では、あなたはそれを、絶対の真実とお認めになるのですね。私とくに念を押して置きたいと思います」

「そ、そりゃ、そうですが」

葉は、不安に息苦しくなってきたらしい。

眼を、怯々《おどおど》とさせ、額からは一筋油のような汗が落ちた。

「で、それが、どうしたと云うんです？」

もはや予期する不安にい溜《たたま》らなくなり、葉は、声をふるわせ、じりじりと前に出てくる。

「奥さん」

しかし頼江は焦《じ》らすように、口を閉じたまま笑っている。

成算たっぷりに、相手を弄《いじ》くる意地悪い快楽だ。

「奥さん」

「じゃ、申しますわ」

頼江は、やっと経ってから、云った。

「そうしますと……、あなたが御覧になったのが、亜麻色とすればですね、あなたが、ヘッダの屍体を寝台へはこんで……」

「エッ？」

「そうして、蚊帳を吊ったことが、その色に現われているんです」

「莫迦、莫迦な、なにを云う！」

葉は、とたんに色をうしなったが、狂気のように喚き立てた。

「冤罪だ……飛んでもない……あんたは、気が狂っているんだ」

「私より、あなたのほうがね」

頼江は、鉛筆を呑気《のんき》そうに廻《まわ》しながら、

「あまり、大きな声だと、聴こえますわよ」

その声に、葉の頸《くび》がっくりと頂垂《うなだ》れ、肩は、さながら波打つようであった。

「ねえ葉さん、あなたは優秀な、砲兵士官でいらっしゃる。その視力を、私、疑うことなどありませんわ。だけど、あなたが見た髪が亜麻色だとなると……」

「だが、奥さん」

そのとき葉が、隙を見付けたように、云いかえした。

「じゃ、あの髪の色を、なんと云うのでしょう。あれは、金髪《ブロンド》でも栗色《ブリユネツト》でもない、亜麻色です。なるほど……では多分、お国のほうに別の云いかたがあるのですね」

「ありません。亜麻色は、飽くまで亜麻色にちがいありません」

「…………」

「ただ、それが亜麻色に見えない条件にあったまでです。ねえ葉さん、ヘッダは白麻の蚊帳のなかにいましたね。そして頭を、紫地の枕覆いに載せていたのでしょう？」

「そ、そのとおりです」

「そうすると、それが亜麻色には見えなくなるのです」

「……」

「つまり、色彩《いろ》の対比法則ですが、白い紗をとおして――この場合、蚊帳に当りますわね、そして紫地のなかに置かれた、灰色をみますと、それが鮮かな緑色を呈してくるのです。つまり、あなたが見た亜麻色というのは、まだ、蚊帳を吊らない以前《まえ》のことです。蚊帳を通して、見える色では絶対にないのですよ」

葉は、わなわな顫《ふる》えるのみで、動きも出来なかった。しかし、彼が真実のヘッダ殺しだろうか。

「ねえ、葉さん」頼江は、声をあげた。

「真実を云って下さい。あなたは屍体を運んで蚊帳を吊りましたね」

葉の肩の辺が小刻みにふるえている。

やがて、血の気《け》のない唇から、嗄《しわが》れたような声を出した。

「そのとおりです。ヘッダは、汪が云うとおりの位置で床のうえにいました。あの時、まだ体温があったので、死んだとは思わず、寝台《ベッド》へはこんで、蚊帳を吊ると気が附きました」

「…………」

「そうなると、自分に疑いがかならずかかると思い、とうとうそれやこれやであんな小細工をしてしまいました」

「…………」

「手足や指先の反《そ》りを自然の状態に直したり、蚊帳にまで気を附けてそのまま部屋を出たのです」

といって、葉は卓子《テーブル》に手をつき哀願するように、

「しかし奥さん、僕は下手人では断じてありません。誓って、他にあります。信じてください。僕がそんなことを、やれる男かどうか……」

「とにかく、このことは、私だけが含んで置きます。ほかにも、分らないことが、いろいろあるのですからね」

頼江は、強いて追及しようとはしなかった。

顔の、厳《いか》つさも解け、微笑みながら云うのだった。

「じゃ、もうお戻りになっても……二度と、こんなことで、お話したくはありませんわね」

そうして、ヘッダ殺しは、迷宮に入ってしまった。

×　　×　　×

笑い男。

それに、どうしてあの密室に侵入出来たのか？

怪奇と、謎は考えるだけ、それだけにいや増してつのってくる。

ところが、それから三日後の、夜のことだった。

その夜は、日没ごろから風向きが変り、気温が降《さが》って、沼のほうから濛々たる濃霧《ガス》が押し寄せてきた。

それは、頼江の部屋の扉をひらいた十八郎の姿が、しばらく見えなかった程、それほど猛烈であった。

しかし十八郎には、曽《かつ》てないような凄愴《せいそう》な気力が漲《みなぎ》っている。

彼は、挨拶もそこそこに、切り出したのである。

「ねえ、奥さん、じつはあの部屋のことなんですが」

「ハテ、あの部屋と申しますと？」

「つまり、ヘッダが殺された部屋」

「……」

「以前は、奥さまのお居間だった部屋」

「では、なんぞ……」

　頼江は、相変らず水のように静かだった。

　十八郎は、云いかたさえ尋常ではなく、眼も、からだも、昂《たかぶ》ってくるような感じがする。

「奥さん、これは奥さん個人にはなんの関係もないことです」

「………」

「いや、事の及ぼす、影響と云いますかな」

「………」

「なにしろ、あの絶命時刻ごろは地下室にお出でになった。あなたこそ、この事件中唯一の無関係者です」

「では、なにを知りたいと、仰言るのです？」

　頼江の無関心そうな瞳を弾ねかえすように、十八郎がじりじりと膝を進める。

「それは、あの部屋の、構造に就いてですが……」

「構造と……？」

　云いかけて、頼江は、不審そうな瞬きをする。

「それには、いったいどんな意味が御座いますの。なんだか、漠然として、汲みとれませんのです」

「つまり……」

と、十八郎は、相手の顔色を読んでいたが、

「それは、あの部屋に秘密の通路があるのではないか？」

「なんです？」

頼江は、真の底から驚いたらしい。

はじめて、表情のにぶい顔が、大袈裟に揺れた。

「マア、あなた、三藤さん、どうなさったのです？」

「いろいろと、考えて見ましたが、究極のところは、どうしても、あの部屋に秘密の通路がなけりゃならない」

「…………」

「そうして、はじめて犯罪が、人間の仕事となるのです」

「…………」

「ねえ奥さん、あなたがそれを、お知りにならないとは云わせませんぞ」

「…………」

「どうです？　何処です？」

「…………」

「壁ですか？」

「…………」

「床、天井ですか？」

「…………」

「ああ、なぜ奥さん、黙っとるんじゃ」

十八郎は、ついに耐えられず爆発してしまった。

「マア、年甲斐もない……」

頼江は、やっと口をひらいた。

呆れたように、嘲るように、唇をゆがめて、

「お騒ぎに、ならなくとも、眠ってやしませんわ。で、仰言ることは、それで全部ですの？」

「そうです」

「では、申しましょう。そんなものは、存知《ぞんじ》ません——とね」

「ううむ、飽くまで……」

十八郎は、獣のように呻くのだった。

(そうか。では今に、退《の》っ引《ぴき》ならぬようにしてやるぞ)

その色が、顔にありありと読める。

しかし、間もなく、彼は意外にも、平静な語気で云い出した。

「奥さん、いつぞや貴女から拝借した、経文《きようもん》の断片がありましたね。お父さんが、あなたに解くまでは残れといわれた、経文の一節です」

「ハア、ではあの、観無量寿経の一節ですね」

それには、ただ——

仏手一。浄指端。一一指端有梵。八万四千情画。如印珞。一一画有八万四千色。

とだけある。

しかし、それに十八郎はなんらかの意味を付けたらしい。

彼は、指先で、ひらひらと振りながら、

「これを、奥さん、なんと思いますな」

「経文、ただの経文の断片でしょうが……」

「ところが、これが意外にも、暗号だったのです」

と云って、頼江の頰をサッと掠めた駭《おどろ》きに、十八郎は得々と続けるのだった。

「つまり、これは作られた暗号ではないのです。本質的にある暗号文をなすのを、偶然発見されたのでしょう。しかし、くどくどしい苦心談は抜きにして、これを早速解読して見ましょう」

と云って、次のように一字ずつ消しはじめた。

仏手一。浄梵情。如印珞色。

「つまり、文中にある同字を消したのですが、そうしますと、あとは音読に苦心が要るだけです。

それで、残った文字は、
仏手一浄梵情如印珞色。

となりますが、それを音読のおなじ文字に置き換え、それから、「手一」という二字を一つに合わせ、それを「生」の字にしてしまうのです。

と結局、次のようになるのです。

仏生上品上　如　院楽蜀

どうです。

しかも、それを逆さに読めば、なんとなりましょう。つまり「蜀楽院《しょくらくいん》」と「上品上生仏《じょうぼんじょうしょうぶつ》」という、二つの固有名詞が発見されるのです」

頼江も、そうなると、唖《おし》のように黙ってしまった。

両手を、きちんと膝に重ね、細目にあけ、顔もからだも、像のようにうごかない。

十八郎は、黙っている相手に、耐えられなくなったか、

「奥さん、なんと、これにあります。蜀楽院——、ねえ、沼向うにあるあの寺ですぜ」

「…………」

「儂は、行ってみた……」

「むろん、そうでなければ、此処へお出でにはなりますすまい」

頼江は、なにを云われても、氷のように冷やかである。

「で、蜀楽院へいらっしって、収穫は……？」

「それが、なかったのです」

十八郎、さも口惜《くや》しそうに顔を歪め、しかし、このときとばかり、かっと頼江を見つ

めた。

「ねえ、奥さん。『蜀楽院』に、『上品上生仏』です」

「分ってますわ」

「むろん、蜀楽院には、三体の仏像がありました。そのなかの『上品上生』と篆額《てんがく》がかかっている一つ、むろん、それが上品上生仏でした」

「………」

「ところが、それが何事を意味しているか、分りません。さんざん調べてみましたが、なにも獲《え》られんのです」

「………」

「しかし奥さん、あなたは、解読法は御存じなくとも、解答だけは御承知でしょう」

「………」

頼江は、むっと答えず、うすら笑いさえうかべている。

十八郎は、だんだんに冷静をうしない、激してきた。

「解答です、奥さん。あすこには秘密の抜穴があるのじゃ、ありませんか。あの部屋から、地下をとおって蜿蜒《えんえん》と寺まで、まっ暗な地下道があるのじゃ、ありませんか」

「存知ませんわ」

「なに、知らぬ……」

十八郎の、息は荒く、全身が痙攣をはじめた。

「では、最後の駄目として、お訊きしますが……」

「おなじです」

「………」

「ねえ、三藤さん」

頼江の口が、やっと開かれた。

「私、じっさい聴いているのが、苦痛でならないのです。まるで、お伽噺《とぎばなし》か、探偵小説みたい……」

「………」

「ねえ、三藤さん、あなた今年、お幾つになりまして?」

すると、十八郎の顔に、切迫した表情が刻《きざ》まれてゆく。

頼江の嘲侮《ちょうぶ》に、いまはあらゆる儀礼が不用と思ったのであろう。

いきなり、立ちあがって相手を憎々しげに見据えはじめた。

「では、最後にもう一つのことをお聴きしますが……」

「ハア、なんで御座います？」

頼江は半身《はんみ》になって、紙切小刀《ペーパーナイフ》をいじっている。

視線を、横面《よこつら》にうけても、冷静巌《いわお》のごとくである。

「それは……ゆうべ地下室の、釜場《ボイラー》におられた……」

「私が!?」

「そうです。そのとき、マーラーの『子供の死の歌』とやらを、お弾きでしたね」

「ハア、では三藤さんに、音楽の趣味が……」

「いや、ありませんが、詮索の趣味ならあります。そのとき、多分二、三回目あたりからだったでしょう、急に、調子が変って、乱雑になりましたね」

「……」

「なぜ、ああ云う風に、符表《スコア》を無視なさったのです」

「それは、女たちに教えていたからですわ。一人一人、手をとって弾きながら教えたからですわ。他人の、手をとってやる事ですから、満足には、参りません。しかし、そんな事を、なぜお訊きになるんです？」

「では、思い切って、露骨《あけすけ》に云いましょう」

十八郎は、乾いた唇をペロリと甜め、指を神経的にふるわせた。

「むろん、お怒りになられても、止むを得んこってすが、あなたが速度記号《テムポ》を全然度外視したのは一種の音響通信だったのでしょう」

「音響通信!?　ああ、またですのねえ」

頼江は、さも遣り切れぬというように、ふっと溜息をついた。

しかしそれは、十八郎の火を駆り立てるようなものだった。

「つまり、あなたと何者かのあいだに、打ち合わせが出来ていたのです。それでその男は、あなたから送られる音響通信を聴き取り、そして、汪が部屋から出たのを知ったにちがいない」

「マア、なんと云う……」

頼江は、呆れたように冷《ひや》っこい眼で、相手を見て、

「三藤さん、今夜あなたは、どうかしていらっしゃいますわ。どうみても、お頭《つむ》の調子が変で御座いますわ」

「………」

「あなたは、はじめて八仙寨の濃霧《ガス》にお逢いになったのでしょうが、あれはそんな有毒なものでは御座いません。たしか、負担が重過ぎるので、それから起こった自家中毒のせいで御座いましょう」

十八郎には、声がなかった。

彼は、云うべきことを云い尽してしまい、全部、頼江に否定され、このうえの言葉はない。

「とにかく」と、声を叱咤するように、励ませた。

こうなれば、もう頼江の一人だけの舞台である。

「とにかく、私のいうのを、冷静にお聴き下さいまし。最初申しあげたいのは、皆さん軍の方はつい十日まえまでは、全然路傍の人だったということです。

つまり、風の如くに来り、風の如くに去る……

そういう、偶然一所にあつまった人間同志のあいだに、どうして密契だの、動機だのが生れましょうか。

これだけでも、常軌を逸していらっしゃると、思いますわ」

「…………」

「それから貴方は、ありもしない秘密の通路を持ち出しましたね。それで、とうとう卑怯な眼隠しを密室になさってしまったのです。もっともっと苦しんで解決なさろうとはせず、安易《イージー》な近道を選んだ――それが、なにより一番の間違いでした。もっとも、あなたのお立場はそりゃ分りますけど、解決に苦しんで、なんとか遁辞《いいのがれ》をつくろうとしたのが、今夜お出での目的じゃ御座いません？　ねえ、たしか当りましたでしょう？」

ついに、攻守顚倒《てんとう》してしまった。

十八郎は、真蒼《まつさお》になって顫《ふる》える唇を噛みしめていたが、頼江は、もてあそんでいたペン軸を抛り出して、

「つまり、度を越えた火遊びをなさったからですわ。ヘッダを、自然死のままでそっとして置けば、万一にもお負傷《けが》はなかったでしょうに……」

「………」

「それに、ヘッダは、社会の虱《しらみ》じゃありませんの。事によれば、一日なん千人と殺される戦陣のなかで、この殺人事件を思えば、ナポレオンと虱のような気がしますわ。では三藤さん、今夜はこれで止めましょうね」

しかし、この事件はそれなりではなかった。翌日、ついに大団円《キャタストロフ》が来てしまった。

哀恋無限（仲子の手記）

が、そのあいだ、十八郎は頼江との約束をまもっていたか？

否。

戴一家の館は、くまなく劫掠《ごうりゃく》されてしまった。

其《そ》の事実も、当主子岐が行衛《ゆくえ》不明になったということも、頼江の耳には風説めきながら届いていた。

（あれほど、男がしたかたい約束を……）

頼江は眼が眩《くら》むように思いながら、唇を噛んで、一言も十八郎には云わなかった。

——責めたとて、此処はただ実力だけの世界である。

——片々たる、約束や机上の理論がどうなろう？

——それに、軍規厳正とは名のみのことで、この国の、いかなる兵団にも求めるのが野暮である。

——民族自主、軍閥打破、たとい看板にはいかなる美辞があろうとも、大洋銀《タイヤン》一枚、落ちていただけでも中隊の行進が停まる。

頼江は、此処数年のあいだに知悉《ちしつ》してしまったせいか、悲痛に、あきらめながら一言も云わなかった。

が、しかし、子岐の行衛が知れぬということは……

もしやしたら、仲子に不慮の災害を及ぼしはせぬか……

最近、娘と子岐とのあいだに萌《めば》えはじめたもの。それを知ると、頼江は抛《ほう》って置くわけには往かなかった。

もし、仲子の耳にそれが入ったとしたら、娘気《むすめぎ》の一徹《いってつ》が何事を仕出かすかもわからぬ。子岐の、跡をしたって一歩でも戸外《そと》へ……そこには虎狼が兵服を着ている。

そんな訳で、この際仲子をあきらめさせてしまうことが、娘の身にいちばん安全なのではないかと考えた。

「仲ちゃん」

頼江は、そうした時にだけ、やさしい母になる。

もう、闘志満々たる女医ではない。

「ちょっと、此処へ来て」

「なんですの、お母さま」

「いいえね、あんたに話したいことがあるのよ。伸ちゃんの、ぜひとも耳へ入れて置く
……」

「…………」

聴《さと》しそうな、伸子の眼がちょっと動いたようであった。

彼女は、母が自分になにを云い出すのだろう。此処しばらくは、殺人事件などで話し合う折もなかったのに、それだのに、母の態度には訓戒する眸《ひとみ》のようなものがある。

「なんの御用？　お母さま」

伸子は、怯気《おじけ》付きながらも、云った。

母の真剣さが、娘気に怖しくなってきた。

「それはね、伸ちゃんにこの眼を見てもらうの。あんたは、お母さまのこの眼を見られる……？」

「…………」

「あんたは、幼《ちい》ちゃいとき、そりゃ弱かった。だけど、このお母さまを信じ切っていたもんだったから、いつも、癒ることもそりゃ早かった」

「…………」

「だから、あんたはお母さまの診察を、こんな風に思っていたでしょう。まるで、鈎裂《かぎざ》きを繕《つくろ》って貰《もら》うくらいに……」

「…………」

「つまりお母さまの云うのを、その積りで聴いてもらいたいの。伸ちゃんの、病いをみんなお治ししてきたお母さまがまた治すかも知れないんだから……」

「じゃ、何よう？」

伸子はとうとう耐《た》えられずに、聴いたのである。

「それはね、きのう子岐さまが、天へお上《のぼ》りになった……」

「…………」

伸子は、愕《ぎょ》っとしたが、それは信じられなかった。

ふいに、あたりがしいんと静かになって、自分の動悸が顳顬《こめかみ》に聴こえる。

「疑うでしょう……？」

頼江は、澄んだ瞳《め》の色を変えなかった。

それには、相手を信じさすに、充分な力がある。

「あんたが、信じられないのも、決して無理ではありません。だけど、これだけは人間に仕様のないことだし……」

「じゃ、お母さま」

伸子は、顔中崩れそうになるのを、じいっと耐《こら》えて、

「じゃ、あの……」

「………」

「子岐さまが？」

「そう、お歿《なく》なりになったのです」

頼江は、はじめて瞬いて、そっと下へ向いてしまった。

「あの方はね、あんたも知ってのとおり、脊髄カリエスなんですから、安静にして、ギブスの寝床《ベッド》へ寝ていたら、もうちっと保《も》った方なんです」

「………」

「それが、今度の兵乱でいけなかったんですね、衝撃《ショック》をうけた……。あの病に、そんな

事があったら一溜《ひとたま》りもありませんからね」

「…………」

「私も、主治医としてはこれまで歩きもさせず安静を守らせていたんですが」

「……」

「それはね、まるで伸ちゃんのために、この世に生れたような方なんですから……。あんたも、あんな浄《きよ》らかな方と愛し合った幸福を神に感謝しなければなりませんよ」

(ああ、お母さまは……)

伸子は、胸の底までも見透かされたように、悲しみのなかで、ぽうと顔を赧らめた。

(知っていらっしゃる。私と、子岐さまの間が、どんなだったか、知っていらっしゃる)

しかし、それは油をかけたように悲しみを熾《さか》らせるに過ぎなかった。

——子岐はいない。

——もうすべてが、愛の廃墟のように、索然としてしまった。

伸子は、母のまえも忘れて、わっと泣き崩れたが、その肩に、しばらく経つとそっと手が掛った。

「仲ちゃん、泣くのはあとで、お母さんも泣きますわ。だけど、その前にもう一つ、聴いて貰いたいことがあるの」

その声には、やさしいながら圧するような響きがあった。

仲子は、肩口からぐいと持ちあげられたように、顔をあげてしまった。

「それは……仲ちゃん、ほかの事じゃないんだけど、あんたは、子岐さまのところへは、お葬式にも行っては、いけませんよ」

「…………」

「分った?」

「何故です?」

仲子の、声はするどく、恨めしげであった。

「行っては、どうして不可《いけ》ないのです?」

「それは……仲ちゃんのからだが危険だからですの。御覧、兵士たちの眼には、なにが燃えていましょう?」

「…………」

「あんたは、自分を見る眼がなんと云っていると思う?」

「…………」

「分って……？　いま、伸ちゃんは大変な危険にあるのですよ。幹部の人たちは、お母さまを説き伏せて、引き入れようとしている。つまり、軍医にしようとしているのです」

「…………」

「ですから、お母さまの側にいる限りは、なんの危険もありません。しかし、幹部の胸なんぞは、兵士たちには分りませんよ」

「…………」

「ねえ、ですから、決して出ないこと。あんたが身を純潔に保つということが、なにより、子岐さまの睡《ねむ》りを安らかにさせるのです。分りましたね。子岐さまは、あんたさえ純潔なら、決して死んではいないのですよ」

伸子は、眼をあげて、じいっと母を見た。

(胸に生きる）とたんに強い衝動のようなものを、感じた。

頼江は、じっとわが娘の、必迫した表情をみていたが、

「だけど、あんたが強く正しく生きて行くと云うことも、子岐さまの死後を、お倖せに

することですよ。お母さまは、あなたの愛が大きなことも、悲しみもよく分ります。だけどそれが因《もと》で煩らったりしては、子岐さまがお睡《ねむ》れにはなれませんよ」

「…………」

「分って?」

「…………」

「じゃ、お母さまにこれが誓えて?」

「…………」

「第一に、お母さまが云うのを、絶対に信用すること」

　頼江は、涙の膜をとおして、じっと仲子の眼をみていたが、

「そう、分ったわね」

　と、同意の色をみてか、悦《よろこ》ばしげに云った。

「それから、お母さまの側を、一分も離れてはいけないこと。つまり、その二つなんだけど……」

　それから頼江は、仲子の肩をかかえて、部屋へ連れて行った。しかしその時、植込みのなかから二つの眼が覗いていたことは、二人も、通る兵士も一人として知らなかっ

た。

それから、一体なん時間経ったことだろうか。

仲子の室《へや》の硝子《ガラス》窓をコツコツと叩く音が聴えた。

仲子はハッと振り向いた。闇にぎらりと光る二つの眼……

「あッ！」

仲子は思わぬ恐怖に身を固くし、ジリジリと後退《あとずさ》りはじめた。

（あれだろう、お母さまが呉々《くれぐれ》も注意して下さったことは……）

仲子は、一図にそれを軍兵の眼と信じ、その場を脱《のが》れようとした——が、その時、硝《ガラ》子《ス》が不思議にも、ぼっと曇ってゆく。

鼻がぺちゃりと潰れたように張りつき、呼吸《いき》で硝子を曇らせているらしい。

と思うと、指で書かれた二つの文字が現われた。

子岐——

（ああ、子岐!!）

仲子は、まるでのけ反《ぞ》るように驚いたが、しかしそれよりも警戒の念の方が強かった。

（瞞されてはならぬ、子岐さまなんぞと書いて釣ろうなんて……）

しかしそう思いながらも引き摺られるように伸子は、一歩一歩窓際に近附いて行った。ところが、曇りが霽《は》れてゆくに連れて、顔が次第に朧《おぼ》ろ気ながら明らかになった。さいしょは、ながい白髪の眉が見えて、やがて段々に、人の好さそうな老農夫の顔になってゆく。

伸子は次第に気が弛《ゆる》み、警戒の念が薄らいで往《い》った。

（何うしよう？　窓を明けたものか、明けないものか……）

見るとその老農夫は必死に手真似をし、早く此処を明けよと繰り返している。

「灯りを、お嬢さま、灯りを消して」

伸子が思い切って窓を明けたとたんに老農夫は押し入って来て囁いた。それは何時《いつ》も子岐の館の前に出ている、鋏《はさみ》などを売る金物露店の老人だった。

「お嬢さま、わしをお見知りでごわしょうが」

「ええ、知ってますわ」

「どれほど、此処まで忍び込むのに、骨折ったこったか……。わしは、日暮まえから、草叢《くさむら》にかくれましてな。危ないこっちゃ、剣附鉄砲を、持った鬼どもが、迂路《うろ》付き居るし……」

「では、お爺さんは、なんの用で来たの？」

「頼まれましたんですよ。日頃、御恩になって居りゃ、投げ出す命も出来ます。お嬢さん、じつは子岐さまから頼まれましてな」

とたんに、伸子はくらくらっと眩暈《めまい》がしたが、かえって、信ずるよりも警戒の念を生ませるのだった。

（死んだ子岐さまに……なんて、莫迦らしい親爺《おやじ》だ）

と思うと、老人を入れたことが悔まれて来て、この男でなくてもなにか、そこには操つる底の底があるように感ぜられてきた。

伸子は、知らず知らず、だんだんに退《すさ》ってゆくのだった。

「なあんだ、これお嬢さま、どうなさっただ？」

老人は、不審そうな眼で、呆れたように云うのだった。

「どうしただよう、なんで、この儂から逃げなさるのだ」

「だって、お前」

伸子は、喘《あえ》ぎ喘ぎ、云った。

「子岐さまは、とうに死んでらっしゃるんだのに……。天の方《かた》に、頼まれたなんて云ったって、誰が信じます?」

「こりゃ、呆れた」

老人の、真顔がちょっと崩れたが、

「なアに莫迦、云わっしゃるだ。死んだなんて……お嬢さま、縁起でもねえですぞ。まったく、ねえ話だ」

「…………」

「誰が、云いました? わし、八仙寨のもんで、そんな事いうならばそ奴の頭を、打《ぶ》っ喰《くら》わせてやりますべい」

「…………」

「お嬢さまは、わしが酔興に、此処へ来たとお思いかね。飛んでもねえ、とっ捕まりゃ、賦金《ふきん》を背負わされるか、蜂の巣明きになりますだに……」

「…………」

「いったい、誰が嘘っ八を、吐《つ》きアがったもんか。もっとも、行衛《ゆくえ》が知れずとならば、噂も立つべえが……」伸子も、朴訥らしい老人の態度に、ようやく疑いが萌《きざ》してきた。

（じゃ、子岐さまは、ほんとうに生きておいでかしら……。するとお母さまは噂を信じたのか、それとも、嘘を仰言ったものか……。いいえ、お母さまに限って、そんな事があるもんか）

が、この老人は、子岐は飽くまで生きていると主張する。

伸子も、だんだんに老人のほうへ傾き、あるいは信じてもと、思うようになった。

「でも、子岐さまが、生きてるなんて、到底信じられないわ。お母さまが、御臨終までお附き添いだったんだから……」

「それ、それ」

老人は、やっと合点《がてん》が往ったように、

「それだ、嘘の出元が、先生で御座らっしゃる。なんで、お嬢さま、附き添いどころか、こちらの先生は、一度だってお出でにはなりませんぞ」

「えっ、じゃお母さまが！」

伸子は、子岐の生存ということよりも、母の、一度も経験のない嘘言に驚いてしまった。

老人も、そうして解けた警戒の色をみて、はじめてホッと安堵したようだった。

「だが、親心娘知らず――ということも、あるだになア、そう、一図《いちず》にお恨みも、なんねえですぞ。とにかく、お悪いにはお悪いが、御存命は確かなもんです」

「じゃ、いま何処に、いらっしゃるの？」

「八仙寨と、洞迷《どうめい》の境いに、御座らっしゃる」

「マア、ほんとう？」

明るみかけた、闇を裂く一閃《いっせん》の光――

仲子は、老人があの時一瞬遅かったらと思うと、まだ尽きぬ、縁を拝みたくなってくるのだ。

「では、お嬢さまに、証拠をお目にかけましょうか」

老人が、もぞもぞ懐《ふとこ》ろを探り、取り出したものがあった。

「これを、お嬢さまに差しあげろと、云われましたでな。御覧じましたなら、嘘を吐くわしでねえ事が、分りますべえが」

老人はいい、仲子はぴりぴり封筒を破ってゆく。

×　　×　　×

仲子さま――

絶対安静の身であるべきだが、はじめて歩きました。私が、助けられて此処へ運ばれ、なお、生き続けられる気力は、まったく貴女《あなた》の賜《たまもの》です。

それを思うと、恋しさが急に募りはじめ、あなたに、もしや危険がと思っても、到底駄目です。

伸子さん——

しかし、強《し》いて貴女に危険を冒させようとするのが、男として、恋人としての義務でしょうか。

惑いました。

そして、私の無事を告げるだけで止そうと思いました。無事です。しかし、兵匪《へいひ》の手はともかく、自然の手は遁《のが》れられますまい。

やがて、私は死の床《とこ》に横たわるでしょう。

だが、この歓喜は充分酬《むく》いられています。

貴女を見た。

そして、貴女の愛を得たことは千万人にも優る幸福です。

喜んで……僕は充ち足りた気持で……この世を去ろうと思います。

どうか……貴女と別れるとは思わないで。

まして、追ったり、老人の跡を慕ったりしてはいけません。

ただお願いは、子岐という病弱の子がいたこと……それが、貴女によって無上の恵みに浴したこと、また折々は、この古びた部落の、幻をお泛《うか》べくださいますように……

子岐より

×　　×　　×

老人は、仲子の眼を見ながら、読み終るのを待っていたらしく、

「お嬢さま、なんと書いてありますだね。わしは、お渡ししたら、そのまま帰るようにと云われましただが……」

しかし仲子には、十六とは思われぬ熾《し》烈《れつ》な情火が燃えさかっている。

死よりも強いものが……ただ真っしぐらに、真っしぐらにと、背を押してくる。

彼女は灯をしたう蛾の危《あや》うさも知らず、老人に決然と云った。

「行きます。いいえ、この手紙にも連れてゆけと書いてあります」

それから仲子は、葉隠れの梨にも人かと慄《おのの》きながらも、逢いたさ一図で歩み続けた。

そして洞迷の隠れ家に遂に来た。

空屋の、黴臭《かび》さにむせびながら二階へあがって、指された戸をそっと開いたとき――

そこに仲子は眠っている子岐を見た。

高熱で、額には粒々の汗がうかんでいる。

衰弱は、しばらく逢わぬ間に、別人のようで、窶《やつ》れほそった顔は、いっそう神々《こうごう》しく見える。

しかし子岐は、われを疑うように、顫《ふる》える手を瞼にかざして、

「ああ、貴女《あなた》だったの……」

と、それなり、眼は数万言を発するが、口は動かない。

仲子も、とたんに溢れてきた涙で、なにも見えなくなった。

やがてすると、咽《むせ》ぶような子岐の声が聴こえる。

「ああ、やはり君だった!! 僕は君に来てもらえるとは、思ってもいなかった……」

「じゃ……お叱りにならないのね。来てはいけないと云われても、来ずにはいませんわ」

そういって、仲子は子岐をやさしく抱きかかえた。

夜具は、高熱で灼《や》けるようである。

「僕は、駄目だ。あなたを、愛せることだけは、永遠にも誓える。だが、僕の身体はもう直《じ》きなんだ」

死後に……恋はない。歓喜も、悲歎も、ただ現世だけのものである。

伸子は、子岐のいう意味を履きちがえてしまい、一生を縮めて、その短いあいだに味わい尽せというように考えてしまった。

(子岐さまは御自分から直きに死なれるという……そして恋はただ現世だけのものだという……)

伸子は、ただ熱しほてる、肉のかたまりに過ぎなくなった。

(一生を縮めて、短いあいだにあらゆるものを味わう……。他人《ひと》なら、五年も十年もかかるながい恋の旅を、子岐さまは、呼吸《いき》のあるほんの少しの間に味わうのだ)

だが……、なんという、果敢《はか》ない恋だろうか?

数日後?

いや、一日か?

それとも、ただの数時間に過ぎぬだろうか?

が、ともかく、なにかと云いながらも、生き永らえて来ている。

子供のときも、もう少しで死なれるようなことを云ったことがあるが、あれから、十年もお生きになっているではないか。

と思って、伸子は曙光のようなものを、感じたのである。

（いまの、子岐さまには気力がない。境遇が、きゅうに変って安静を奪われた……それが……死近しと感じさせたのではないか）

伸子は、だんだん自問自答のあいだに、考えが変ってきた。

（では、なにが子岐さまを元気付けるだろうか。

常態では、結核患者は経過のながいものだが、急に、気力を失うと、それなりになってしまうことがある。

却ってまた、自暴自棄の暴食かなんかから、食慾が付き、快方へ向う場合もある。

そうだ。

むしろ、この悲境が原因となって、子岐さまは救われることになるかも知れない。

歩く……それもいい。私と、小径《こみち》を散歩する……それも悪くはない。

私だ!!

それ以外に、恋の歓喜よりほかに、救うものはない筈だ）

こうして仲子には、十六とも思われぬ、老熟したものが閃《ひらめ》きはじめた。

八仙寨の悲劇　（仲子の手記）

しかし、子岐の眼は、ますます暗く翳ってゆく。

（到底この恋は、苗族軍の撤退がないかぎり、なし遂げられるとは思えぬ。かなしい、不幸な、絶望的な恋――

それに、この少女を陥し入れるようなことがあってはならぬ。

そうだ、此処で自分は、犠牲になろう。仲子を、この部屋に鎖じ込めて爺やをやり、母の頼江にこのことを告げさせよう）

そうして暫く、眼でおくる純潔な愛撫を楽しんでいた。

ともすると、睫毛が濡れ、恋の終りの、かなしい影がせわしく浮びあがってくる。

「ちょっと、爺やに食事を云ってきますからね。灯りを消すまで、窓の戸はそのままにして置いてください」

「マア、素晴らしい！」

仲子は、驚嘆したように、叫んだ。

「はじめて、私、お立ちになるのを見たわ」

しかし子岐は、眩暈《めまい》をこらえて、やっと立ちあがるのだった。

「それに……お歩けになるし……」

「…………」

「ああ、歩けるわ。こんな事なら臥《ふせ》っていて鬱々としているより、どんなに良いかしれない」

それに、子岐はやっと微笑んで見せた。

しかし、動悸は早く眩《くら》むような眩暈《めまい》がする。

死期は……すでに彼には、数えられるほど分っている。

「でも、なんだかお危ないようね。下の、爺やのとこなら、あたし行って来ますわ」

「いいよ、こうして、苦しいけど馴れなきァいけないし、第一、君だと人目につく懼《おそ》れがある」

そうして、子岐は、仲子を一歩ごとに離れてゆく。

（もう二度とは見られぬ）

閾越《しきい》しに、振りかえってもう一度伸子の顔を見た。

呼び返してくれたら……

と、念じながらも別れの情の罩《こも》った接吻を、愛くるしい眼許に投げた。

（さようなら……）

が、その時――。

それまで聴こえていた、車案山子《かがし》の音が絶えたのである。

向うの水田に、キイキイ廻りながら鳴く、車案山子がある。

その音が、ふと杜絶《とだ》えたかと思うとぐるりには、星空を、黒く区切って四、五人の人影があらわれた。銃把《じゅうは》の閃めき、角灯の光。

それは云わずと、子岐には死を意味する、苗族軍の兵士にちがいない。

「あっ、あれ、子岐さま」

「なに、どうしたの、君？」

子岐は、伸子の声に引き摺られ寝床へもどってしまった。

「あれですわ、あれ、なんでしょう？」

仲子が、眼覚《ざと》くもさいしょに見付けてしまった。

顫えるような声で、熱い子岐の胸に身体ごと投げかけた。

「し、静かにして」

とたんに、子岐の手で、ぐいと仲子は抱き締められた。

「落着いて、静かに……」

「あ、あれ、兵士じゃ……」

「いや、何でもない。ただ、静かに、じっと落着いていましょう」

仲子を胸に抱えて、じっと息を凝らしているうちに、もう望みもなく、これなり、狭《せば》まる網のなかへ囚えられるのかと思った。

とその時、階段の下から重々しい跫音《あしおと》が響いて来る。

コトリ、コトリ……

一足一足、注意ぶかく踏みしめるような足付きは、二の階《はし》に、かかっても、一向に変らなかった。

やがて、終段の擬宝子《ぎぼし》を叩く音が、カーンとした。

(上って来た……いよいよ、二階へ来たぞ)

二人はただ、ハアハア息付きながら、眼だけで囁いている。
すると今度は、階上の廊下でコトリコトリとはじまったのである。
風に……沈み、闇に……泛ぶ。
それは、この息詰まるような中で、無限に続くかと思われた。
「…………」
子岐は、迫って来た跫音にそっと向きを変え、眼を入口の扉にそそいだ。
とたんに、鍵孔《かぎあな》をとおして、キラッと射る光――。
把手《ノッブ》が、ガチャリと鳴った。
（ああ！）
とたんに二人は、眼のまえが暗くなったように、感じた。
思わず、吐くとも引くともつかぬ、切なそうな呼吸《いき》が洩れた。
ところが……意外にも扉は開かれなかったのである。
（どうしたんだろう？）
それは悦びよりも、二人には意外感のほうが強かった。
光は、上向いて框《かまち》の室《へや》番号を照らしたらしい。

そしてやがて消え、廊下の人物は黙々と歩きはじめたのである。

と瞬後《しゅんご》のこと――

どこか、近くの扉をひらく、風のような音がした。

と思うと、とつぜんアッと圧《お》し付けられたような声が、隣室から洩れた。

「いよう、王碧華《おうへきか》、今夜はお客に来たぜ」

女が……隣室にいる。

避難民とみえ、コトリともしなかったが……

王碧華――

それは、仲子さえ知る八仙寨随一の、名だたる楽妓《がくぎ》の一人だったのである。

(王碧華……あの、香肌《こうき》豊妍《ほんけん》の美妓《びぎ》が、隣室にひそんでいる)

がそれは、意外なことでも何でもないのだった。

掠奪も、暴行もしないと誓った苗族軍が、仮面を外したとき、八仙寨には犬の子一匹いなくなってしまった。

そして、土民は、近傍《きんぼう》にひそんで八仙寨から、軍が撤退するのをひそかに待っていたのである。

（だが、碧華にいったい、なんの用があるのだろう？）

子岐は、たちまち吸い付けられたようになって、眼を羽目の釘穴に押し付けたのである。

前方から、差しこむ暗い灯が、影絵のように、入ってきたその男の姿を浮き出させている。

背の高い、肩の尖った——それは、伍長のおそろしい後姿だった。

「なにさ、なんの御用？」

碧華は、組んだ足を平然とゆすっている。

伍長を見ても、動ずる色もなく野鄙《やひ》な、民謡を合の手にするほど落着いたものだ。

「迎えに来た、お座敷があるんでね」

が碧華は、太い腰をゆすって、フフンと嘯《うそぶ》くのだった。

八仙寨の大姐《おおあねご》、彼女の眼には女狩《おんながり》の伍長もない。

「そう、御座敷？　だけど、今夜はお断りしたいと思うの」

「何故だ？」

「何故もないわ。嫌だという、そんな女を引っ張ってったって、仕様がないと思うわ。

咽喉《のど》は痛いし、眠れなかったし……とにかく、今夜は他へ口をかけて頂戴」

「それが、碧華、君を名指しなんだ。今夜は、戦勝の宴がある。鵬部長も、三藤顧問も、君を御所望なんだ」

「じゃ、こう云って……。きのうの埃《ほこ》りで、咽喉が潰《つぶ》れましたからって」

「いかん」

しかし伍長の威喝《いかつ》も、碧華にはなんの効目《ききめ》もないのだった。

「へん、お前さんたちも、いい加減にするがいいや。ひとを、犬みたいに蹴《つ》け廻して……なにさ、あれだけ、非度《ひど》い目に逢わして置いて、し足りないのかね。黴毒《かさ》がありゃしまいし、触っておくれでない」

「ホウ、吠えたな」

伍長の、声も影も、巌のようにどっしりしている。

「とにかく、君には仕度をしてもらう」

と、はじめて、碧華に戦くような影があらわれた。

「仕度って、お前さん、拐《かどわ》かす気かい。よう、何処へゆくのさ、女郎部屋かい？」

「いや、軍にとどまる。君は女郎屋にいて参謀連の相手になる」

そうして静寂《しじま》のなかを、殺気の寒々としたものが流れてゆく。

碧華は、喘々《ぜいぜい》と荒い呼吸《いき》をし、泣くように顔が歪んできた。

「そう、分ったわ。つまり、お前さんて人、女狩りだね。因果にも、なんてこったろう」

「いや、因果は、碧華、君にあるこったよ、艶《あで》すぎる……それが因果だ」

と、碧華の顔を覆うて、狡《ずる》そうな影が拡がってゆく。

「だが、ねえ、お前さん」

と、唾をグビリと嚥《の》んで、

「いくら、任務とは云い条《じよう》、抜けくらいはあるだろう。お前さんが見付かりませんでしたと帰りゃ、それまでなんだし、私のほうにも、そうして貰えりゃ、水心はあるし……。ねえ」

王碧華は、なんとか危難をのがれようと、しどけなさの中で、ホッとした気味の声を出した。

「ねえ……お座敷を、此処にしようじゃないの。なんだか、あたし、伍長さんが好きになっちまった」

「そうかも知らん」

伍長が、ぶつ切《ぎ》るように云うといきなり、碧華の顔に沈むような影が覆いかかった。

瞬間、碧華は失神したように、動かなくなってしまった。

黒布《くろぬの》で顔を覆われ、床に足を投げ出した――それは、無残にも滑稽な姿であった。

「しまって置きな。剝《も》ぎ立ての、林檎のようだがこう曝《さ》らしてちゃ、色も香もなくなる……」

伍長は、そうして碧華をぐっと抱きあげた。

間もなく、二人は階下へ風のように消えてしまったのである。

苗族軍の女狩り――

王碧華が、黒布をかぶせられ、女部屋へ拉《らっ》し去られた。

それはただ、子岐と仲子の二人が知るのみであった。

が、そのために、子岐は仲子を置き去りにすることが出来ず、とうとう二人はそこで明かしてしまった。

翌朝二人は、朝の光に耐えられなかった。

鎧戸から、差し込むダンダラな陽に、仲子は、藁束《わらたば》に顔をうずめた。

そして眼の隅から、男の顔をのぞくように盗み見て、小声でそっと囁くのだった。

「はやく私たちは、昼間も愛し合うように、なりたいものだわ」

陽に当ると、醜く凋《しぼ》む逃亡者の身を、仲子は知らぬではなかった。

しかし、子岐とのふとした一夜。

すべてを、仲子は子岐に許し、去るのを許さなくしてしまった。

が、子岐はあと、なん日保《も》つだろう?

一日か?

それとも、数時間後か?

その悩みが、消えるまえの一瞬の焔のように、駆り立った歓楽のあとの、虚脱するようなものを子岐に感じさせた。

(死んでもいい、これなり、死んでも決して惜しくはない。すべてを、前世も、来世も……おれは、ゆうべのあの一刻に縮めてしまった)

「仲子、僕もはじめてだが、君もはじめてだろうねえ。こんな……不味《まず》い……水のような粥《かゆ》……」

「ええ」

仲子も、舌のうえで持て余しているらしい。

しかし、一箸運ぶごとにじっと子岐の眼をみ、その、粥がようように減ってきた。

と、どうしたことか、仲子が生欠伸《なまあくび》をはじめた。

「どうしたの？」

「なんだか、眠くなったんですの。考えりゃ、この二、三日碌々眠れませんでしたものねえ」

と云ううちに、子岐の胸に顔を埋《うず》めたまま、仲子はスヤスヤと寝息を立てはじめた。

子岐は、藁を枕のように支えてそっと膝を外した。

(さようなら)

その声は、声とはならずなにも見えなくなった。

涙の幕はゆらゆらと水底のように揺れ、ようように払って仲子の顔を見たのも一瞬、
また子岐にはなにも見えなくなってしまう。

やがて、引《ひ》き摺《ず》るような跫音《あしおと》が、枕元をはなれ、扉は開かれ、そして閉じられた。

×　　×　　×

それから、なん時間後のことだったか……

葉を落した、梢のむこうに夕陽を背に、戴一家の館の屋根がみえる。
そして今日、そのうえには苗族軍の旗がひるがえっている。
「マア、夕方になっているわ」
そのころ、仲子は、やっと眼を醒《さ》ました。
（ずいぶん、寝た。しかし、子岐さまは……？）
仲子が、見廻しても、犬の子ひとつ影はない。
静かに……ときどき、遠くで、間伸びのした銃声が聴こえる。
（子岐さまアー）
叫ぼうとしたが、危《あや》うく嚙み殺した。
（四面敵のなかで、不慮にも……？　考えがなさ過ぎる）
それから階下を、馬小屋の藁のなかから物置きまで、調べたが、ついに、子岐の姿は
何処にも見付からない。
（悪戯《いたずら》なら、子岐さま、悪《あ》くど過ぎるわ）
といって、遠くへゆける健康ではなし、おそらく、階段の昇降《のぼりおり》も儘《まま》ではあるまい。
どうしたのであろう？

「子岐さま……」

と、とうとう口に出してしまった。

しかしそれにも、答えは愚か、谺《こだま》一つ戻って来ない。

やがて、不安は刻々にたかまり、不吉なものが息苦しくなってきた。

するとその時、眼が、枕元に伸べられている、薬袋紙《やくたいし》にとまった。

そのうえに、うすく、かすれ勝ちな、鉛筆の跡が……

×　　×　　×

伸子さん——

眼が醒めましたか?

あなたは……わたしがこれまで眠れないと訴えると、よくあなたのお母さまが処方をして下さった眠り薬でこれまで眠っていたのです。

しかし、そのあいだに、充分お別れをしました。

云いたいこと、別れの接吻も、なん度もしたことでしょう。

けれど容赦なく、別れのときは迫ってきます。

伸子さん——

考えれば何という悲しい、おめもじだったでしょう！

しかし貴女《あなた》のお蔭で、つらい病苦の間にも、光明をつかむことが出来たのです。

それだのに……なぜお別れをしなければ……

こうまで、悲しく思いながら、お別れしなければ……

それは、
死期をまえにしたこの男のために、貴女を犠牲にするのが、耐えられなくなったからです。

つまりこの恋を、貴女を傷《きず》つけずに持ち耐《こた》えてゆけるとは、僕もとうてい思えなくなったからです。

伸子さん——

この子岐は、いつまでもあなたの、死んでも、下僕《しもべ》です。

そして絶えず、恋よりもっともっと優れた高いものとして、あなたを眺め明かしているのです。

許して下さい。

子岐はもう、あなたを去り、この世をも去っている筈です。

さようなら……、どうか、骸《むくろ》を追わないで。

さらば青春　（仲子の手記）

恋は終った！

仲子は悄然と母の家に戻ると、裏手の勝手口からぼんやりしている下婢《かひ》にそっと呼び掛けた。

「婢《ねえ》や、あたし、開けて頂戴」

とたんに下婢は飛び上るような表情をした。

顔を蒼ざめ、眼は恐怖にくらみ、人の相ではない。

「まあお嬢さん、昨夜《ゆうべ》はどうなされたのです？」

「あのう」と、仲子は赭《あか》らめるような気持で「ゆうべは、子岐さまを、お尋ねしたもんだから……で、お母さまなんて云った……？」

「…………」

するとどうしたことか、下婢の顔が急に歪みはじめ、眼から大粒の涙がハラハラとこぼれる。

「どうしたの、婢や？」

仲子は溜らないものに襲われた。

云わずとも、多分予感が当るだろう。きっとこれは、留守中母の身に何事かあったにちがいない。

「云って婢《ねえ》や」

「…………」

「云ってよう」

「…………」

「なにか、お母さまにあったんじゃ……」

すると下婢には、仲子を責めるような表情が消え、いまは悲哀、ただそれだけになってしまった。

「ゆうべ……お留守中に……お嬢さま、とんだことが出来てしまったのです」

「…………」

「先生――お嬢さまのお母さまはお歿なりになりました」

「えっ、お母さまが……！」

伸子は、蹌跟《つまづ》いて、壁に身を支えた。

「それも、拳銃で自殺をなさったのです。一時は、どうやらお取り止めの御様子でしたけれど、なにしろ、もう大変な御出血で……」

母が、死んだ、自殺をした――

と伸子には、しばらく吹き荒《すさ》む風のようなものが聴こえていた。

子岐が死に、続いて母も……

その、母も子岐も、自分で自分の命を絶っている。

その翌日――頼江の遺骸は食堂へ移されていた。

(自殺した。お母さまが自殺した……何故だろう?)

メソディストの簡素な装飾のためか洞窟のように薄暗く、三本の蠟燭《ろうそく》が瞬きながら揺《ゆら》いでいる。

母子《おやこ》のあいだは、別離《わかれ》のないほど慌《あわただ》しかった……

そこへ跫音《あしおと》がして、三藤十八郎が、拍車《はくしゃ》を鳴らしながら、「入って来た。

「仲子さん、大変なことになったね。わしは哀弔《あいちょう》の念に耐えない」

と、静かに、仲子の肩を叩き十八郎は、慰めと同情を罩《こ》めていった。

「何しろ余り突然なもんじゃで、誰も奥さんを止め得《え》なんだのだ」

「小父《おじ》さま、小父さまだけは、本当のことを云って下さるでしょうね」

「…………」

十八郎はじっと動かない。

「本当のこと……私には、信じられませんもの!!」

「つまりお母さんの死因がかね」

「お母さまには自殺なさるような理由が、これっぽっちも無いと思いますわ。それを……」

「わしは寧《むし》ろ貴女《あんた》は聴かん方がいいと思うのだが……」

「何故で厶《ござ》いますの？」

仲子は、少女の面《おもて》のなかへ壮年の執拗《しつこ》さをみなぎらせ、はげしく十八郎を追い、迫るように詰《なじ》りかかった。

「なぜと云うて……、いや、聴かんほうが良いじゃろう」

「でも、あたくしはお母さまの子です。話して頂きますわ」

「………」

「どんな事でも、子としてなら知っても良いと思います」

「そうか」

と、だんだんに十八郎の顔からは躊《ため》らいの影が消えていった。

「では、云おう」

「じゃ、やはり殺されて……」

「それは、飽くまでも自殺だ」

「………」

「見てのとおり、他殺らしい状況は何一つないでな。でも最初は、わしも気遣《きづこ》うてさんざん調べたもんじゃ」

「………」

「わしは、同国人の死を偽わるようなことはせん。神明にも誓う……」

伸子は、十八郎の微動もせぬ眼を見あげた。

「だが、あんたに露骨《あから》さまに云うと、昨日《きのう》、もし正午《おひる》ごろいられたら、訊くまでもないことじゃった」

と、とたんに伸子は、衝《つ》き上げるような動悸を感じた。

「昨日の正午……」

と云えば、一昨日の晩はこの家にはいなかった……

母は、多分それを知っていたにちがいない。

とすると、その翌日の正午ごろ自殺と云うのも、ひょっとしたら、私の失踪が原因だったのではないか。

(母は、子岐さまと逢うのを、あれほど禁じていた……)

それを、子が反《そむ》いたことが、原因だったのではないか。

(きっとそれに、私など知らぬ、秘密のことがあって……)

と、だんだんに伸子は自分が空怖《そらおそ》ろしくなってきた。

多分、子岐と伸子の家とのあいだには人知れぬことがあって、それがため、わが子が子岐の許へ走ったと知って、絶望に駆られたのではないか。

(私が、殺した……)

(お母さまは、私が殺したのだ)

（いいえ、ただ、手を下さぬまでのことで、私が殺したにちがいない）

仲子は、身うちの血が、退《ひ》いてゆくような思いだった。

真蒼になって、眩《くら》むようななかで、仲子は身を支えるのが、困難になってきた。

「どうしました？」

「いいえ、ただ……」

「無理もない。わしはよう貴女《あんた》が気丈にいられると感心しとったが……」

「だんだんに……」

仲子は、十八郎の腕のなかで、絶え絶えに云った。

「すぐ、良くなりますわ。小父さま、なんでもないんですの」

「では、お部屋へ行こうか。歩けるかね、しっかり摑《つか》まって……」

それから、仲子の部屋へ行って、冷たいタオルを当て、十八郎は親身らしく介抱をはじめた。

仲子の眩暈《めまい》は、やがて収まったのである。

すると十八郎は、懐中から七、八枚の用箋を取り出して、

「これですよ、お母さんは遺書を書かれた……」

細々と連なっているのは、まさしく母の筆蹟である。

が、どうしたことか……

読みゆくにつれ、仲子の表情は見る見る間《ま》に変ってゆく。

さいしょ、思慕と悲歎だったものが、驚きに……意外に……それは何であったか？


(頼江の遺書)

三藤十八郎様
昨夜は、女だてらにない大言を吐きまして、さぞかしばらがきとお蔑《さげす》みのことで御座いましたでしょう。

けれども、私の吐いた大言壮語には、まんざら根拠や理由のない訳でもないのです。私が必ず解決して見せると、豪語したと申しますのは、どんな阿呆でも、自分のしたことに解らぬ事がないとおりで、実はヘッダの下手人がこの私だったからです。

しかし、あんまり判り切った理屈は、却って見付からないものですね。

また、たとい気付かれたにしても、私にはなんの恐れる必要もありません。

なぜなら、私のなし遂げた犯罪は、貴方には夢想さえも出来ないじつに殺人史上空前の新形式だからです。

では筆を追うて、私の犯罪が如何《いか》にして行われたか、また、それが如何なる動機に依《よ》るか——簡単に書き記すことにいたしましょう。

実を申しますと、私が地下室で弾いておりました、マーラーの「子供の死の歌」は、ヘッダに餞《はなむけ》た、挽歌であったと同時に殺人具だったのです。

と云ったのみでは、到底お判りになりますまい。

あるいは、音が人を殺すとでも考えると、殺人音波の類《たぐい》を御想像でしょうが、事実は、極《ご》く簡単な装置でオルガンから飛びだした、道化師がヘッダを殺したのです。

また、笑わせもしました。

まず、オルガンの最低音に当る二つのパイプに、芝生で使う四つの股の護謨布管《ゴムホース》を取り付けて、それを、浴室に通ずる送湯管と連絡させました。

それから、残った二つの支管はオルガンの内部に隠して置いた、ある二つの装置に連なっていたのです。

その一つは、第一酸化窒素すなわち催笑瓦斯《ラフイング・ガス》、もう一つは青化水素の発生装置でした。

だいたい、この二つの瓦斯《ガス》はすこぶる簡単な装置で発生するものでして、青化水素は御承知のとおり……催笑瓦斯は、硫化アムモニウムと智利《チリ》硝石の混合物に、熱を加えればよいのです。

そして、これ等の仕掛のうちで、外側へ露出する部分には、布類や雑家具等をつかって、全部巧妙に陰蔽して置きました。

ところで、私はそれをどう扱ったかと云うと、まず毎夜の例にかこつけて下婢を遣り、あの部屋の様子をそれとなく探らせましたが、はたしてヘッダは泥酔しているし、汪さんがいま部屋をちょうど出たと云うので、いよいよ犯行の第一階梯を踏むこととなりました。

それで手始めが、催笑瓦斯の発生装置に、洋灯《ランプ》を近付けることでしたが、それは、糸を足で引いて難なく成功しました。そして、ひとりの女の手を持って譜表《スコア》の符号を押しながら片方の手で催笑瓦斯にあたる鍵《キイ》を押し、笑わせる気体を押し出したのです。

つまり、蹈板《ペダル》と鍵がポンプの役を勤めたわけですが、ここで是非見逃がしてはならぬことは、オルガンの弁から金属管、それから布管から浴槽までの長い道程《みちのり》が、一本の長いパイプに化してしまったことです。

すなわち、弁によって発生した音響は、はるばる浴槽まで行ってそこの捻栓《ねじ》をとおり、蛇口の端にいたって、催笑瓦斯を放出するとともに、その鍵にさだめられた音響を発したのです。

したがって、私が一つ余計に押しているその鍵の音は、周囲の女達には絶対に聴こえません。

と、そこまで云えば、なるほどと合点《がてん》が往ったでしょう。

ヘッダの狂笑の原因も。

それから、ウフフと聴こえた男の含み笑いも――それが実に、はやく小刻みに押している低音鍵の音であることが。

さてこうして、蛇口から這い出してくる催笑瓦斯は、空気より重いのでたちまち水面へ溜ってしまう。

それが、後から後からとおこる送気のために、床上に吹き落されて拡散をはじめ、ついにあの狂笑を起こさせたのですが、それはいわば犯行の予備行為であって、いよいよ最後の止めを刺さねばなりません。

私はまず、オルガンの調子を直すと云って、用意のマスクを嵌め青化水素を発生させました。

と見る見る、空気よりも軽い気体が、パイプのなかへ騰《のぼ》ってゆきます。そこで今度は、それに当る鍵を極く緩やかに長く、次に、不用になった催笑瓦斯の鍵をそれより幾分短か目につよく押して——それが例の唸り声に当るのですが、音と瓦斯をかわるがわるに送りました。

ところで、今度はなぜ緩長音を用いたかと云うに、それは、浴槽に残った石鹸水から、青化水素によって石鹸《シャボン》玉を作りたかったからです。

と云うのは、無益なしかも場合によれば、事前発覚の懼《おそ》れがある散逸を防ぐのと僅少な量で一擲《いってき》粉砕の効果を挙げるために、ヘッダの鼻粘膜に触れるまでは外気から遮断して置きたいのと、もう一つ自由な浮動性を与えたいからでした。

で、万事筋書通りに運ばれました。

はたして青化水素の石鹸玉は、ヘッダが驚いたはずみの強い呼息《いき》で膜を破られ、屍体とあの石鹸泡の跡を床に残したのでした。

むろんそれには、絨緞《じゆうたん》の繊毛《じゆうもう》が与《あず》かって力あったのですが、松樹脂《まつやに》を投入したことも構成要素の一つだったのです。

完全犯罪——それは、云うまでもありません。

が、一面鑑賞的に見ても、充分芸術としての最高の殺人と云えるでしょう。

人を殺す歌謡曲《リード》……なんと女性らしい切々たる余韻をお聴き取りください。

しかも、それと同時に、完全無可欠な不在証明《アリバイ》をつくったばかりでなく、超自然的な侵入者の存在を確認させて、事件を迷路に導いたのでした。

さて、続いて犯罪動機にうつりますが……

動機に於《お》いてもこの事件は、おそらく犯罪史上に類を見出すことは出来ないでしょう。

あるいは、十年後の社会では、犯罪でなくなるかも知れません。

と云うのは、一つの神聖な理想が法の埒《らち》を越えて実現されたからで、それは、人種改良学《ユーゼニックス》なのです。

永遠に救うことの出来ない種《しゅ》は絶滅させねばならぬ——こう云う信仰が、私のみならず、良心的な医学者の胸には、火のごとく一様に燃えさかっているのです。

たとえば、合衆国のジューク一族、イシュマエル一族、シチリアのツィオマラーノ一族のごとき、犯罪、乱酒、怠惰、乱淫、自瀆的貧困、悪性神経病等の悪徳を代々伝える血統には、ぜひにも外科手術による去勢を叫ばずにはいられません。

すると十八郎さん。

ポーランドのジュークである、ザルキンド一族の最後の一人が、私のまえに偶然現われたのです。

云う迄もなく、それはヘッダでした。

しかし、最初のうちは、毫《すこし》も積極的な意志はなかったのですが、ふとあの女を診療する機会があって、そのとき、私は忌むべき妊孕力《にんようりよく》を見ました。

ですから、一応はそれと云わずに、ヘッダを去勢手術に誘って見ましたが、彼女の無智な恐怖のため見事失敗《しくじ》りました。そこで、私は、神聖な啓示をうけたのです。次代の社会のために、ある決心を致さねばなりませんでした。

しかし、そうなっても、私には不思議なくらい感傷が湧いて来ないのです。

生の執着は愚か……ヘッダの殺害に悪徳を負う必要がない以上、むろん悔いもなければ良心の悩みもありません。

すべてが学究として最善の結論に過ぎないと信じているのです。

ですから、この一書も在来《ありきたり》の告白書などとちがって、一片の完全犯罪報告書であることを御記憶下さい。

では、聡明なる顧問殿よ！

さようなら……

吹　江　頼　江

伸子は読み終ってもなお暫くのうちは、恍惚とした墜落感から脱《のが》れることが出来なかった。

(母が、ヘッダ・ザルキンドを殺した、ヘッダを)

伸子は母が殺人者だったという羞《はじら》いよりは、自分まで、犠牲にした学究的信念が恨めしかった。

しかし、間もなくすべてが白々として、希望も失せ、これからの生活が沙漠のように感ぜられた。

×　　×　　×

ところが、それから十日ばかり経ったある夜のこと——。

いきなり、男の声で、眠りから醒《さ》まされた。

「あっ、誰方《どなた》？」

巨《おお》きな、影が闇に漂っていて、仲子は竦《すく》むような恐怖に駆られた。

「誰、誰なの？」

「わしだ」

声は、低いが異様な張りがある。

「三藤だ。今夜、あんたを日本に帰す、機会が来たんだ」

「えっ、日本へ？」

仲子は、前途が分らぬながらもときめくような思いだ。

（故国へ帰れる）

こうして、苗族軍とともに流転するかと思ったのに……。顧問十八郎が、自分を日本へ帰すと云う。まるで、信じられぬ、夢のような話だった。

「ほんとう？　それ小父さま、ほんとうで御座いますの」

「嘘は云わん」

しかし、十八郎の語気には、急迫したものがある。

「間もなく、軍には反乱が起こる。苗人の、営長や連長たちがな、わしや、汪や鵬の漢人たちを純粋なものでないというのだ。つまり、苗族軍は苗人の手でと云うのだ」

「…………」

「気付いたが、遅い」

「…………」

「事態はもう、収拾の付かんところまで、来ておる」

「…………」

「明日、払暁《ふつぎょう》の蜂起じゃ」

「えっ？」

「まごまごすると、あんたも儂《わし》も殺されてしまう」

伸子の、全身がとたんに硬くなった。

生き永らえる、望みはいまこの境遇にはない。

だが、殺されるまでの、恥はどんなであろうか。

と思うと、伸子は寝台から滑りだし、十八郎に獅嚙《しが》みついていた。

「連れて……逃げて……。あたし小父さまからは離れませんわよ」

「わしも、その積りでおる。荷はヘッダの遺品とともに、運び出してしまった。あんた

て、二、三十分で取り纏《まと》めるこったな」

と云ったが、十八郎は、チラッと時計を見て、

「いかん、もう三時だ、愚図愚図していては……簡単に、着換えと手廻品《てまわり》ぐらいを持って……」

その一時間後に二人は哨戒線《しょうかいせん》を越えていた。

やがて夜が明けかかり、危険の一夜が去ろうとする。

桂湖の山脈が薔薇色に色附き、子岐の憶い出も、母の墓も迂回する襞にかくれて了った。

さらば、八仙寨よ、さようなら！

×　　×　　×

それから、あちこち潜りもぐって、やっと長沙まで来た。

伸子は、日本領事館を見たとき、それまでの、張りが弛《ゆる》んで、ぐったりとなってしまった。

けれども、此処で不思議なことと云うのは、十八郎の荷物が、予想外に多いことである。

大トラックに、二十数個のそれがギッシリとつまり、一つを運ぶにも、四、五人の苦力《クリー》が要る。

(なんだろう? ただよほど重いものらしい)

しかし、伸子の疑いは一瞬のもので、すぐ館員の姿を見ると、喜悦の念に変ってしまうのだ。

それから、岳州《がくしゅう》に出て揚子江《ようすこう》を下り、上海で、まさに発《で》ようとする豊国丸を見たのである。

が、その時——

「アッ、王碧華がいるわ」

思わず、伸子は舷側の人をみて叫んだ。

その日は、さすがの埠頭も寒々と侘《わ》びしく、見送り人も、手摺りに並ぶ船客もひじょうに少なかった。

(ああ、王碧華だ。八仙寨の楽妓で、伸子が子岐と過した隣りの部屋に潜んでいた……そして苗族軍の女狩りに拉し去られてしまった……)

その人が……

意外にも、同船の客となろうとしている。

（どうしてだろう？　どうして、彼処《あそこ》をぬけ出したのだろう？）

仲子は、ただポカンとしながら渡り梯子《ギャング・ウエー》をのぼってゆく。

すると、碧華は眼ざとくも見付けてしまった。

それまでは、所在なさそうに唾だけを落していた唇も、眼も十八郎を見ると燃える様に輝く。

「まあ、待っていたわよ、パパ」

と十八郎は、仲子へ眦《まなじり》をゆがめながら渋面《じゅうめん》を作ったが、碧華は、そんなことには一向頓着せず、

「私、どうしたんだろうと、思ってた……」

と嬌笑《わら》いが、顔といわず、全身にひろがる。

「どうせ、来ずにはいないでしょうけれども、偶々《たまたま》とこん時は、このまま日本へ島流しだからね」

碧華は、絶えず舐めまわしているような、湿った唇をしている。

十八郎を見る眼も他人ではなく、おそらく拐《かどわ》かされたか、気に入られたのだろうと

思った。

(だが、奇蹟だ、どうして、この女が此処にいるのだろうか？　そして、何故？)

しかしもう、さっきはそう云っていた謎が、やっと解けたような気がした。

(十八郎の寵《おも》いもの)

仲子は、もう不審の眼を瞠《みは》らなくなっていた。

すると、碧華は、仲子に気が付いたらしく、

「オヤ、この人？　女医先生の、娘さんじゃなくって？」

と、見あげ見下す視線には、複雑なものが罩《こも》っている。

「あんたの、お祖父さんやお母さんには、そりゃ虐められたの。風教《ふうきょう》が、どうの、廓正《かくせい》がなんて云ってね。なん度、真面目に働けって云われたかも知れないわ。だけどあんたは子供だしねえ……」

と、やっと外れた眼に、仲子はホッとしたほどであった。

しかし碧華の姿は、神戸に着くと同時にそれなり消えてしまった。

そして仲子は、十八郎の東京の留守宅に連れられて往った。

×　　×　　×

孤児――

天涯孤独の、まったくの独りぼっち。

その伸子が、十八郎の家でそれから日を送ることになった。

ところが、それまでは僅かな仕送りで細々と暮していた、三藤の一家が急に肥りはじめたのである。

それを、十八郎は相場が当ったと云っていた。

それにしても、彼の財界への進出は奇蹟のようであった。

最初は、鉄礦《てつこう》仲買の看板だけだったものが、
商事会社、
それから、業績の振わない一《いち》生保会社を手に入れ、
その一年後には、極東汽船の社長とまで、乗り出すようになってしまった。

それに従って、最初は十八郎の一人娘弓子の学友然としていたのが、食客となり、続いて伸子は女中同様となり、間もなく、名実具わった完全な女中として、伸やと呼ばれるようになってしまった。

家族は、社交好きの成りあがりの賀世子《かよこ》――それは、昔を忘れた十八郎の妻である。

それから、性質は純ながら、我が儘《まま》ものの弓子――。

そのなかで、伸子はただ悲しく日蔭の花のように、細って行った。

そして三藤の家は、いつも若い社員の伺候《しこう》で、夜更けるまで賑かだった。

「伸や」

途方もない時刻に、客間から弓子の癇高《かんだか》い声がする。

「伸や、お客さまがたに、予定を変えることにしたわ。あれ、あって？」

「と申しますと？」

「血入り腸詰《ブーダン》に、軟乾酪《フローマージュ》に、チンザノのベルモットあるかしら？」

「サア、ベルモットは御座いますけど、ほかの物は……」

「ないって云うの？」

「ハア」

「じゃ、電話で云って」

「でも、お嬢さま」

「なによ？」

「なにしろ、時刻がこれじゃ、どうにもならないと存じます。鶴屋《つるや》も、おいそれとは、なかなか起きてはくれませんし……」

「そう。じゃお前の計《はか》いで、似たもの揃えてね」

「ハア」

「時に」

と、弓子は手をあげて、客のほうへ向き直るのだった。

「紹介しますわ。伸やと云う、あたくしの腰元」

「お　腰　元《ファンム・ド・シャンブル》、なアるほど」

「アラ、安土《あづち》さん、そんな仏蘭西《フランス》語、知ってんの？」

「教わりましたよ。弓子さんに、先週の晩……」

「そうだったかしら……。だけど伸やはとても綺麗でしょう。どう、あたくしと孰《ど》っちが綺麗？」

「………」

とたんに、一座がしいんとなってしまった。

見合わす眼――それには世辞にも伸子の格を下げることの出来ぬ。さっきも、伸子が入ると視線が弓子から離れ、瞬間ではあるが、浸《し》みたように瞠《みは》った眼。

こうしたとき、いつも弓子は嫉妬を感ずるのだった。

けれどまた、よく駄弁の大児が緩衝説を持ち出してくれる。

「そりゃ、お美しいです。この女中さんほどの方は、社の嫋《おんな》どもには一人もいませんからね。だがなんとなく余色的ですなア。お嬢さんは、かえって醜よりも、美でお引き立ちになる」

「なアんて、大児さん、口が上手《うま》いわねえ」

そういう所が、伸子にはいちばん味気ないのだった。

子岐のこと、死んだ母などが幻のように泛《うか》び出て、夜中伸子を眠らせぬようなこともある。

が、そのあいだも、サロンの歓談は続けられる。

ところが、弓子が海へゆくと云いだした。今年の春晩《おそ》くのことであった。

会社から帰った十八郎は、いつもの通り、弓子の居間へ入っていった。

弓子は縁側の籐《とう》椅子に掛けて、なにかしきりに読んでいたが、父の姿を見ると、読みさしの本をテーブルに伏せて、

「お帰んなさい」

「フフ、また妖文子《あやしふみこ》さんの小説かね？」

十八郎はそう云いながら、弓子の向う側の椅子へ腰を下した。

「小説じゃないわ、妖先生のものだけど」

弓子は伏せた本をテーブルのうえに立て、その背文字を父に示した。

「ほう、随想録か、随筆だね」

「好《い》いわ、とっても凄いわ」

「凄い？」

「ううん、とっても好いの。お父さんにも後で貸して上げるわ」

「そうかね。尤も、お前に云わせりゃ、妖さんの物なら、何でも好いんだろう。惚れ込んだ先生だもの、つまり、痘痕《あばた》も笑靨《えくぼ》の例えさ」

「あら非度《ひど》いわ、お父さん、妖先生ほどの閨秀作家は、世界中に一人もいないわ」

「世界中とは大きいね」

「そうよ、世界中よ」

「天才だね」

「天才なんて、そんなもんじゃないわ。恋愛論、社会観、宇宙のありとあらゆる事象に則する先生程の人生観をもった閨秀作家なんていないわ」

「おい、待ってくれ。判ったよ、妖さんの哲学を聴いたら、またこの間みたいに夜中になってしまう」

「だって、お父さんの哲学ったら失礼だけど、なっちゃないんですもの」

「酷い目に逢うもんだね……それはそうと、お父さんはこの夏、松原湖《まつばらこ》の別荘へまた行こうと思うんだが、行っても宜《い》いかね」

「宜いわ、どうぞ御自由に――」

「どう？　お前も行かない？　お父さん独りじゃ寂しいんだよ」

「でも、おくつろぎはお一人の方が良《い》いわよ……あたしはね、実はこの夏からドイツ語をやろうと思ってんの」

「おやおや困った文学少女だね」

「変なこと仰言らないでよ。ドイツ語、ラテン語、ギリシャ語、これからみんなやる積《つも》りよ」

「凄いもんだ」

この睦《むつま》じい会話の最中――

「あの、お嬢さま、お客様で御座います」

と、仲子が閾《しきい》のところへ膝をついた。

「ああそう、お通し申して頂戴」

弓子はそう云うと、すぐ父のほうへ向き直って、

「お父さま、じゃお話はまたあとでね」

「立ち退きを命ず、か」

十八郎は、笑いながら立ち上った。

「厭なお父さま」

「じゃ、誰だね」

「大児さん」

「ああ大児君か」

「いけない？」

「いけない事はないが、大分親しくやってくるね」

「だけど」

弓子は、はじめて父のまえで、弁解するような顔になった。

「だけど、あの人を弄《いじ》ってると、一日中退屈しないわ」

「そうか」

が、そのとき、なぜか十八郎の眼がギロリと光った。

怪支那人（仲子の手記）

その日から、数えて半月ほどまえのこと——

仲子とおなじ奥附きの女中の美代《みよ》が、十八郎を探しに庭を迂路《うろつ》付きまわっていた。

そこは以前、目黒《めぐろ》御殿と呼ばれて政友党《せいゆうとう》領袖の、山上貞次郎《やまがみさだじろう》氏の邸《やしき》だっただけに、深山のような感じがする。

柏や榛《はしばみ》が、欝蒼として、小川はあり、邸内のものでもたまに迷うことがある。

が、十八郎は西南端にある祠《ほこら》のそばにいた。

「マア旦那さま、此処にお出でで御座いましたの」

「ああ、美代だね」

「さっきから、旦那さまをお探ししていたんです。見付からなくって、もうあれから、二十分ぐらいになりますわ」

「ホウ、では、用かね？」

「ハア」

「奥さんか？」

「いいえ」

「お嬢さんか？」

「いいえ、お嬢さまなら、お出かけで御座います」

「すると、まさかお前の用じゃあるまいな。ハハハハハ」

と、十八郎は好色めいた笑《えみ》をうかべる。

支那全土を、放浪すること十数年の彼には、色を漁《あさ》るにさえ、すこぶる大陸的なところがあった。

後宮の、美妃数千人ではないけれど、その傍若無人圧力的なところは、まさに、古代支那の暴君を幾廻りか小さくしたようである。

したがって、賀世子夫人も勝手気儘に行動する。

たがいに、三藤の夫妻は毛ほどの感情も合《あわ》せてはいなかった。

「あのう」

美代は明らかに、恐怖を感じたらしい。

此処は……、叫んでも母屋《おもや》に届かぬ場所である。

「じつは、お客さまなので御座いますが」

「客だ……？」

十八郎は外《そ》らされ気味に、舌打ちをしたが、

「だが今日はお前面会日じゃないよ」

「いいえ旦那さま」

美代は、むしろ必死の気勢で云うのだった。

「本当で御座いますよ、森《もり》さんもはじめは懸命にお断りして居りましたんですが、なんでも、支那にお出でのころお知り合いになったとかで……」

「なに、支那で……？」

十八郎は、瞬間硬くなってしまった。

彼は、大陸の闇を横行していただけに、支那と聴いてさえ、ギクリとするようなこと

が多かった。

「支那と云ったね？」

駄目を押すように、彼はじっと美代を見て云う。

「ハア」

「日本人か？」

「いいえ」

「支那人か？」

「ええ、どうも支那《あちら》の方らしゅう御座います」

「では女だね」

「いいえ」

と云いかけて美代はクスリとしたようであった。

「男の方なんで御座いますよ。三十恰好のつるつるノッペラとした留学生みたいな方で……」

「そうか」

しかし、十八郎には何者か見当が付かなかった。

それから林の小径をとおって裏縁《うらえん》に出ると、そこへ伸子が紅茶を持って通りかかった。

「ああ伸や」

「ハア、御用で御座います？」

「実はな、いま客間に支那人がいるんだが見たか？」

「ハア」

「知ってるか？」

「と申しますと？」

「つまり八仙寨やなにかで知った顔かと云うのだ」

「いいえあの方なら、一度も見たことは御座いません」

「ふむ、ではそいつが喋るのをお前が聴いたのかね？」

「ところが、その方は支那語を仰言りませんでした」

「………」

「大変お上手な、さして、私どもとは違わない日本語で……。でも、お顔を見ると広東人らしゅう御座いますね」

「そうか」

十八郎は、いよいよ判らなくなって了った。

彼の知己、以前仲間だった連中には日本語の出来るものはいない。しかも女でないとすれば、王碧華でもない。あの八仙寨から連れて来た爛漫美妓は、いまは妾として荻窪《おぎくぼ》辺に囲ってある。

と、誰だ？

やがて彼には、思い惑うのが、自分ながら可笑しくなった。

（何だ三藤十八郎ともあろう者が、怯《お》じけてどうする？）と大きく呼吸《いき》をし、傲然《ごうぜん》と胸を張った。

仲子に訊くとその支那人は、いつも社員か、目下《めした》の商用で来る者たちに使う、応接間に通してあるとのことだった。

十八郎はやがて呼吸《こきゅう》を整え、ソッと把手《ノッブ》を捻《ひね》った。

すると、窓際の椅子に掛けていた男がスッと立ちあがり、十八郎を見ると、慇懃に頭を下げた。

支那人だ。

しかし何《ど》んなに記憶を絞ろうにも、見覚えのない顔である。

彼は、

（誰だ？）

（誰だ？）

と呟きながら程しばらくの間、その男の顔を模索《まさぐ》っていたのである。

「ああ御主人さまでいらっしゃいますか」

その支那人はいとも明暢な日本語で云う。

態度も悪怯《わるび》れず、気魄も十八郎には押し切れぬものがある。

「だが、ハテ誰方《どなた》でしたかなア？」

十八郎はただそう云うだけでまったく、胸の中もそれだけのものでしかなかった。

「私のこと？」

「そうです」

「李三用《りさんよう》と申しますが」

「聴かんですなア。で、わしとは何処で遭いました？　杭州《こうしゅう》、サア福州《ふくしゅう》か、あんたは見たところ広東人らしいが……」

「当りました。私は、広東の海豊《かいほう》生れで御座いますが」

「…………」

「しかし何処かで逢ったとお思いになるのは無駄な話で」

「ふむ」

「じつは今迄一度もお目に掛っては居りませんのです」

それは十八郎をてんで呑《の》んで掛った態度だった。

「しかし、まんざら二人の間は行《ゆ》き摺《ず》りの他人ではありません」

「…………」

「私とあなたとの間には、離れられぬ絆があるのです」

「そりゃ、そうじゃろう」

と漸《ようや》く十八郎の顔にも、酬《むく》い返すような敵意が現われた。

「ねえ君、無理にも縁を作って、そこから潜り込む。なんだね、いくら欲しい？」

「…………」

「洪水か、飢饉か？」

「…………」

男は答えず、しかし冷笑のようなものが、すうっと浮び上って来る。

「ハハハハ、冗談は止めて頂きましょうよ」

それは、まさに主客顚倒《てんとう》の形だった。

そこへ仲子が紅茶をはこんで来た。しかし男は仲子の顔を見ても皺《しわ》一つ動かさない。

(そうか、して見ると此奴《こいつ》、八仙寨じゃないな。少なくとも苗族軍の関係のものではない)

では、あれかこれかと——十八郎は、はげしく惑いはじめて来た。

「兎《と》に角《かく》君」

彼は強いて作り付けたような笑を浮べる。

「用件を云って貰おう。わしもそうはお相手して居られんから……」

「では申しましょう」

男はやっと口を開くのだった。

「実は御寵愛を頂いて居ります、王碧華のことで……」

「ふむ、碧華のことか？」

その瞬間、十八郎の顔には愕《ぎょ》っとしたようなものが掠《かす》め過ぎた。

「では、あんたは……」

と十八郎が云い掛けたのを抑えるように、

「と申し上げるより、実は碧華の持っていた紙片《かみきれ》のことで……」

「なんだって？」

陽が翳って、木立の多い邸宅が谷底のように暗くなった。それは、主客の眼光をいっそう鋭くさせ、対立の無気味さをくっきりと泛《うか》びあがらせる。

「ハッハハハハ、お目に掛けましょう……」

李はそういって手を内ポケットへ……

その手を見詰める十八郎は喘《あえ》ぐような呼吸だ。

「どうぞ」

やがて白いものが、バタンと卓子《テーブル》の上に置かれた。それはよく見ると吸取紙であった。

(なんだ。こりゃ、なんだ？　この使いからしの吸取紙……？)

そこへ、十八郎の興奮を冷《ひ》やっとさせるような、李の落着いた声が掛った。

「社長、どうか慌てずに、よく見て下さいよ。吸取紙です」

「そんなことは……」

「マア、よく落着いて、それを御覧下さい。この紙が吸い取った文字——一つは明らかに社長の筆蹟です。が、もう一つ、女子《おなご》のほうは？」

「………」

「ねえ社長、これを湖南の八仙寨から拾って来た女がいるんです」

とたんにそれを聴くと、十八郎の顔が紙のように白ちゃけて了《しま》った。

「どうだ三藤君？」

李は、笠に掛って畳みかけるように云った。

すでに勝算歴々と云う風が、のっぺらとした白面の眉宇間に漲《みなぎ》っている。

「うむ」

十八郎はやっと声を出した。

が、それは言葉とはならず、呻《うめ》きに過ぎなかった。

見下された、俺が、財界の惑星といわれる俺が——

こんな、取るに足らぬ小僧っ子のチャンコロにと思うと、彼は、全身の血が逆流するような思いだった。

けれども、今彼の前には厳然たる事実がある。

遁《のが》れられぬ、神の手と同じき真実が示されているのだ。

「判らん」

二度目はやっと言葉になったが、悲鳴のようであった。

「君は……」

「…………」

「詐欺師《かたり》だ」

「…………」

「根も葉もない、大嘘に驚く儂《わし》か？」

「…………」

「強請《ゆすり》や銭貰いなら下手《したて》から来るがよい」

「ハハハハハ」

突然、李は天井に向い、わっはっはっはと嗤《わら》いはじめた。

「弱ってますな、社長」

「何だと？」

「いらん虚勢なら止めた方がいいでしょう。現に、いま云ったことを二度とは云えますまい」

「…………」

「どうです？」

「…………」

十八郎は、がくっとなって、全身の張りが弛《ゆる》んだようである。顳顬《こめかみ》に青筋を張らせ、血管を怒張させ、無理にいきんで見たが相手にはされなかった。

役者が違う——？　というよりも……何《ど》うにもならぬ真実の前には、ただ首をうなだれ、相手の儘《まま》になるより仕様がなかった。

鬼胎地獄　（伸子の手記）

「ハッハハッハッハッ」

再び李は爆笑をあげた。

勝ち誇った、いまは手中の魚《うお》である十八郎を見やりながら、生餌《いきえ》を弄《もてあそ》ぶ野獣のような残忍さである。

「ねえ三藤さん」

嬲《なぶ》るように李はほくそ笑みながら云う。

「あたしが同棲している女の名前、云わなくても判ってますね」

「君の女？」

十八郎は怪訝そうな顔をして、

「知らんよ。また、俺が知る道理《わけ》もあるまい」

李は眼を瞑《と》じたが薄くみひらき、

「では」と、冷笑たっぷりに云った。

「これが御存知ない――そうでしょうか。あなたと王碧華なら、他人じゃないと思いますがね」

「えっ碧華が……」

その驚きは恐怖とは違い、まったくの意外からであった。

十八郎は八仙寨の舞妓王碧華を連れだし、今は妾として荻窪に囲っていることは、既にいった通り……

（その碧華が……）

じつに十八郎に取れば寝耳に水以上であった。

「悪い虫が付きました。ねえ社長さん」

李は見るからに卑屈そうな笑《えみ》を浮べ、当の男に無言の嘲罵《ちょうば》を浴せ掛ける。

「その虫も、大陸の南京《ナンキン》の虫でした。ねえ社長、あまり間が遠退くと、こんな事になります」

「…………」

「碧華も御寵愛が足りなければ浮気の虫を起こします」

（此奴《こいつ》が……）

しかし十八郎には何の反抗も出来ぬのだ。

一切を、相手に任せ、引き廻され、恥を塗られて、しこたまと絞られるのだ。

「で……」

と、李の瞳が悪戯っぽく動いた。

「ですから、さっきの吸取紙の出所がお判りでしょう」

「ふむ」

十八郎は、如何にもだらしなく頷いて了った。いや、この場合そうするより、外にないのだ。

「八仙寨で……、あなたは怖ろしい仕業をされた」

「貴方は豪族戴子岐の財宝が欲しくなった。それは以前吹江女医の父算哲が保管して蜀楽院という寺にある仏像の中に隠してあった」

「…………」

「それをあなたはあの暗号から解いたのです。ねえ、これは僕の想像ですが、当ったでしょう?」

「…………」

「ところが、その仏像の下にはもう一つのものがあった。何でしょう? それは、遙々《はるばる》吹江家まで通ずる地下の間道《かんどう》だったのです。兵乱、飢民、土匪の襲来――そういった危険の多い土地では、当然のことでしょう。しかし算哲は、襲った死があまりに急激だったため、それを娘に云い遺す余裕がなかったのです」

「…………」

「しかし貴方は二つながら発見された」

李の面上が微《かす》かに朱《あか》ばんで来た。

「すると此処に戴家の財宝を獲《と》るに就いて、邪魔者が二人いる」

十八郎はまさに求刑を聴く囚人のように声はなく、頸《くび》はうなだれている。

「誰だ、それは?」

李は、此処ぞと声を励ませる。

「…………」

「誰でしょう。戴家の財宝をあなたが仮に奪ったとすれば、いずれは上海か本国の売立に現われるでしょう。その時細目を知るものがあれば、必ず曝露する」

「…………」

「あなたは後の祭だが、あまりに細心過ぎたのです。放胆に、支那浪人式に、考えなけりゃよかった」

苛責《かしやく》か恐怖か――得体《えたい》の判らぬものが、ジリジリ汗と共に十八郎の頬を伝わる。

「ああ」と彼は突然呻《うめ》いた。

「もういい。云わんでもいい。止めにせんか」

「ハッハッハッハッ」

虐げる。その傲慢な男を賽《さい》の目に切り刻む――なんとも李は嗜虐的《サディズム》なものを感じたらしい。

「ハハハハハ、どうも三藤さんの柄に似ぬ弱気ですなア。しかし話の順序として、云わぬ訳には往きません」

「………」

「それが……その一人は、戴子岐、もちろん、当の所有者とあらば、いたし方はありますまい」

「………」

「それから、もう一人は吹江女医でした。もしやと云う懸念――おそらく、事実は知らなかったのでしょうが、貴方はあの人にも刃《やいば》を向けました」

「………」

「それで、子岐は、兵乱を起こして、追い出しました。かなり、重篤な結核患者のようでしたから、もちろん幾許《いくばく》の命もなかったでしょう」

十八郎は、次をいわれるのが苦痛のようであったが、李は、関《かま》わず舌の滑りに任せてゆく。

「それから……」

「ああ、いいと云うのに……」

十八郎が、悶《もだ》えるような声で、いきなり遮《さえ》ぎると、

「マア」

と軽く制して、李は核心中に入ってゆくのだった。

「ところが、吹江女医には、おそろしい智脳がある。あなたは、尋常一様なことでは到底覚束《おぼつか》ないと思い、迂余曲折の奸策《かんさく》を編み出したのです」

「………」

「で第一に、あの間道《かんどう》から忍び込んで、淫売のヘッダを殺した……もちろん、間道があるとは知らぬのですから、密室になりましょう。そして貴方は、ヘッダをからかって笑わせて置き、そして××を盛り、仕殺せると間道から抜け出したのです」

「………」

「事実明白だ。ねえ社長、僕は、想像ですけど、かならず当っていると思いますよ。で、そうして最後にそれを種に、吹江女医を無きものにしました」

「…………」

「それは、胸を射ってその場に仆《たお》し、その拳銃を哀れにも瀕死《ひんし》の手に握らせたのです。そして、女医の筆蹟を真似、あの遺書を書き、探偵小説めいた虚構を捏《でっ》ちあげたのです」

「…………」

「ところが、その際のあなたは、一点不注意なところがあったのです」

此処で、李はちょっと言葉を休めた。

陽はかげり、夕暮ちかい風が、帆のようにカーテンを膨らませている。

が、彼は、突如として卓上の吸取紙を取りあげた。

「これですよ、それはね」

と云って、相手に刺しとおすような、視線を送りながら、

「これが、いま云った、重大な過失と云うやつなんです」

十八郎は、なにか云おうとしたらしく、唇を動かした。

が、せく呼吸《いき》は分っても、言葉にはならなかった。

「ねえ、これ」

と、李は凱旋将軍のように、続ける。

「これには、御覧のとおり、二様の筆蹟が現われています。一つはもちろん貴方御自身のですが、もう一つは、女医の遺書にある、痛ましい数行なのです」

「…………」

「すると、当然女医が書いたとすれば、自分の吸取紙を使うでしょうから、これは、明らかに何者かの偽書ということになります。ねえ三藤さん」

李は、畳みかけるように、突き刺すように、その吸取紙を、十八郎の鼻先にひらひらと飜《ひるが》えす。

「誰のでしょう?」

「…………」

「この吸取紙は、誰のでしょう」

「…………」

「もちろん。それが分れば、偽筆者が明らかになります」

「…………」

「そして必然、それは、ヘッダのみならず、吹江女医を殺害した……」

「…………」

「鬼畜、殺人者、八つ裂きにしても、なお、なお飽き足らんやつです」

「…………」

「むろん、さいしょは、社長御自身とは夢にも思いませんでしたが……」

と、李が穽《わな》を張り、また嬲《なぶ》ろうとするのに、

「ふむ」

と、十八郎は、他愛もなく落ち込んでしまった。

「俺じゃない。無論のこった。俺に、なんであの女医を殺す、理由がある？」

それは悪戯の詮議に逢っている子供のように、嗛《なだ》められ、うっかり落ち込む陥穽《おとしあな》のようなものであった。

こう云うものを、李は数段となくこらした。十八郎の気力を魂の抜殻となるまで、絞り抜こうとするのだ。

と、それを待って、李ははげしく叱り付ける。

「莫迦な。あなたは、御自分が誰であるかを、考える必要がある」

「…………」

「日本財界の一方の旗頭、三藤十八郎ともあろう者が、なんという醜体《ざま》だ。諦めも、覚悟もない。まったく、往生際の悪い、呆れ返ったもんだ」

「いや、なにも……」

満面は赭《あか》ばみ、恥の上塗りをした十八郎は、その狼狽《ろうばい》すら、滑稽にちかいものであった。

この男、こうした類《たぐい》の男。

いわゆる、一部を除いた支那浪人というのが、どんなに今まで、日本の品位を汚辱したか知れないのである。

が、いま、全支に聖戦は、黎明をもたらしている。

その、数年後のことは、むろんその時、李の知る由《よし》もなかったのである。

「とにかく、この吸取紙は明白にあなたの所有《もの》です」

李は、ズケズケとなお、そのまま続けてゆく。

「それを、この期に及んで云い張ろうなんて、往生際が悪いですぜ。どうです、ねえ社長」

三藤十八郎は、じつに、ヘッダ、頼江を殺した、殺人者なのである。

のみならず、彼は仲子の恋人戴子岐をも迫害し、それを結局死にいたらしめ、また、子岐が得べき財宝を奪ったのも、彼、十八郎ではないか。

しかも今、仲子がいるおなじ屋根のしたで、驚くべき、この曝露《ばくろ》がおこなわれているのだ。

「ねえ社長」

続けて李は止《とど》めを刺すように、

「これが、いわゆる天の網というやつだ。あなたは、無造作《むぞうさ》にポンと捨ててしまった。ねえ」

「…………」

「ところが、この吸取紙を拾った女がいる。それが、拐《かどわ》かされてきた、王碧華なんですよ」

「…………」

「でなきア、僕の耳に、当然入りっこはない。ねえ、天定《さだま》って何とやらで、実際、いつの世にも、めぐり合わせって、あるもんですよ」

「…………」

十八郎は、しかし歯をくい縛りじっと耐えている。

それは、逃げ口をさがす、犬の眼のように、落ち着かず、なに事かを模索《まさぐ》っているのだ。

それを、李は敏感にも、認めたらしく、

「ねえ社長、あなたも三藤なにがしと云われる、この国の名士だ」

「…………」

「それが見透しもつかないなんて、まったく不思議ですよ。此処でよいしょと、度胸を据《す》えるこってす」

「…………」

「強情《ごうじょう》も、よりけり。あまり張り過ぎると、飛んだ目に遇いますぜ」

ちょっと、最後の一考を与えると云ったように、李は一瞬言葉を杜絶《とぎ》らせた。

が、十八郎の沈黙に、耐え切れなくなってしまい、
鋭く、

「三藤さん」

と、怒気を罩《こ》めて、云いかけた。

「往生だ。ねえあんた、二、三遍、眼を瞑《つむ》って、ナンマンダブとやんなさい」

「………」

「こうなりゃ、たとえ神さまが来たって、どうにもなりゃしない。潔《いさぎ》よく……ねえ三藤さん」

「………」

「それとも、我慢の緒を切って、最悪の事態とやらをやりますか？」

が十八郎は、ただ一言、ううむと呻《うめ》いたきりだった。

「世話が、焼けるなア」

李も、さすがに苦笑したが、いよいよ最後の切り札を持ち出してきた。

「実はね、これは碧華から聞いたことなんですが……。お宅に、あの女医の娘さんがいるそうじゃありませんか。何も知らずに、おなじ屋根の下で暮すなんて、因縁もんじゃありませんか」

と、十八郎の眼が、キラリと光った。

「どうします。別に、僕の方は、手間暇いらんのですよ。わっと、喚《わめ》きアいい、そして、その娘さんの耳へ、こいつを入れてやりゃいい」

と、そのとき、十八郎の顔がいきなり柔かくなった。

突嗟《とっさ》に、緩急をつける老獪《ろうかい》さはようやく、彼に落着きが出た証拠である。

李は、それを見ると、薄気味悪そうに顔を曇らせた。

「ねえ君」

と、十八郎は相手の肩をポンと叩くような口調で、

「君は存外早まってはせんかね。どこに、それが俺の筆蹟だという証拠がある。ちがうよ。普通のペンと鵞《が》ペンとでは、てんで違うんだ。ねえ君、浮浪の苗族軍に、鉄ペンなどはないからね、僕らは、家鴨《かも》や鵞鳥《がちょう》の羽でペン先を作っていた」

「…………」

李の顔には、聴いているうちにジリジリと、怒気が高まってくる。

あまりに、執拗な否定の態度に彼は沸きあがるようなものを感じてきた。

「では、あなたは飽くまで否定される。この吸取紙の筆蹟が絶対にそうでない、と云うのですね」

「そうとも」

「飽くまで？」

李は二度畳《たた》みかけた。

「ふむ、断じてそうではないのだから……。是《ぜ》は是《ぜ》、非は非。なにものをも怖れず、仮《か》借《しゃく》もせん。これが終始一貫、わしの信念なんじゃから……」

が、それも、じつは緩急よろしく李が飜弄《ほんろう》しているのだった。

彼の緊張は一瞬後に崩れ、ニタニタと、また微笑みはじめた。

「よろしい」

と、膝を進め、

「では、とにかく立証すればいいわけですね。普通の鉄ペンなら、縦に使うが、鵞《が》ペンは斜めに使う。当然、おなじ人間でも、筆蹟がちがう訳でしょう？　よろしい。僕はこの場で立証して見せましょう」

「なに此処《ここ》で？」

「そうです。此処で、いま直ぐ」

李は、ニタリと微笑んだ。

「どうして？」

と、呆気《あっけ》にとられ、半信半疑のまま、まるで手品師の箱を覗き込むように、十八郎は唖然と相手を見つめる。

「まア、三藤さん、見てらっしゃいよ。何が出るか？　それが、仏か鬼か、僕の手のうちです」

と何やら、ポケットから紙切れのようなものを取り出したが、意地悪く、李はそれを開こうとはしない。

「それかね？」

「そうです」

「何だね、それは？」

いかにも、十八郎は薄気味悪気であった。

何が出る？

李は、これが自分の死命を制するものだと、云うのだが……

「で、時に、社長」

と、李はようやく改まって、切り出した。

「あなたは、以前ジョホールにお出でのことがありましたね？」

「ふむ」

十八郎も、それには頷《うなず》いた。

「そのとき、ジョホールの旧王の継位式があったじゃありませんか、あれは政策上、英本土からは大僧正が来、式も、英国教会《アングリカン・チャーチ》のしきたりその儘《まま》でした。つまり、殻は譲り実は獲《と》るという主義——イギリス植民政策の伝統ですがね。老獪、美人に化けた狐のようなやり方です」

そこで、李はぐいと椅子を進め口辺に裕《ゆと》りありげな、皺《しわ》を漂わせた。

「ところで、そこで貴方が何をしたかと云うことを、僕はよく知っているのです」

「…………」

「珍らしい……。世間には、万一ということがありますが、考えると、あれが三藤さんの行った、たった一つの善事。ハハハハハ、怒りますかね？」

瞬間、十八郎の唇がぴりっと動いたが、彼はなにも云わなかった。

李は、相手がどうであろうと、お関《かま》いなしに続けてゆく。

「その継位式は、考えれば滑稽なものでしたよ。熱帯の、褐色の肌をした白ずくめのなかで、堂々イギリス古儀そのままの事が行われてゆく……」

「…………」

「とにかく、僕が現実、そこにいたと云う証拠に、これから、式典のさまをお話ししましょう」

そうして、李の舌から、聖歌のとどろく壮厳な、しかも見たところ猿芝居のような、大典の様が繰り出されて往った。

十一時十五分、王宮より着御《ちゃくぎょ》あらせられたる両廃王王妃は、寺院西側の入口より入御《にゅうぎょ》になった。

聖歌隊が――「ひと吾れに向って、いざエホバの家にゆかんといえるとき」――を合唱する。

本堂より内陣を通過して、式壇の階段をのぼり、玉座のかたわらを聖壇まで進んでかるく礼拝あり、簡単な黙禱ののちに玉座につかれた。

と、続いて、ダイムチャーチ大僧正が立つ。

次いで、劉喨《りゅうりょう》たる喇叭《ラッパ》の吹奏となり、神物《しんもつ》を、聖壇に供えるのだ。

「と、云ったところが、まず、式の序の口でね」

それから嘆願誦《リタニー》の合唱があり、聖書の朗読が始まる。それが終ると、大僧正が御前に進み出て、両王の宣誓がはじまるのだ。

恭しく、右手を大聖書のうえに置いて「余の前に約するところ、余すべてこれを履行し、違約せざるべし。よって、神の祐助《ゆうじょ》を仰ぐ」と宣言して、その聖書に接吻して宣誓書に自署せられる。

そうして宣誓が終ると、大僧正の祈禱《きとう》と聖歌隊の讃歌に続いて、侍従長がこのとき召し給える深紅の大袍を取り除《の》ける。

「すると、脱帽して、聖壇に進み、聖《セント》なんとかの椅子に着座あらせられるのだ」

「…………」

「いや、式の有様などは、どっちでもいいだろう。

ところがだ、話がちょうどその式のさいちゅうに、マザリンドの魚《うお》市場で大事件がおこった。

魚市場と云うやつは、洋の東西を問わず、いつもヤッチャヤッチャの大騒ぎだ。

一番市、二番市、三番市と、銅壺をひっかついで魚屋が押しかけてくる。

向うにも、荷を預る潮待茶屋なんてえのがある。

お内儀《かみ》さんが眼を光らせて、たかい台のうえで、ビリビリッと伝票を裂いてゆく。

「ニンベンだあ」

「メの字だあ」

「チョンガレンだあ」

と、但しこれは、青物市場《やっちゃば》の符牒《ふちょう》だがね。そんな具合で、蛸や鮪が手鉤《てかぎ》でくるくるっと引っくり返される。

ところが、その市場に、ひとり日本人がいたんだよ。

それが、あなただ。鱶鰭《ふかひれ》の仲買でねえ」

「ふむ、いかにもそうだ」

「そうでしょう。ところがその朝、市《いち》が終ってから庖丁を入れていると、うっかり鮫の腹をぐさりと抉《く》り抜いてしまった。

そこで、チェッと舌打ちをしたかどうかは知らないが、ともかく抜き出した刃の先に、紙片がこびりついている。

多分、鮫のやつが、慌《あわ》て、嚥《の》み込んだんだろうが、開いてみると驚いた。

きょうの継位式の聖油盒《ごう》のなかに怖ろしい腐敗毒を入れた——と書いてある。

頭上に、胸に、両手に注ぐ聖油だ。

アッ、時間はない——と、すぐおなじ仕事をしていた若者に相談したんだが、それから、馬のあがきももどかしいまでの駈け付け……

さえぎるガータ勲爵士《ナイト》をはねのけて、暫《しばら》く、暫く……」

十八郎は、相手の芝居がかった愚弄《ぐろう》するような態度に、ぐいと唇をかみ、渋面《じゅうめん》をつくって耐《こら》えている。

「それだけか?」

彼は、やっとの事で、云った。

「――にしときましょう。ところで、それがため貴方は、恩賞に預った。旧王を、害しようとする、英政府の陰謀をくじいた。英雄です。ねえ社長」

「…………」

「で、そのとき、顚末書を書かされたのが、鵞ペンでしたね。偶然僕は、それを写した新聞写真を持っているのです」

「ふうむ」

十八郎も、思わず呻き立てた。

「此処にあります。どうせ、こんな事だろうと思ったので、引き伸ばして来ました。用意は周到。まさか、此処まで来て、いざこざはありますまいね?」

「…………」

「とにかく、お疑ぐりなら、見比べて頂きたい」

その二つ――一つは、吸取紙に、一つは写真に、現われている、筆蹟がピタリと一致する。

そこで十八郎は、遣瀬《やるせ》ない吐息をフウッとつき、はじめて観念したらしい笑《えみ》を浮かべはじめた。

「負けた。わしは、完全に負けたよ。ところで、君、取引だが……」

「…………」

「むろん、この二つを、金に代えりゃ、いいのだろう」

「…………」

無言で、李の首が縦にうごく。

「では、君の条件を聴こう」

「それでは……。第一に、碧華を今日かぎり、自由にして頂く。平たく云えば、手を切って頂いて僕に下さるんです」

「承知した」

十八郎には、もうなんの未練もなくなっていた。

「それから、その際の手切金として、応分のものを願いたい」

「ふむ、よろしい」

「次に、さて、この二つですが……」

と云いかけて、さすがの李も顔を硬ばらせた。

「もともと、相場のない代物ですから、そのお積りで……」

「いくらだ」

十八郎は、ぐいと片唾をのんだ。

「五本、駈引のない、ギリギリ結着というところ……」

その五と云う数字は、零《れい》がいくつ附いたかは知る由《よし》もないけれど、十八郎は、やがて小切手を書き、それを李に渡した。

悪夢――

李は夢中の人のように現われ、そして、去って往ったのである。

（これで、よい）

メラメラと、紙の燃える火が、灰皿の中で揺らいでいる。

十八郎が、湖南省の八仙寨で淫売のヘッダ、それから、日本女医の吹江頼江、しかも、戴子岐を走らせ死に到らしめ、その財宝を、掠めた黒手の影は消えた。

（高く、ついた。しかし、余人の手に渡るのを考えたら、値ではないかも知れぬ）

ようやく、悪夢のなかから抜け出たような十八郎は、落着くと、金が惜しまれるよりも、ホッとしたような気がした。

堙滅《いんめつ》……

すべて、彼の旧悪を証拠立てるものが、いま一塊の灰となっているのだ。

（危なかった）

彼はいま悪運の栄えを、勝手な奈落地天の神々に感謝しているのだ。

そこへ、呼鈴《ベル》に応じて卓上のものを、下げに女中の伸子が入って来た。

「顔色が悪いね。伸や」

「ハア」

「具合が悪けりゃ、休んだが、いい」

十八郎は紫烟《しえん》のなかで、蒼白な伸子の顔を貧《むさぼ》るように、眺めている。

「お掛け」

側らの、椅子を指してやさしく云うのを、一瞬、なぜか伸子の面上《めんじょう》を、はげしい嫌悪の色がはしる。

「構わんよ。具合の悪いときは、目上もなにもない。どうしたね」

「ハア」

と、伸子が掛けようとしないのを、

「サア、世話を焼かせるんじゃない」

手首をとって、無理矢理十八郎は、腰を下させてしまった。

さっきの、緊張と激奮の弛《ゆる》んだあと、口は水分を欲し、眼はなにか物云いたげであった。

「どうだな、きょう実は相談があるんだが、今月から、国府津《こうづ》の別荘の留守居に往ってくれんだろうか」

「…………」

「楽だし、第一、からだも治る。過労は、お前のような体質には、いちばん、禁物だでな。以前、お母さんから聴いたことなんだが、伸やは、腺病質で育ち難《づら》かったそうだね」

「…………」

「行くさ。奥さんのほうは、なんとか話をするし、預った以上、わしにも責任と云うものがある」

「でも……」

仲子は、やっと出るような声で、

「私、でも、何ともありませんのですから……」

「隠すでない、お前と、俺の仲だで、遠慮はいらん。あす、行くか？」

「でも……」

仲子は、いま、胸のなかに、旋風《つむじかぜ》のようなものを感じている。

嫌悪!!

憎悪!!

忌怖《きふ》!!

しかし何より濃いのは、われとわが顔を鏡に向けられぬような、悲哀屈辱の色である。

別荘へ行く……

それは、いつもの十八郎の常套手段《じょうとうしゅだん》で、これまで何人の女中がその陥穽《かんせい》に落ちた事か……

そこへ、十八郎の撫《な》でるような声がした。

「オイ火を点けてくれぬか」

まるで、伸子の接近を待つように、葉巻を唇《くち》で動かしている。

二重の仇敵　(伸子の手記)

「どうしたんだ?」

女中部屋で、運転手の君塚《きみづか》が二、三人にかこまれている。

お秀《ひで》という、一人の女中が顔にお粧《つく》りをし、隅には、からげた荷物が五、六個積んである。

「なんだか、云いそびれちゃって……」

「お嫁にゆくから、お別れだというんだろう……」

「そうですの、今度、新京《しんきょう》へ行って、あちらで世帯をもつんですの」

ふうんと、君塚が腕組みをする。

「マアいいさ。それはそれとして……そのことはうちのオヤジも奥さんも知ってるんだろうねえ」

「知ってますの、それは結構なことだって……。会計の、今中《いまなか》ならそりゃ確かなもんだ。いつ迄もこんなところにいるのが能じゃないと云って、法外な御餞別《おせんべつ》までくれましたわ」

（助からねえ）

君塚が、撫然《ぶぜん》として呟いた。

（うちのオヤジときたら勢力範囲にした女中に飽きると、きまって社員に片付ける。お秀はいいが、お古頂戴の今中って奴の顔を見たいもんだ）

こんなことが、年に一度や二度はきまってある。

十八郎の横暴は、最近になってますます烈《はげ》しく、女中で彼の屈服下にないものといえば、ほとんどなかった。

そして、やがて経てば嫁入りを口止めにし、その社員には栄転を餌に自分の糟粕《そうはく》をなめさせる。

「兎に角、荷物は、大将が寝たら運んでやろう」

「ええ、ありがと」

「ついでに、あした駅へ送ってやってもいいぜ」

その時、側にいる美代が、蓮《はす》っ葉《ぱ》そうに口を入れた。

「よしときよ、お秀さん。この人にうっかり頼むと、よく山ン中や切り通しで車を停められるからね」

「そんなこたア……」

「いつかも、別荘から掛軸をもって帰る途《みち》に停められて、室内灯《ルーム》を消されたんで、飛び出したことがあるわ」

「ハハハハハハ」

君塚は、いかにも肯定するように、不逞不逞《ふてぶて》しく笑って、

「兎に角、考えりゃ今が、頃合《ころあい》だからな。お秀さんも、恰度《ちょうど》この辺が、年貢の納めどきだよ」

と、チクリと触れるような憎まれ口を利いた。

「そんなこと、いうもんじゃないわ」

と、霜《しも》やがたしなめるように云うと、

「さては御霜さんもなにかかね、ホラ勢力範囲ってわけかい」

そういいながら君塚はゴロリと寝ころぶ。

「兎に角なんだ、うちにいる女どもに碌《ろく》なもんはありゃしない。マア見たところ、傷のないのはお伸さんくらいなものかなア……」

「馬鹿に今日に限ってお伸さんびいきね」

「贔屓《ひいき》じゃないよ。ほんとうなら御当家の客分になる人だ。それがお前らといっしょに立ち働いているなんて、第一、どう考えても親指《レコ》が悪いよ」

「そうだってねえ」

といっているところへ、伸子がまっ蒼《さお》な顔をして入ってきた。

伸子は、ふらふらと立っているのが、よほど困難らしい。顔も、紙のように一沫《いちまつ》の血の気もない。

お秀が伸子に気が付いて、ハッと顔色を変えた。

「アラ、どうしたのお伸さん？」

その声に、一同の顔が一斉に振り向かれた。

「マア、なんて蒼い顔してんの?」

美代が、額に手をかけて坐《すわ》らしたけれど、伸子は一言もいわない。それはむしろ凄愴《せいそう》であり、決して、ただの悲しみだけではない。

「分った、あれね」

美代が、他と眼をかわしながら、やがて云った。

「別荘行きでしょう?」

「…………」

「じゃないの?」

「…………」

「マア、どうしたのよ、あんた……」

しかし眼は、清純な伸子には危機ともいうか、別荘行きが溜らないのだと、察している。

(国府津の別荘、誰にも、三藤の家にくる女には、一度はくる……)

それがとうとう伸子に、めぐり合わせて来た。誰も、一度は味わねばならぬ別荘の一夜、そしてまた、十八郎の毒牙を遁《のが》れたものは一人もないのだ。

と思うと、しんみりしたものが座中に流れはじめ、女四人はさも感慨無量といった体《てい》で、しんみりとなって了った。

と、運転手の君塚が、膝を乗り出してきて、

「なアに、兎に角、お伸さん自身がしっかりしてりゃ、いい。此処にいる碌でなしとは違って性根はあるし……」

「碌でなしって……」

と霜やがぷうッと膨れて、云った。

「そりゃ君塚さん、私のことじゃないだろうね？」

「そうよ。どんなに親指《レコ》が箸まめでも、その顔じゃ駄目だよ」

「ふん、馬鹿にしてるわ」

と、つんと外方《そっぽ》へ向けた顔がまた戻って、霜が気付いた気《げ》に云いはじめたものがある。

「いいことがあるよ。ねえお伸さん」

「なんだね？　いい事だって？　君の智慧じゃ……」

「マア、お聴きなさいよ」

と、霜やは伸子の顔を、のぞき込むようにして、

「電報、打ってあげよう、ねえ?」

「…………」

「あんたに、身寄りもなんにもないのは承知のうえだけど、支那人の、知り合いだってなんだって決して関《かま》わないいじゃないの」

「…………」

「それとも、従弟でも叔母さんでも、出《で》鱈目《たらめ》をこしらえて、ちょうど、頃合に着くように、私、打ってあげよう」

「そりゃ、いい方法だわ」

お秀と、美代が顔を見合わせて云った。

「ねえ、お伸さん、そうして貰いなさいよ」

「ええ」

伸子は、かすかに頷いた。

しかし、それには満更《まんざら》ほどの気もなく、たしかに、彼女は別のことに悩んでいるらし

い。

「そりゃ、いいよ」

君塚も、合い槌《づち》をうってくれた。

そこへ、呼鈴《ベル》が鳴った。

二個所同時で、霜と美代が立ちあがったが、間もなく、美代が戻ってきて君塚に云った。

「お出ましよ、あんた」

「何処へだ？」

「奥さまをお迎えに」

そうして、君塚がゆき、美代も呼ばれてお秀だけになった。

「あたしお伸さん、お別れなのよ」

「そうですってねえ。祈りますわ、お秀さんのお倖《しあわ》せを……」

「なれるかしら……」

お秀はもう、蝶のように浮き浮きして、ぽうっと上気している。

「私、これからも倖せで、いられるかしら……」

「いられますわよ」

仲子は、そうは云ったが、悲しそうに嗄《かす》れている。

「お秀さん、倖せなものはいつまでも倖せでいられるし、不幸なものは、死ぬまで不倖せだと云うわよ」

「そうかしら？」

お秀は、酔ったように、身も心も飛んでいる。

「私も、お伸さんが倖せになるよう、祈るわ」

とたんに、仲子はぐっと咽喉《のど》をつまらせた。

仲子が、顔を見せまいと俯《うつむ》向けているところへ、お秀の立ちあがる気配がした。

「じゃ、行くわ、お伸さん」

お秀は、往《い》った。

こうして……、一人は去り、一人はとどまる。

無恥な、お秀は幸福を夢みて往き、仲子は、とどまって深淵を掘り下げるのだ。

と思うと、一時《いっとき》にいろいろなことが込みあげてきて、仲子はワッと泣き伏してしまった。

いったい、きょうの伸子には、何事があったのだろうか。

と間もなく、お霜の声が頭上でし、伸子のまえに坐《すわ》る気配がした。

「伸さん」

やがて、お霜がしんみりとした声で云う。

「お伸さん、どうしたの、あんた？」

二度目に、伸子がやっと顔をあげると、霜の顔がめずらしく引き緊《しま》っている。

「どうしてって、お霜さん」

「隠しても駄目」

と、霜が突き刺すように云う。

「あんた、きょう応接間でなにがあったの？　旦那さまのことだから、大凡《おおよそ》は分っているけれど」

「いいえ」

伸子は、真顔で首を振った。

「旦那さま、なんにも、しやしませんでしたわ。それを案じてくれてるなら安心してもいいわよ」

「ほんとう？」

と、霜は仲子の顔を、じっと見詰《みつ》めている。

古参の、一度縁付いて世帯くずしの、霜はなにかと親切だった。

仲子も、いま母や姉をみるその眼のように、霜には無限の信頼を罩《こ》めているのだ。

「ほんとう、それ？」

「ええ」

「じゃ、旦那さまが別荘へ行けといわれた、そのこと？」

「ええ」

と、頷いたが、その、いかにも隙《すきま》ありげなところを、霜は見逃さなかった。

「お伸さん」

と、とつぜん鋭く云った。

「私は、あんたとちがって、お嬢さん育ちじゃないし、……齢《とし》もちがうし……一応は、世の中を見て此処へ来たんだからねえ」

「…………」

「あんたが、なにか隠そうとしても、ちゃんと分るわよ」

「…………」

「私には、なにもかも打ち明けてくれた、お伸さんじゃない!! それを、隠し立てするなんて、水臭いと思うわ」

「…………」

「ねえ、なにがあったの？ きょうあんたに何があったの？」

と、詰問されて、伸子の顔には狼狽の色が濃くなってゆく。

彼女は、声には出したが、い、い、い、しどろもどろだった。

「なんにも、お霜さん、なんにもなかったの。ただ……」

「じゃ私が訊きましょう」

と、霜の声が、いきなり改まった。

「もしや、お伸さんには、赤ちゃんが……」

「えっ！」

伸子は、とたんに、爪のうえまで、血の気を失ったようであった。

「お伸さん、あんた、赤ちゃんが出来たんじゃないの？」

「マア、だってお霜さん、そんな筈《はず》ありっこないじゃや、ありませんの。誰も……私には……男の人っていませんわ」

「だってあんたは近頃吐き続けじゃないの。悪阻《つわり》でしょう？　私は年役《としやく》だし、胡麻化されませんよ」

「でも」

仲子の声は蚊の泣くように、細くなった。

「だって、なにも」

「いいえ、そうではない。あんたが、駅の裏側にある、佐野《さの》という婦人科ね。あすこへ、行ったことも、ちゃんと知っているんだし……ね、ねえ、だあれ、相手は？」

「…………」

「書生の高見《たかみ》さん？」

「…………」

「じゃ旦那の秘書の大児さん？」

「…………」

「そんなら、執事の久保田《くぼた》さん？　まさか、あんな爺さんと、ねえお伸さん」

「…………」

「じゃ、運転手の君塚さん？」

「………」

仲子は依然黙っている。

「じゃ、誰よ？　此処へくる、社員のうち……」

「………」

やがて、霜は仲子の沈黙に、腹立たしくなったらしい。

「マア、お伸さんも分《わか》らずやを、いい加減にするもんよ。私が、せっかく親切に、こういっているんだのに……」

「………」

「ねえ、決して悪いようにはしないし、私がなんとかする。誰なの」

霜は、俯向いた仲子の肩を、かい抱《いだ》くようにして云う。

世馴れた、霜の眼には、なにもかも判っている。

じっさい、仲子が隠し続けるのは無駄だったのである。

「サア、強情もいい加減に……云うことを聴いて……ねえ、お伸さん」

といわれて、仲子もこれまでと云うように、顔をあげた。

が顔には、羞《はじ》らいというような紅味《あかみ》もなく、むしろ、汚辱にちかい悲痛なものが顫えている。

まったく、紙のように、微塵《みじん》も処女《むすめ》の色がないのだ。

「お霜さん、あなた、これを聴いても、ほんとうにしてくれます？」

「本当って？」

と、霜にも動揺するものがあった。

「私、子を宿《やど》していても、それを知らなかったんです、誰ということも……」

「えっ、本当？」

霜が、びっくりして、思わず、膝をのり出した。

「そんな、莫迦なことって？　どうしたのさ」

すると、仲子は口の端を歪め、ほとんど十九の少女とは思われぬ表情になった。

「お霜さん、これは後でやっと分ったんだけど……」

仲子は、そういうと同時に痛々し気に身をふるわせた。

「私、二、三日まえだけど、これはと思ったことがあるの。そのとき起きると女中部屋の閾に、白い粉のようなものが、こぼれていたわ」

「なに、粉だって……」

霜は、聴き耳を立てるように身をかがめ、ぐいと覗き込んだ。

「ええ」

「じゃ、それが何だってことが、いつ分ったの？」

「お医者のときよ」

伸子は、もう覚悟を決めたか、洗いざらい、霜のまえに打《ぶ》ち撒《ま》けてしまおうとするらしい。

「で、それから、お伸さんはその粉を、どうしたの。蔵《しま》っといた？」

「ええ。とにかく、気掛りになることはあったし紙に包んで、それとは云わず、お医者さまに出してみたの」

「……」

「すると先生はちょっとお嗅《か》ぎになって、私に、ニヤニヤと笑ったわ」

「なぜだろう？」

「なぜって？　それがお霜さん、××××なんですって……」

「マア」と、声を落した、伸子に引きかえ、張りあげた、霜の眼がクルクルっとまるくなった。

（それで、分った!!）と、霜もなん度となく、頷いている。

（卑劣な、何者だろうか？）

（無意識に……させたそのうえで踏み躙《にじ》った其奴《そいつ》？）

と、霜の眼も破廉恥なその男性に対する、女性共通の悲憤な色に燃えはじめた。

すると、それまで云い続けていた伸子の肩が、がくりと落ちたかと思うと忍び泣きが漏れてくる。

「どうしたの、お伸さん？」

霜は、もう何事にも驚かなかった。

が、このときは、次に現われるものの重大さを、察していただけに思わず訊いてしまった。

「お霜さん、私、まだそれだけなら、断念《あきら》めようがあるんだけど…………」

伸子が、やがて吃逆《しゃく》り吃逆《しゃく》り、切《せつ》なそうに云いはじめた。

「つい先達《せんだつ》て、誰がその男が、やっと私に分ったのよ」

「じゃ誰、それ？」

「…………」

しかし、無言のまま伸子は眼をじっと据《す》え、なにも云おうとはしない。その様子を、霜は敏感にもさとったらしく、

「分ったわ。ねえ、多分これでしょう」

と、霜が親指を立て、それを伸子のまえに出した。

「旦那さま……ねえ、お伸さん」

「ええ」

「口惜しいねえ」

と、霜もそっと眼がしらを拭いて、

「だけど、どうしてお伸さんに、それが分ったの。いいえさ、その男が旦那だってことが……」

「それは、こういう訳なんですの」

伸子は眼を膝頭に落したまま杜絶《とぎ》れ杜絶れに云いはじめた。

「いつか、奥の書斎を片付けていると……」

「旦那のかね」

「ええ、すると、例の達磨堂《だるま》といううちがい棚ね、彼処から、綿棒と薬瓶が出てきたの。私、妙に思って、蓋をとって見たわ」

「………」

「すると、それがあの粉と変らないじゃありませんか」

「マア」

「ねえお霜さん、あれは、誰が何に使っているんでしょうか?」

「あれって、つまり、よく旦那がやる鼻通しじゃないの、粉を、綿棒につけてクンクンクンとやる……ねえ」

しかし、伸子は、それだけで、なにも云わなくなった。眼が、ギラギラ光るだけでなんの生気もない。吐きつくしてしまった空骸《なきがら》としか思えないのだ。

その夜は、伸子にとると、責められるような晩だった。

霜はそれから、伸子が、もしや×××を盗みだしてやしないかと思い、荷物のなかや、着換えまでも調べたけれどそれがないので、今度は彼女のそばに寝、監視をおこたらぬことになった。

その寝返りや、寝息がおりおり絶えることは、なんと云って、仲子は感謝していいか分らないのだが、しかし、このままオメオメと生き続ける恥は……？

まったく、仲子が落ちこんでいるこの境遇は、女性としての最大の悲運であるにちがいない。

愛もなく、無意識のうちに子を宿されたその男は、いったい、仲子にとればなに者に当っていたのか？

じつは先刻の、李と十八郎の、会話を立ち聴いてしまったのである。

その瞬間、仲子は足許の床が割れ、無限に墜《お》ち込んでゆくような気がした。

十八郎は――

まず、ヘッダ・ザルキンドの殺害者であり、それを種に、仲子の母頼江を殺してしまったのだ。

のみならず、仲子の恋人子岐を追いやったことも、間接ではあるが、死因を作っている。

してみると、母の仇、恋人の敵《かたき》であるべきものが――と思うと、
仲子は、

（ああ）

と、先が続かなくなるのだ。いずれ、二月三月《ふたつきみつき》のうちには、胎動がはじまるであろう。

その子の父が、母を殺し恋人を死に到らしめた、十八郎であるのは、悲劇以上のものであった。

その苦悩は、女に、人間に課せられる最酷《さいこく》のものであろう。

こうして、悶《もだ》え、泣きながら日を送るうちに、十八郎の娘、弓子の伴をして船客の旅をすることになった。

手記は、終る。

いま伸子は、じつに数えれば三度目の自死をくわだて、穂高丸の病室に横たわっている。

こうして遺書は、次の悲痛な文字を最後に、終っているのだ。

×　　×　　×

私はもう、じりじり射られるような苦しさに、耐えられなくなりました。

疲れました。

そして、ただ、もう、睡《ねむ》たいだけなのです。

母の敵《かたき》、子岐の仇をひかえて、私の手は、天誅を、十八郎にくだそうとするには、あまりにも弱すぎます。

というよりも、これぞと世間に示す、証拠がないので御座います。

むしろ、私の死と同時にいっさいを発表して、法律よりも、もっともっと酷《ひど》い指弾《しだん》の風が、十八郎に荒かれと希望するようになりました。

あの卑劣な男、殺人者、野獣、鬼畜に類する男は、私にも、毎度女中にするように社員を向け、絶えず、大児のいやらしい眼が注がれています。

けれど、もう間もなく屍《しかばね》になりますわ。

死んで、……生きては出来ない復讐の手を、十八郎の頭上にくだしてやろうとするのです。

どうか、これをお拾いになった船員の方、惨《みじ》めな母子《おやこ》のため、適宜に御処置くださいませ。

決して、私を犬死《いぬじに》させぬよう、くれぐれもお願いいたしますわ。

では、どうぞ……

薬は、いまコップとともに卓上にあります。そして、お睡《ね》、お睡《ね》という、亡母《はは》の声が聴こえてくるような気がいたします。

以上で、ながいながい吹江仲子の手記は終っている。

×　×　×

豹と猫

「ふうむ、よく書いたものだ」

仲子の手記を埋めている細字が眼を離れた時、二等運転手の西塔靖吉はホウッと吐息をついた。

それは、長時間読み続けた疲労もあることながら、よくまあ、これまで書いたという驚きの方が多かった。

彼は、しばらく眼を休めるように、じっと瞑《つむ》っていた。

明けかかっている。

波の音、遠い化粧所《トアレエ》での洗い水の音——それにディゼルの正確なリズムがするだけだ。

しかし、仲子の夜は永遠に明けぬかもしれぬ。

靖吉はそう思うと、急に溜《たま》らなくなり、受話器をとりあげ、病室へと云った。

「あのう病室で御座いますか?」

交換手が、気の毒そうに云った。

「唯今、お話中なんですけど……」

「誰だね?」

「お嬢さまの……弓子さまと、もう一人の、御一緒にいらっしゃる大児さんという方です」

「ふむ、大児が!!」

と、嚙み切るように云ったが、ちょっと暫《しばら》くのあいだ、靖吉の声はなかった。

なにやら、莨《たばこ》片手にじっと壁を見つめている。

と、唇がゆるぎ出し、悪戯《いたずら》っぽい笑《えみ》が泛《うか》んできた。

「ねえ君」

「ハア？」

「ねえ、いいから、その電話にちょっと繋《つな》いでくれないか。いや決して、此方《こっち》は口を利《き》かんし、聴いているだけなんだから……」

「サア」

と、交換手の声は、あきらかに躊《ためら》っている。

「そんなこと、私、許されて居りませんもの。知れたら、あとで飛んだことになりますわ」

「関《かま》わんよ。責任は、全部僕が引きうける。して呉《く》れ給え。別に、悪い意味でなけりゃ関わんだろうが」

しかし、良いにも悪いにも、これは盗聴である。

船客同士の電話を、幹部である高級船員《オフィサー》が盗み聴きする……

もちろん、公徳を害すること、甚《はなは》だしいと云わなければならない。

けれども、それ以外に、弓子と大児とがいかに伸子に対しているか、心中の秘をさぐり知る方法とてない。

いわば、これが絶好の機会である。

そうして、それから始め、伸子の非運を軌道に戻す旁《かたわ》ら、正義の曙光が、これまで逆《さか》しまだった明暗を逆転させ、飽くまで、良きものは栄えをもたらさねばならぬと考えたのである。

（やろう!!）

押問答の結果、交換手に承知させせてしまった。

やがてプラグが差し込まれジジッと音がすると、弓子と大児の会話が靖吉の耳に流れ込んできた。

「マア、なん度云わせんのよう、大児さん……」

弓子は、いささか激《げき》し気味に、上ずった声である。

「部屋へ戻れって？　そりゃ、時により場合によりけりだわよ」

「でも、今夜は、打ち身をなさっているし、お寝《やす》みになりませんとせっかく、僕がお附き添いしていても、なんにもなりません。伸やは伸や、お嬢さんはお嬢さん、とハッキリして頂きましょう」

「じゃ、あんたは……？」

と弓子の声に、大児に対するムッとしたらしい気が罩《こも》る。

「じゃ、伸やの生死が分らないまま、あたくしに、此処を離れて、安《あっ》けら閑《かん》と寝ろと云うのね？」

「………」

「ねえ、そうじゃない？」

二度目に、つよく押したこの語声を聴いて、弓子の、我儘ではあるが清純な、むしろ一本気にちかい性格を、靖吉は好ましく思った。

「と云えば、大体そんなもんですが………」

大児にも、ハキ付かぬながらも底太さがうかがわれる。

この男は、例の執拗な食い下がり主義で、飽くまで弓子を病室から引き離そうとする。

「大児さん」

「ハッ」

「ハッじゃないわ」

「と云いますと……？」

「あんた、日頃伸やに、うるさかったらしいわね」

「そうでしょうか」

「ですから、あたくし……、仲やは女中にしては、あんまり縹緻《きりょう》が良すぎるでしょう。それに大児さんも、あたくしにする程には遠慮が要らないのだし……」

「では、なにか……」

大児は、ちょっと真剣なものを感じたらしく、口吃《くちごも》って訊きはじめた。

「お嬢さんが仰言る、その、僕がなんだと云うことですね。それがなにか仲やの自殺に関係でもあるのですか？」

「そりゃ、ありますわ、当然」

と、弓子は、大児を猛烈に突っ込みはじめた。

「じゃ、云ってもいいのね？」

「構いません」

「ではね……大児さん、先刻あんたに、あの二等運転士の人、なんて云ったこと？　ホラ、あんとき……」

「なんでしょう？　なにを僕が、西塔運転士に云われました？」

大児は、すこしムッとしたらしく、云った。

「なんでしょうって？　あんた、ホラこんな風に云われたでしょう。大児君、伸やは、催眠剤をのんで自殺を企てたんです。可哀想に、君にさんざん虐《いじ》められたとか云ってね――って云われたでしょう」

「虐める？　虐めるなんて、なにを僕がしました？」

「そりゃ、分らない」

と、弓子はさも思わせ振りタップリ気に云う。

「だけどあんたが、胸に手を置けばきっと分ることと思うわ」

「分りません。いったい、なにを僕があの女《ひと》にしました？」

「さア、そりゃ知らないわ。だけど、あのとき二等運転士が、こう云ったじゃないの」

「…………」

「あんたが、いつ伸やに何をしたかと云うと、あの人は、僕の耳に詳しく入っていることが、あるって……」

「…………」

「それから大児さん、まだあの人は、こんな事を云ったわね」

「何をです？」

「何をって?……いいこと。もし不幸にも、伸子が死んだにもせよ、あの言葉だけは、僕が決して殺さんからね、と云ってから、あんたに大声を浴びせたわね」

「…………」

「かならず、活かす——って。そして大児君、そのとき、君は報いられるんだって」

「じゃ」

と、云いかけたが、大児の声はそれなりなかった。

それを聴きながら、靖吉は心中クスンと嗤《わら》っていた。

(ハハア大児奴《め》、弱って、多分こんなことを考えているな)

それは弓子とはちがい、大児には現実の憶えがあるからだ。

自殺の責任を負う——

彼には、辿《たど》ってみればこれまでも、それに当るかも知れぬ、数々のことが思い泛《うか》んでくるのだ。

第一、彼女を追いまわして、際どい所作《しぐさ》まで演じたこと。

しかも、第二も第百もそれに尽きることなのだった。

が、みなすべて、社長に依頼された、あの使命にほかならぬのである。

まったく大児は、実に奇怪な使命を背負わされているのだ。

それは、伸やに対し、社長から托された不思議きわまるものだった。

それでなければ、なにも伸子一人で足りる附き添いに男手は入らぬのだし、底を割れば、彼がこの航海に加わった目的は、醜怪極まりないものである。

――航海中、伸子を射落し、かならず手に入れなければならない。

――そしてその報酬として、新設会社の重要な地位が約束され、いままで大児は、利慾と色の二筋道をゆきつつあったのだ。

してみると、その奇怪きわまる契約には、いかなる事情がひそんでいるのだろうか。と云うに、おそらく大児はなにも知らぬらしい。

知っているのは、天地間にただ社長の十八郎と、いま伸子の手記による、二等運転士の西塔靖吉があるだけだ。

しかも、まだ大児はその約束を果していない。

いまは、ただじりじりと日を数えるだけ、残る航海もなん日とない始末であった。

その伸子がいま、死の道へ急ぎつつあるのだ。

靖吉の盗聴は続く……

「時に、いま伸やの容態は、どんな具合なんです？」

「マア、大児さんったら、やっと情《じょう》が出たのねえ」

と、弓子は嘲るように云い、しかし、素直に容態を述べはじめた。

「実際を云うと、まだ生きるか死ぬか、分らないんですって。此処は、ちょっと離れているけど、たいへんな鼾よ。ブクブク泡を吐いて……、それに、顔といったら金時みたいなの」

「でも、結局、心臓さえ強けりゃ助かるそうじゃありませんか」

「それが、大分吸収されているから、分らないって、云うの。あたくし、伸やが死んだら、どうしようかしら……」

弓子は、大児を弄《いじ》っているうちは遠ざかっていた、伸子に対する憫《あわれ》みで胸がいっぱいになる。

「それに、聴きとれないけど、囈言《うわごと》を云ってね」

すると、大児の声に、乗り出すようなものが加わって来た。

「聴きましたか、お嬢さん。伸やは、囈言のなかで、どんなことを云ってました？」

「サア、嗄《かす》れていて、ちっとも分らないの。だけど、伸やが生きるにしろこのまま死ぬにしろ、どうも、あんたに責任があるらしいわね」

「そりゃ、困ります」

と、大児は、いきなり周章《あわ》てはじめた。

「僕は、伸やの自殺には、てんから無関係です。痛くない、腹とはいえ、飛んだ迷惑ですよ」

「だけど……」

弓子の声が急に鋭くなってくる。

「あの人、二等運転士の西塔という人ね、なにか伸やがハッキリと云う、囈言を聴いたらしいわね」

「…………」

「だから、先刻《さつき》もああ云えたんだろうと思うわ。ねえ、大児さん、云われたでしょう?」

「なんてです?」

「飽くまで、この点だけは究明するって? きっと、なにかあの人が聴いたんだと思うわ」

「こりゃ、驚いた」

いかにも、大児は意想外というように、云う。

「ねえ、お嬢さん、世の中に豹変という言葉はありますがね、豹が猫になるのはこれが始めてですよ」

「なアに、大児さんが云ってること、なんの意味？」

「でも、急に西塔靖吉の、肩を持ちはじめるなんて、じつに妙じゃありませんか。あれほど怒って……社長に云って、解職させるなんていきまいていた癖に……」

「…………」

「それが、伸やのこの事がはじまると、急に変ってしまった……」

「…………」

「分らんですよ。ねえお嬢さん、普通なら、殴り倒された揚句の果ですからね。殊に、お嬢さんの地位なら、やるところまで遣《や》れましょうが」

しかし、弓子は云われても、黙っていた。

すこし、呼吸《いき》の荒めなのが聴えてくるが、しばらくは凝《じ》っとなにも云わなかった。

そこを、大児が此処ぞとばかりに、云う。

「あの男のように、御婦人を、殴り倒すような奴は、相当報いる必要があります。それを何です？　伸やのことで、なにか、握られているらしいとだけで、軟化するようじゃ、お嬢さんも相当の世間師ですね」

するると、弓子がとつぜん声高に云った。

それを聴くと、靖吉の心臓が走りはじめてきた。

「大児さん」

弓子は、じつにキッパリと明確な声で云った。

「あたくし、決して後暗《うしろぐら》いことはないのですから、すこしも怖れはしませんわ。あの方が、なにを握っていようとて、問題じゃありませんん」

「では、どうしてなんです？」

すると、弓子の声がちょっと霑《うる》んできて、

「それは、伸やの問題を扱うあの方の態度――というよりも、雇われる者の、卑屈さがないことです。それは、まったく稀《めず》らしいことだと思います。枉《ま》げることを、御存知ない立派な方だと思いますわ」

「なるほど……。しかし貴女は、直情径行と粗暴の差別を御存知ない……」

と、大児も、負けず劣らず嘲るように云う。

「あなたは、あの乱暴者のために浴槽のなかへ殴り倒された……。使用人が、社長の令嬢を殴るとはまったく空前のことです。それにも……」

「…………」

「それにも拘《かかわ》らず、あの乱暴者の威喝《いかつ》に屈してしまうなんて……。まったく、これまでのお嬢さんを思うと、別人みたいだ」

「…………」

「ねえお嬢さん、あの一件は、このまま有耶無耶《うやむや》になさるんですか？　それとも、さっきの剣幕のように電報をうって、お父さまに免職を要求なさいますか？」

聴いていて、靖吉には次の声が待たれた。

弓子が、それになんと答えをするか。

ところが、意外にも弓子はすこしの乱れも見せない。

「お節介ね、大児さんは……。誰でも、自分が悪いと知るまでは、我《が》を張るもんですわよ。あたくし灯火管制を無視して、たいへん悪かったと思います」

「えっ？」

「あたくし、いつかあの方に、お詫びしたいと思うくらいですの。社長の娘を笠に着て、たいへん悪かったと思いますわ」

弓子も、いつとなくシンミリした声になってきた。

（驚いた。こりゃ、大変な変りようだ）

と、大児も二の句が出ず、呆れてしまったらしい。

「ですから、今夜船室へは戻りません」

やがて、弓子がキッパリといった。

「たとえ、百日でも、伸やがハッキリするまで、此処にいますからね」

それなり、受話器をかける音がビーンと響いた。

靖吉も、しばらくは唖然としてその場を動けなかった。

白みゆく夜――

それと同じに、伸子の自殺が一転機となり、弓子にも新道が照らしだされたのか!?

と、靖吉が、ジャイロの微動を総身に感じながら、立ちつくしているとき、電話のベルが鳴った。

「お掛けいたしますか？　唯今病室のお話が済みましたから……」

「いいよ、僕はこれから行く」

それから、暁の海気をゆったりと吸いながら、蜿《まが》りくねり、病室へ歩んで往った。

×　　×　　×

弓子は、靖吉を見るとかるく目礼したが、すぐ顔を伏せ、見られないようにしてしまった。

しかし、見れば肩の線にも厳《いか》つさは消え、これでは、いよいよ豹も猫になったか――と、さっきの大児の言葉を想い出し微笑ましくなるのだった。

そこへ、船医が振り向いて、一言、

「好転」

といい、ニッと笑ってみせた。

「じゃ、助かるんですか？」

思わず、靖吉が詰め寄るように訊くと、

「ウン、マア、八分《ぶ》どおりはね」

と、船医が真赤な眼を向ける。

この、数時間の必死の努力――船医も看護婦も、精根つくして死魔と闘ってくれたのだ。

そして、いま伸子はようやくに救われようとする。

そうなると、誰にも疲れが見え、がっくりしてきた。

「お嬢さん、お疲れじゃありませんか？」

直情径行、頓着《とんちゃく》のない靖吉にいきなり声をかけられ、

「ええ、でも……」

と、弓子は云い躊《ため》ったように、微笑んだ。

「あたくしなど、ただいるだけの事で、なんのお役もしませんでしたわ。それより、看護婦さんに寝て頂きませんと……」

すでに、そのときは障壁も消え、二人のあいだにはこだわらぬものが流れている。

「いいえ、お嬢さんこそ、お休みになって頂きますわ」

看護婦が、弓子の言葉を遮るようにして、云う。

「今度の、航海はまったく用無しで御座いましたの。一晩や、二晩の徹夜などなんでも御座いませんわ」

しかし、弓子はこの部屋を出ようとはしなかった。

伏目に、靖吉と仲子を等分に見比べながら、はげしく闘っている二つのものがあるらしい。

そのあいだ、靖吉は黙って寝台を覗き込んでいた。

仲子の顔には、さっきの熱ばんだ紅味《あかみ》が消え、いまは磁器の肌のように白々と光り、それが、むしろ神々《こうごう》しくさえ思われる。

「もう、いいでしょう」

船医は、聴診器を拭きながら、ホッとしたように云う。

「まだ脈も速いし、呼吸も尋常じゃない。だが、こうなれば、もう占めたもんです。そうそう、西塔君は棒に振りましたね。君、いまは非番《オフ》でしょう」

「そうなんですが……。どうも、こう云うことは、気になりましてね。とにかく、助かってくれてなによりです」

それは、まったく靖吉としても偽らぬ気持だった。

此処にいる、弓子、靖吉、船医と看護婦の二人も、みな真白にみえる病室のような純粋で、一路、仲子を死の手から救うべく、動いているのだ。

「とにかく見通しが付いたんだから休んでくれ給え。うっかり西塔君など寝不足は出来んからね」

「何故って、君、うっかり、操舵《そうだ》を誤まられちゃ、溜《たま》らんよ」

しかし、そのとき、枕元で花弁を捲《むし》る音がする。

靖吉は、忘れられていた、弓子にやっと気が付いた。

「ああ、お嬢さんも、お休みになったら……？」

「じゃ、そうさせて頂きますわ」

弓子もなんとなく、靖吉に声をかけられるのが、嬉しそうであった。

×　　×　　×

翌朝——穂高丸は、台湾《たいわん》海峡をすべってゆく。

もう、あと上海へは幾許《いくばく》でもないのだ。

「よう、お乳房《つぱい》ちゃん、君、マルセーユのディタじゃないか」

三等の、ゴルフ甲板《デツキ》の手摺《レール》に倚りかかって、紙を飛ばしている、ディタの側《そば》へ一人の外人が寄って来た。

「アラ、あんた、ハンセンさん……」

波頭万里《はとうばんり》、靖吉を追うてきた、ディタ・ザルキンド。

しかし以前は、朝《あした》に猶太人《ジユウ》を送り、夕《ゆうべ》に鰊くさい諾威人《ノルウエジアン》を送る、わずかとはいえあの生活をやっていた。

「奇遇だよ。此処で、君に逢おうとは夢にも思わなかったが、どうだね？」

「なによ？」

「やはり、千客万来というわけかね。此処でも、流眄《ウインク》のしつづけで、いい加減くたびれるだろう」

「止してよ。もう、私、牝鶏《コック》じゃないんですからね」

ディタはつんとなって手摺から跼《かが》み、ポタリと唾《つば》を落した。

粗い、日覆《ズック》の目をもれる水粒のような陽に、ディタは、陰影《かげ》を吸いとられ、輝くようだ。

海豚《いるか》の背、むらがる海燕《うみつばめ》が泡の脚をかすめ、水は、ニスをながしたような艶々《つやつや》とした緑玉色《エメラルド》だ。

「そうか。だが、こう見たところ脂肪《あぶら》も殖えちゃいないし、まんざら、商売の方も禁断というのじゃあるまいね」

「止してよ。私、こう見えても、堅気《かたぎ》なんだから……」

「ハハハハ、そりゃ良かった。ディタの堅気とはいいな」

その男は、ディタの言葉を本気にせず、なおも執拗に寄り添ってくる。

「でっ、何処へ行くね？」

「横浜よ」

ディタは、うるさそうに云った。

「嘘をつけ、君が上海で降りることは、ちゃんと分ってるんだ」

「マア、どうしてさ?」

「どうしてって？　西貢《サイゴン》や、河内《ハノイ》の天使《エンジエル》たちも、南支行きだからな。兵站地の荒稼ぎをすりゃ、一身代になる。ねえ、辛いのは束の間って訳さ」

「そう。だけど、私はちがうわよ」

といって、ディタは汚《けが》らわしいと云うような顔をする。

「お気の毒だけど……。なかにはそういう物好きもいるでしょうけど、私は、そんな戦争稼ぎなんぞしに来たんじゃないわ」

「じゃ、何だ?」

「結婚しによ」

「ホウ」

と、眼をみはったが、その外人は本気にはしない。

「そうか。マア、とにかくそう思って置くがね。しかし、上海の停船中は頼むよ」

そのころから、チラホラ日本海軍の艦影が見え出してきた。

上海開戦、第二日——

しかし、穂高丸はなんの危険も感じていない。

無電は、絶えず位置を報《しら》せ合い、絶対安全区域にあった。

要するに危険は夜中《やちゆう》にあることで、昼間はよしんば空襲があってもさのみの事とは思われない。

ゆうべの、支那海軍の自国汽船襲撃、それから今日の、上海盲爆を思うと、むしろ当るのが不思議なくらいだからだ。

「アッ、靖吉が……」

そのとき、ディタは靖吉を認め、裳《もすそ》を、海風に逆らわせ、片手を高く挙げた。

「ゆんべ、あれからどうだったの、あの人?」

ディタと靖吉は、プールの喧騒からだんだんに離れてゆく。

「大分、恢《よ》くはなったがね。しかし、見舞いにゆけるのは、上海を発ってからだろう」

「それから……」

「なんだ？」

「ホラ、社長のお嬢さんとかいうあの方、どうして？」

「寝てるだろう」

「そう」

ディタは、靖吉の顔をジロッと見、なにやら不満気に、ホウッと吐息を一つ吐《つ》いた。分った、この人まだ、起きたてなんだろう？

いつも、眼を醒ましてから一、二時間というものは、不機嫌で、当り散らす人なんだから……

しかし、
靖吉もディタの顔を、おなじようにジロッと見る。

「マア、どうしたの、そんなに見て、私の顔になにかあんの」

「いやね、嘘吐《つ》きというのが、どんな顔をしてるかと思ってさ」

「えっ、嘘吐き? あたし、いつ嘘吐いた?」

「吐《つ》いたろう。西貢に、いもしない叔母さんをこしらえて、誰に、此処までの旅費を送ってもらったね」

としばらく、ディタは相手の顔をびっくりして見詰めていたが、

「どうして、靖吉、それ知ってんの」

「いやね、君がよく寝言に云ったからだよ。ヘッダ姉さん、ヘッダ姉さん——てさ。夢にも、西貢の叔母さんなんか現われちゃ来ないよ」

「マア、寝言なんか聴いて、人が悪いわ」

さすがに、ディタもポウッと頬を染めたが、

「実はね、マルセーユの領事館から呼び出しがあったの。幼いとき、別れたままの姉のヘッダが支那の、湖南というところで殺されたんですってさ」

「ふむ、場所は、湖南のなんと云うところだね」

「さあ、よく憶えてないけど、八仙寨でしたか……」

八仙寨——

してみると、十八郎が伸子の母頼江を亡き者にするため、先に殺したヘッダ・ザルキ

ンドはまさしくディタの姉だ。

驚いた。運命という奴は、なんという悪戯者《いたずらもの》だろうか。

おなじ船に、母と恋人を殺された吹江伸子のほかに、姉のヘッダを、亡きものにされたこの娘が乗っている。

しかも、その下手人と云うのがこの船の社長、三藤十八郎だという。それだけではない。娘の弓子、それから、ディタと情人関係にある、自分までも乗っている。

まさに、讐念《しゅうねん》二つを積み込んだ奇怪な運命の船だ。

しかも舳《へさき》は、戦火のさかる、上海に向けられているのだ。

「それで、賠償をとったから、受け取れって云うのよ。それでなければなんで私なんかが、二等へ乗れますか」

「そうか」

「分ったでしょう。分ったら、もうこの事では虐《いじ》めないって、誓って頂戴」

といって、やさしい睨《にら》みがツウと飛んだかと思うと、瞬後には、ディタの顔が靖吉の顔にかぶさった。

が、そのとき、救命艇《ライフ・ボート》のしたになに気《げ》ない弓子の眼があった。

「あっ、あの女《ひと》?」

と思うと、弓子には、それまで知らなかった衝動が突きあげてくる。

女合戦

(いつの間にやら)

と、弓子は船室《キャビン》のなかで、じっと考え込んでいる。

海は、荒天《しけ》はじめ、横揺れがつよまってゆく。

(はじめ私は、あの方に浴槽のなかへ殴り倒された……。その憎しみは、解職という通り一遍のものでは飽き足らなかった。それだのに……)

弓子は、天井に向ってフウッと吐息をついた。

(それだのに……。それが、マアなんと、遠く感じられるのだろう。一日、いいえ、それは十時間とならないうちだった)

さいしょの、弓子が靖吉にされたあの事件から、時間でいえば、まだ一昼夜とは経っていない。

それだのに、それ等の事柄が遠く感ぜられ、まったく、一年も二年も経ったむかしの夢のように淡かった。

さっき、ディタが靖吉にしたあの嬌態《きょうたい》を覗いてから、まるで、自分でも分らぬような、ふしぎな嫉妬をおぼえた。

（恋かしら……）

仲子の事件が一転機となって、あらゆる身辺の男性に秤《はかり》がかけられたのである。

そうした結果、
女が恋わねばならぬ理想の姿体を、靖吉に認め、そうして、変ってしまった。

眼が醒《さ》めた。

すると、それまで憎しみ葬ることに狂わんばかりだった男が、焼けるような、羞恥のなかで硬ばりながらも、身を捧げんとする理想の彼に変ってしまったのである。

（ああ、分んないわ。私、どうしてしまったんだろう？）

×　　×　　×

そのころ靖吉は、灯下管制下のまっ暗な廊下をとおって、仲子がいる病室の扉をあけた。

その室《へや》は、どこもかも清潔で、まっ白に見える。

看護婦はいない。

ただベッドに、靖吉は眠っている仲子を見た。

閉された、熱気でむうっと蒸し暑く、額には粒々の汗がうかんでいる。

衰弱は、しばらく逢わぬ間に、別人のようで、やつれほそった顔はいっそう神々《こうごう》しく見える。

そのうち、仲子の眼がすうっと開けられたのである。

しかし仲子は、われを疑うように、顫《ふる》える手を瞼《まぶた》にかざして、

「ああ、貴方で御座いました？……」

と、それなり、眼は数万言を発するが、口は動かない。

靖吉も、とたんに溢《あふ》れてきた感情で、なにも云えなくなった。

やがて、仲子の咽《むせ》ぶような声が聴こえる。

「ああ、西塔さんで御座いましたわね。ほんとうに、聴けばたいへんお世話になりましたそうで、私、なんとお礼を申し上げていいか……」

「じゃ……僕がきても怒りませんね。だが僕には、来ていけないと云われても、来ずにはいられないような理由があるのです」

そういって、靖吉は伸子の夜具のうえをやさしく叩いた。

そして、云った。

「あなたは、まだまだ死にたいと思いますか?」

「………」

「死にますか。まだ、死に直そうとするなら、いくらもチャンスはありますよ」

靖吉は、笑っているが、真剣なものが溢れている。

「いいえ、もう……」

と、伸子は、消え入りたいような小声で、

「私、死ぬなんて、はしたないと思いました」

すると、靖吉の声が押しかぶさるように、

「嘘、おっしゃい」

「エッ!」

伸子の眼が、すくむように潤んだ。

「あなたは、なにか気が付いたとき、ハッと思ったことはありませんか」

「…………」

「死ぬなら、ともかく……、生き永らえるとしたら、飛んだことと思うような事が……」

「…………」

「あるでしょう」

と、伸子の眼のなかを、じっと覗き込んで、

「ねえ……」

と、つよく促すように云った。

「ハア」

と、伸子は小さく喘いだ。

「ありました。私が、ノートへ書いて置いたものは、どうなりましたでしょう。誰が、あれを……」

「僕が見付けました」

靖吉は、此処で衝動をあたえまいと、小さな声でいった。

「僕は、あれを見付けて、自室へ持って帰りました。僕一人です。天地に、あれを知るものは、僕一人だけです」

「では、全部お読みになりまして？」

「ええ」

と、伸子はハッと顔を伏せ、汚辱の記憶が、蘇《よみがえ》ったか、わななと肩をふるわせた。

「で、あれを読んで、あなたが、自分を滅《ほろぼ》そうとするのも、決して無理ではないと思いました。あれほど、嵩《かさ》んでゆく悲運では、誰でも耐《たま》りません。僕でも、おそらく死ぬでしょうから……」

と、しばらく感慨がせまったように、二人のあいだには、声がなかった。

伸子の咽び泣きが、波紋をひろげじわりじわりと強まってゆく。

「しかし、どうしても死ねない人というものは、いつか、どこかに新しい展開があるものだと思います。生命の根強さは、五千年の、小麦の種子《たね》にも芽萌えをさせますからねえ」

「…………」

「あなたは生きる。此処で、死んだ吹江伸子が生きかえったとしてね……」

「ハア」

「あなたは、此処で十九年間の成長をわすれる。ただの、いま生れたばかりの嬰《あか》……」

と云いかけて、靖吉が慌ててのみ込んだものがあった。

嬰児《あかご》と云いかけた……

しかしそれは、いま伸子が宿している、仇敵十八郎の種。

さすがの靖吉も、全身が濡れしょぼれ、滴《したた》るような汗だった。

と、此処で、その問題をこのままにして置くことは、決して、暗い伸子の胸をうち開くことにはならない。

彼は、つよい決意を双眸《そうぼう》にあつめて云い放った。

「しかし伸子さん、あの問題を、未解決にして死ぬなんてありませんねえ」

「…………」

「無暗と、老人めいたことを云っても、言葉だけではなにもなりません。問題は、あなたが悩んでいる、すべての解決です。ねえ、あれを僕に任せてくれませんか?」

「ハア、でも、そうして頂いちゃあんまり御迷惑で……。それに相手が、この会社の社長なんで御座いますから……」

「それが、何です」

靖吉は、昂然《こうぜん》と云った。

「男が、正義感に尻込みして、なんの男でしょう。とにかく……また死ぬということは、僕が失敗《しくじ》ったうえにして下さい」

そこへ、弓子の半身が、入口へあらわれた。

弓子は、靖吉がいるのを見て、ハッと硬《こわ》ばったような眼をした。

が、それはきのうまでのあの憎悪ではなく、間の悪さ、いわば恋するもののあの躊《ため》いであった。

「じゃ、僕はこれで帰りますからね。とにかく、なにも考えず、食って寝ることってす。鱈腹《たらふく》食ってぐっすりと寝る……。いいですかね？」

靖吉が、弓子が来たので入れ代ろうとすると、その椅子の背に手を当ててぐいと押しかえしながら、

「いいじゃ、御座いませんの。なにも、あたくしが来たって、お帰りにならなくても……」

と弓子は愛想よく云った。

考えれば、こんな事をいったのは、生れて始めてであろう。すべて、他を顧慮《こりょ》することのない我意一天張りの生活に、馴らされた、弓子には非常に云い憎い言葉だったが……

「でも、お嬢さんには内向きの話がありましょう。しかし、聴いて悪いことでなけりゃ、此処にいますがね」

「ええ、どうぞお構いなく」

弓子は、まず云って顔を赭《あか》らめた。

自分がいま、なにかいきんでいるような顔をしているのじゃないか。身うちは火照《ほて》り、眼がくらくらして快ちよい眩暈《めまい》である。

「お陰さまで、伸やもたいへん悏《よ》くなりまして……。お礼をいま云うなんて、時外れですけど……」

「いや、痛み入ります。それより痛みといえば、あれはどうなさいました?」

「なんで、御座います?」

「あの浴槽《バスタッブ》にぶつけになったとか云う……」

「マア」

とたんに、弓子は見詰めていられないような気がした。

そしてこれが、自分に対する靖吉の慰藉《いしゃ》であると思った。

痛い、節々《ふしぶし》がズキズキする。

しかし、それに靖吉の接触を感じ、憎んでいた、いや、憎んでも憎んでも憎み足りなかったあれが、いまでは、変形の、いや間接の愛撫になっている。

(恋とは、マア、妙なもんだわ)

と、この一両日の変転のさまを心に、映してみると信ぜられないような気もする。

また靖吉も、男にもないキッパリとした爽やかさに、親しみはつのり、はずせない座になってきた。

「なんですか、聴けば、亀の子形《がた》をしたスポンジでお滑りになったという……。きっと、その亀の子は恐縮していますよ」

「マア、でも、足をのせたあたくしが、悪かったのですから……」

これで、大雨《たいう》一過、釈然となったのである。

「あのう、それから……」

弓子がやっとのように、云ったのである。

「あのう、まだあの方には、お礼を申しあげてないんですけど。あの晩、伸やのことを最初お発見《みつ》けになった方……」

「ああ、あのフランス女ですか？」

「そうですの。一度、お訪ねしなけりゃ、悪い悪いと思っていて。……あの方の、船室《キャビン》、どこで御座いましょう？」

とたんに、靖吉の面上を、当惑の色が流れはじめた。

（ああ、やはり）

それを見て、弓子はもの悲しそうになった。

やはり、あの女《ひと》は普通の船客ではないのだろうか？

靖吉と、あのディタという女《ひと》……

それ以上は、思うとかあっと逆上《のぼせ》てくる、弓子は血のたぎりを感ずるのだった。

「いやね、わざわざお出でにならなくても、僕から伝えて置きますよ。しかし、それでお心持が収まらないのでしたら、二等の、たしか十九号かと思いましたが……」

靖吉は、自分ながらもこだわった気持で、それをスラスラ、云えぬのも不思議であった。

「では、明日にでも伺ってみますわ。あの方、垢抜《あかぬ》けがしていて、お羨《うら》やましいですわ」

と、靖吉の胸をぐいと突くような、弓子にとれば懸命な皮肉であった。

「でも、あの人は巴里女《パリジャンヌ》じゃないのですよ。ワルソウの生れで、マツルカで育ったのです。僕は、数度航海で逢って、馴染《なじ》みになっていますが……」

とにかく、弓子はフランス語を知っている。

俗語だらけで、あるいは弓子に通じないと思うけれど、もしディタに、ペラペラ喋られてはこりゃ事だと思った。

(明日は、はやくディタに逢って口止めの必要がある)

と、自分ながら、この狼狽《うろた》えが不思議なほど、彼はもう弓子に対して平静ではなくなっている。

「とにかく、お綺麗な方と、お知り合いで結構ですわ。あの方を、見ますと、気恥しくなりますわ。ほんとうに、日本人の洋装って、変ね」

「そりゃ、同じです。たとえば、向うがキモノを着たとしたら、まるで、腰のあたりがスッポ抜けで駄目です。ありゃ、キモノじゃない、ネマキですね。第一、モデルでもなきゃア着やしない」

「でもいいですわ、お綺麗な方って、お得ですもの」

二人の会話が、妙に縺《こん》がらかって、あるいは、思わぬ途方もないほうへ行ってしまいそうで、靖吉は、ツと腰をあげた。

「では、御悠《ごゆっ》くり。伸子さんも、気丈でなけりゃ、いけませんよ」

「ハア」

と、伸子は伏眼のまま答えた。

そこへ、弓子の声が背後からかかった。

「あのう、明日、展望室というのを、拝見させて頂けませんこと?」

「ああ、じゃ操舵室のことですね。午後なら、僕がいますから、お出でになってください」

これで、靖吉と二人でいられる機会がつくれる。

弓子は、いつの間にかこう大胆に、しかも、策謀的になった、自分をふしぎに思うのだった。

靖吉が去ると、弓子は、夜具のうえへやんわりと手を置いて、

「なぜ、伸やは、死ぬ気なんかになったの」

「………」

「あたくしこれから我儘《わがまま》を慎しむわよ」

「いいえ」

伸子は、淋しそうに微笑んだ。

「じゃ、大児の奴？」

それには、伸子は否定もせず黙っていた。

「とにかく、これから伸やなんとは、決して云わないから。みんなお父さまやお母さまが悪いの。あんたは、もともとはあたくしの友達ね。だから、これからはお嬢さまなんてあたくしを云っちゃいけないわ。名を呼んでねえ、サア、弓ちゃんと云って……」

そして、弓子はやさしく、伸子をかい抱《いだ》いた。

恋は、なにもかも美しくさせ、弓子も、真性の純情さを発揮してきた。

×　　×　　×

さて、本篇の始まりごろに、在外某機関からの入電があったことが記されている。

すなわち、

シンガポール総領事からの暗号文で、穂高丸に当て次のように云ってきたのである。

――貴船二等船客に、ポーランド人スタシヤ・ナピエルコウスカ夫人と称するものあり。

右は、×国間諜《スパイ》嫌疑者として、監視を要するものなり。

もちろん、船として洩らさず調査したのだが、どうしても、それに該当するものが発見されなかった。

しかし靖吉だけは、それをディタと信じ、手をつくして、実を吐かせようとしたが駄目だった。

ディタは、姉ヘッダの賠償金で二等に乗ったといい、それも、伸子の手記を見れば事実らしくもあり、此処で探査の網が切れてしまったのである。

ところが、翌日。

ちょうど、正午《ひる》過ぎ頃にこの事件がはじまったのである。

×　　×　　×

船尾のプールで、一泳《ひとおよぎ》してあがったとき、一人の外国紳士が、ディタに慇懃《いんぎん》な礼をして、

「ナピエルコウスカ夫人、お待ち申して居りましたが……」

「マア、ナピエルなんですって？　あたし、ポーランド人じゃない、フランス人ですわよ」

ディタは、すこし怒気を罩《こ》めて突きはらうように云った。

「分って居ります。お隠しなさるのは、当然かと存じますが……」

その紳士は、五十がらみで人品のいい、いわゆる、ナポレオン三世式の皇帝髭《アムペリアル》をつけていた。

そして暫《しばら》く、ディタの顔を眺めていた。

「ああ、なるほど、ちがいない。南京政府の、黄《こう》特使秘書ナピエルコウスカ夫人……。偶《たま》には、小社のオッファにも、一瞥をくださいませ。いや、存じて居りますよ。シュナイダー、ヴィッカース、スコダ一聯のお迎えをお待ちなのでしょう」

そういって、紳士が差し出した、名刺をみると、仏シニョレ航空機製作所の支配人だった。

クロード・シャルパンティエ氏。

シニョレ航空機製作所外国部主任としるされてある。

しかしディタは、それを見ていても、視力はみだれている。南京政府、黄特使、秘書ナピエルコウスカ——それらは偶《たま》さかに中程度の見出しで新聞をかざる名であった。

航空機買入れ、それは知っている。しかし分らないのは自分をナピエルコウスカとすることだ。

顔も分らない。当然密使であるとすれば、新聞に写真は出まい。

しかし夫人は、潜行しながらも武器会社と交渉し、帰路、日本船に乗ったとは悪運の極みではないか。

「あ、あたし、あんな支那人《シノア》のお妾《めかけ》さんじゃありませんわよ。サア退《ど》いて頂戴」

「ですが夫人《マダム》……」

とつぜんシャルパンティエ氏の、眼が輝いて声音《こわね》が重くなった。

「御注意して置きますが、われわれには力があります。ことに、公々然とお名を云える時期ではありますまい。如何《いかが》です、此処で荒《あら》だって、からだをお失《なく》しになりますか」

「あなたは、脅迫なさるんですね。あたし、大声をあげて船員を呼びますわよ」

「じゃ、一つ、やって頂きましょうか。だが夫人《おくさん》、このシンガポール上海間は間諜の道と申します。銃口は、到るところ、あらゆる機関のものがあります。やって頂きましょう。しかし、ナピエルコウスカと知れたとき、われわれは楯にはなりませんよ」

ディタは、とたんに慄《ぞ》っとなって、紙のような顔になった。

赤、白の、暗躍がうむテロ行為のかずかずは、いかなる場所、群衆のなかでもおこなわれる。

これでは、声などはとうてい立てられず、ただ一切を成行きに任《まか》すほかはないと観念した。

やがて二人は、甲板をゆるりゆるりと歩いて往った。

「いかが、夫人《マダム》？」

しかしディタは、薦めた紙巻を情《すげ》なくことわった。

こうして、運命の歯車にまきこまれた不思議な一日を、シャルパンティエ氏は、シニョレ航空機会社はいずこへ運んでゆこうとするのだろう。

やがて、二人は二等の十九号に入って往った。

とっ突きが、オークの家具で英国風の装飾、客間は、ふんわりしたプロヴァンス風のものだった。

しかし、やがてディタはあっと叫ぶところだった。

紙幣《さつ》が、千法《フラン》の束でいつの間にかポケットにある。

「シャルパンティエさん、わたくしには、ああいう大金を頂戴するいわれが御座いませんの。お返しいたしますわ。まだ、マダム・ナピエルコウスカと勘ちがいをしていらっしゃる……」

間もなく、ディタは食堂で手厳しくいった。

「いや、お気遣いなく……。あれは、この国の習慣でしてな。現金か、クレディットのある場合には三分戻《ぶ》しを差しあげる。ハハハハハハ。また貴女は、此処でナピエルコウスカが自分でないと仰言《おつしや》るのでしょう」

「では、確証が御座いまして？　顔がもし、似ていても、別人で御座いますわよ」

「お顔は、とんと存じませんのですが、しかし貴女が、ナピエルコウスカであることには確証があるのです」

「それは？」

しかし、シャルパンティエは薄笑《うすわらい》をうかべ、紫煙でまぎらわせてしまった。

して見ると、顔も知らなければ面識さえもないのに、どこでこの男はナピエルコウスカと断定したか。

シャルパンティエは、続けて合点《がてん》が往ったように、大風《おおふう》な頷きをして、

「分りました。なるほど、あの系統に、大変な義理立てをしていらっしゃる。よろしい、では手前のほうは実地性能試験とゆきましょう。夫人《おくさん》、あの一系が狼なら、われわれは、章魚《たこ》です。じつは上海に一機、陸揚げした機体があります」

ディタはいよいよ遁《のが》れられないのを知って、もの悲しくなって来た。

これだ。

船中唯一のポーランド人。

しかし問題は……なにより知らなければならぬのは、ほんもののナピエルコウスカである。

「よく御存知でしたわね」

ディタは、はじめてナピエルコウスカを装い、白々しげに問いかけた。

「私が、この船にのっていたのをどうして御存知？」

「そりゃ、私どもにも、諜報がありますから……。十一時ロォザンヌ発、五時一分リヨン停車場着《ガル・ド・リヨン》――。それにどうです。あなたが質素なお服装《なり》で、お発ちになったこと

さえ、分っているのです。では夫人《おくさん》、明朝お目に掛かります。あ、そうそう、黄閣下にお報《し》らせして置きましょうね。ねえ、そうでしょう、確かいま廬山《ろざん》にお出での筈《はず》でしたね」

そうしてナピエルコウスカとしての投宿先が、廬山にいる黄全伯《ぜんはく》の許《もと》に打電された。

死の番人

それはもう、ディタとして止めることが出来なかった。

どうでもいいことだ。

明日は、シャルパンティエが来ない間《ま》に、そっと上陸してしまえばいいのだ。

それから自室にもどって、窓をあけて夜気を入れ、ほてりを冷ましていた。

群衆は……廊下を、川のようにながれてゆく。

しかし今夜起こったすべてとその衝撃とで、ディタは、こうなるのも自分の弱さからだと思った。

靖吉が恋しくなった。

そして彼と、いつか飛行機でモンテカルロへ飛んだ、あの朝がしみじみと思い出されてくる。

その時はまだ、夜が明けきらず牛乳をながしたような霧だった。

それでも所々に、裂け目ができて、アカシヤの梢《こずえ》などがあらわれる。

ガソリン・スタンド、白い珈琲《カフエ》店の壁や緑の鎧戸がうつり出すと、そこは、朝の湿気のもとに広漠とひろがる平地だった。

（だがいまは……）

ディタは、思わずあっと、絶叫のようなものを洩らした。

（靖吉にいおう。そして、救《たす》けてもらおう）

けれど以前、一度彼からスパイ嫌疑を受けたことがあり、自分が船中唯一のポーランド人であるところから、ナピエルコウスカであろうと問い訊《ただ》されたことがあったではないか。

してみると、彼の疑惑が氷解したとも思えぬ矢先、いまシャルパンティエのことをいうのは、いかがかと思われる。

（いっそ、早朝上陸して、出船《しゅっせん》までに姿をかくそう）

とディタは心を決め眠られぬ身をベッドに横たえたのである。

ところが翌朝、四時になるかならぬかというのに、部屋の戸が叩かれた。

ディタは、シャルパンティエの来訪をうけ、唇をかんだが、遅かった。

やがて二人は、渡梯子《ギャング・ウエー》を降り、埠頭に上陸したのである。

払暁の上海は、夜間と決まった支那軍の攻撃もなく、なんの物音もなかった。避難民が野獣のように横たわっている租界路《そかいじ》を抜け、二人をのせた自動車はいず方《かた》へとなく走って往った。

死の番人——

それは、支那に、スペインに、活躍する欧米武器会社のことである。

その代表者、シャルパンティエと戦くディタとは、こうして、どことも分らぬ飛行場をさしてゆく。

しかし車は、ディタが思っていた虹橋《こうきょう》飛行場には停《と》まらなかった。

「その飛行機は、この方面にあるんで御座いますの？」

「はあ、もう二哩《マイル》ばかり。兵営に附属した飛行場がありますので」

やがて、車はとまり、ディタは、豪雨に軟かくなった黒土のうえを踏んだ。

薄曇りの空は風があり、地平線に溶けこんで兵営の屋根がつらなっている。

そこは……見渡すかぎり灰色の平面であった。

おお――

ディタは、思わず襟を立てたが旅客機に気がついた。

「あれは、よく海峡《チャネル》に飛んでいる……」

「左様、もう大して、自慢にもなりませんでな。あれを、軽爆に改装しましたのが、前型のものでして。実は、シニョレXL4は、この飛行場には御座いません」

何処へゆくのだろう――しかしディタは、ためらわず機中の人となった。

やがて、逆風の位置となり、爆音が轟《とどろ》きだした。

機体は、ふんわりと宙にうかび楊柳《ようりゅう》のうえをかすめた。

「ああ、そうだ。側風で離陸のところを、お目にかけりゃよかった」

ディタは、そういうシャルパンティエの言葉に、相手の顔を見直すのだった。

支那《フォア・チャイナ》向きの、不正武器を売る奸商《かんしょう》のたぐいは、よく操縦者の技術で、性能を誇張したがるとかいうが……

やがて機は、一旋回ののち北東へ針路をとった。

つぎはぎの畑、積木のような街々、高度は、千米《メートル》を出ず、上は雲の海だ。

(どこへだろう――オルレアン、ツール、ボルドウ、バヨンヌ、そして、いま二時間ばかり飛んだのち、ガロンヌ河を越えたらしい)

ディタは、支那というこの謎の国では、ただただなにも分らず、フランスのことばかりを考えていた。

その頃から、雲が切れて陽がさしはじめてきた。

高度は、ぐんぐんと高められて地上の識別が困難になった。

しかしディタは、操縦者の動作で、おおよその事がわかってきた。

ああなるとき――そのときは、操縦桿を引いて上げ舵《かじ》をとるのだろう。

そしていまの、その動作が操りかえされ上昇が加わるごとに、まるで眼鏡をはなしてゆくかのように地上の事物が暈《ぼ》けてゆくのだ。

ところが、やがて張線《はりせん》のうなりが激しくなり、機体が揺れはじめた。

みると、左翼のしたに、蹲《うずく》まったような山脈がみえる。

支那特有の、屋根も、山峡《やまかい》もない黄色《おうしょく》のかたまりだ。

これがフランスなら、まさに動乱のスペインへ、ピレネーを越える。

ディタの眼は、思わず釘付けられたように、波長表の裾にとまった。

「夫人《おくさん》、津浦《しんぽ》線の戦場がわれわれの試験場です。ハハハハ、なんですか、そこは黙示録が嘘でないという、証拠のあるところなんですよ」

省境を越えて丘陵地帯がおわると、したには、いかなる草木にもない、不思議な色の畑がひろがっていた。

刈入れも、中途にそのまま朽ちてゆく、それは、戦禍にうめく苦痛の色であった。

やがて麺造車や補助輜重《しちょう》の隊列がみえ、そろそろ前線ちかい兵站地の雰囲気が濃くなってきた。

「でも、その試験場の費用が、無償ということは御座いませんでしょう？」

ディタは、ちくりと皮肉をいったが、それなりだまった。

しかし、そうして飛ぶこと四時間余りののちに、機体は着陸の姿勢をとり格納庫の屋根がみえた。

「いったい、此処《ここ》はどこで御座いますの？」

土を踏んでも、それは地上という感じがせず、からだの平衡が変であった。

「夫人《おくさん》、遺憾ながら、それは申しあげられません」

シャルパンティエ氏は、冷やかにきっぱりと云った。

燕《つばめ》が飛んでゆく。

黄河《こうが》を越えて……暑気をもとめにゆく北支の燕かも知れない。

ディタは、かっと湿気のない熱気に包まれ、颱風《たいふう》圏外へきたことがわかった。

しかし、そこは凸凹《でこぼこ》した急造の飛行場だった。

土は、焼けたような色で岩片《がんぺん》はあり、ぐるりは、石山《いしやま》で一点の緑もないのだ。

「では夫人《おくさん》、お乗り換えを願いましょう」

まずディタは、貯蔵所のなかで飛行服《コムビネーション》に着換えさせられた。

暖かい、旅客機のなかとはちがい、保温ができなければ、ディタのような、婦人には上空が飛べないのだ。

「あれですよ」

シャルパンティエ氏が、指差したかなたには双発低翼の一機があった。

銀鼠の、機胴には国府軍のマークがうたれ、すでに二人の兵員が爆弾の取り付けをはじめている。

左右の、翼下は十五キロらしい。

機胴下には、淡青《うすあお》に塗られた五十キロが吊《つる》されたらしい。

やがて、ナットや弾圧ボールドの点検が終ったらしく、一人が、こっちを向いて、さっと片手をあげる。

「あ、あれ、演習用で御座いますの？」

「いや、実弾です。制式機を持てぬ、わが社としては実地を見て頂くよりほかありません。サア、徳州《とくしゅう》かそこいらの上空に出ましょう」

前線徳州の上空——

しばらくディタは、白い茸《きのこ》のような雲が浮んでいる、北の空をながめていた。

まぶしい、水粒《みずつぶ》のような陽。

その——蒼空のかなたには、地獄があるのだ。

彼女は、後部銃座へ押しあげられるまで、足のはこびにも気がつかなかった。

ただ、罵《ののし》りわめき、夢中で呟いていた。

（いったい誰が、誰が日本を相手に、北支で戦っているんだ）

しかしディタは、日本軍陣地にむかう、おそろしさに、慄《ぞ》っとなった。

これがもし、日本軍を爆撃するとすれば、とうてい死は免《まぬが》れぬ。

と思うと、逢いたい顔や懐しい顔が、涙のなかを幻のように飛びかわしはじめる。

そこへ、シャルパンティエがニッと笑ってふり向いた。

「なにしろ、此処まで軽爆がくれば、最高の性能といえましょうな。第一が、まず最大装備の場合です」

「…………」

「乗員が四人、燃料が千三百リットル、それから、爆弾三五〇キロといえば、最大限度でしょうが、それが夫人《おくさん》、現在此処にわれわれは六人乗り込んでいる」

「つまり、わたくしども二人に、操縦士と爆撃士。舵手は……前部後部各銃座に一人ずつです。それから搭載爆弾の量は四五〇キロ、油は、空《から》のタンクなど一つもありませんからね」

それから、シャルパンティエ氏のながたらしい説明がはじまった。

方向舵や、油滑排出弁の新様式を喋りだした。

しかしディタは、それを聴くも半覚《うつつ》のなかであった。

やがて操縦者と、後部銃手との中間に席を取ったとき、シャルパンティエ氏は、誰にとはなく全員に向っていった。

「いいかね？　ことに、各爆弾への回線の具合はいいかね？」

操縦手が、頷いた。

やがて、始動のエンジンがうなり、滑走をはじめたのである。

かくて、基地を発し、徳州附近の戦線へ――

機影は、やがて駄馬列、鍛工車のうえを過ぎ、重砲隊列に追いついた。

「此処からが交戦区域、上昇！」

シャルパンティエ氏が、ディタに書いたその紙片を渡したとき、音響器が、機胴のなかの空気をジジジッとかきたてた。

とたんに、からだが仰向《あおむ》けになり、やぶれるような動悸が起こった。

ディタは、思わず眼を反射的に落下傘バッグに注いだが、そこで仰角をとったらしく、回転の音もちがっている。

トラクターは蟻、兵員の姿は土の色に溶けこんでしまった。

しかし、展望はひろまり、砲煙をのぞむことができた。

それは、中空を掃《は》いていく白煙で分るのであって、そのしたは、猛烈な阻塞砲幕《バラージュ》で土の色とも分らなかった。

ところが、そうして無味単色な遠望に飽々《あきあき》したころ、突然前部銃手の手で、警報が鳴らされたのである。

「あっ、来たな」

駈けあがる後部銃手の顔――

それは醜くひん歪《ゆが》んで、二目とは見られないものだ。

みると、とおい浮き雲のあいだから、ポツンとただ一つ、点のように恐ろしい速度で舞いあがってくるものがある。

いかん、太陽をまえにした戦闘は、七分《ぶ》どおりの不利――

みるみる操縦者の顔には、死に面した苦悩があらわれた。

ところが、一時陽のなかに隠れてふたたび現われたとき――それが英国の戦闘機フェアリーであると分った。

二人の銃手も、操縦手も爆撃手までがハンカチを振っていた。

それは祖国のための戦闘ではないだけに、いかにも死地に入るのが莫迦らしかったからである。

（ああ、助かった。日本空軍でなくて、命拾いをした）

シャルパンティエ氏も、髪の毛がぐっしょりと濡れ、額からは汗が滴っている。

しかしその頃、すでに機は前線のうえに出て、榴弾《りゅうだん》の雲のうえにあった。

ときどき、綿毛のようにひらいて、ふわりふわり漂ってゆく。

それに、銃手は無駄弾を射ってからからと笑うのだった。

（支那軍め、感ちがいしているな。だが、この高度なら弾はあたらん）

おそろしく、長閑《のどか》だ。しかも、エンジンの響きのほかには何物も聴こえてこない。

高度はたかく、歩兵の突撃波も機銃の位置も分らなかった。

しかし機は、支那軍の第二陣地を越えると、高度をたかめ、地上からの、識別がない頃になると急に踵《きびす》をかえした。

そしてそのまま、もと来た支那陣地の後方へ突入して往ったのである。

「まあ、なにもしないで、このまま帰るんで御座いますの？」

ディタは、ホッとした気味に、シャルパンティエに云った。

「いや、どうして」

彼は、意味ありげにニタリとわらい、しかも、なん度も首を横に振るのだった。

「ではどうなるんでしょう?」

「それはね、僕らには、なにより命がまず先に大切です。誰が、日本軍陣地に来て、落ちたかアないでしょう」

「………」

「で、これから実地試験を、支那陣地でやるのです」

「えっ?」

あまりの事に、ディタも唖然となってしまった。

死の番人とは……

ああ、じつに穿《うが》ったものだ。

この人たちは、武器を売るためには、いかなる手段も懼《おそ》れぬのであろう。

現にいま、当の買手である支那政府軍を、たとえ、識別されぬとはいえ、爆撃するとは何事か。

そこへ、シャルパンティエの、おもい威喝《いかつ》を含んだ声がする。

「夫人《おくさん》、しかし、この事だけは充分御注意願います。それは、第一にあなたが他国人であること……」

「…………」

「それから、もしこの事を明るみに出そうとしたときは……。いいですか？」

武器会社の、超国家的勢力というよりも、この場合、ディタは平気で頷くよりほかになかった。

その頃から、エンジンの響きが猛烈をきわめ、なにも聴こえなくなった。

と、やがて、

「爆撃開始、支那軍重榴弾砲陣地発見」

シャルパンティエ氏が、すらすら紙に書きながすと、それをディタに渡した。

そのとき、高度は五千米《メートル》だった。

ときどき、機翼がゆれ、衝撃が伝わってくる。

しかし、高射砲弾は多く、機体のしたで炸裂した。

青い粉をふらして、毬《まり》のようなものが漂ってゆく。

そしてまた一弾。

砲煙は射抜かれ、水母《くらげ》のようにくだけ散るのであった。

そのあいだも、ディタは投下鍵《キー》をにぎった爆撃手の手をみつめていた。

その眼は照準器に埋められたようであり、操縦手とのあいだには、さかんに連絡器が鳴りひびいている。

颱風《たいふう》瞬前の静けさ。

やがて、その音も止んだ。

高空の静寂――

エンジンの単音《モノトーン》と、間抜けたような炸裂のなかで、機は、いまや、弱兎《じやくと》を撃とうとする鷹だ。

「君、やるか」

さも、そういいたげな眼を、爆撃手はくれた。

と同時に、操縦桿に突きでている投下活塞子《ピストン》に頤《あご》をしゃくる。

しかし操縦手は、笑って、労をいとうように、爆撃には応じなかった。

と間もなく、機体がわずか右にかたむいたかと思うと、操作機の豆ランプが立て続けに左から消えてゆく。
ズ、ズズーン。
ディタはハッと眼をつむった。

そしてその後は、なにも分らず音響も聴こえなかった。

ただ、片方の回転をゆるめて、旋回していることと……瞠《みひら》いたとき、きらきら青空からふる光塵《こうじん》が投弾のように思えたことである。

が間もなく、ディタは一枚の紙片を握らされているのに気がついた。

それには、爆撃手らしい筆蹟で、

「砲座顚覆《ディスマウンテッド》」と書かれてあった。

帰還――

暮れがた、
ディタは上海の宿へくたくたになって着いたのである。

「いや、充分今日のあれで、御納得のことと存じますが、実はあれからも、奥さま、一事件ありましてな。お疲れでお仮睡《まどろ》みの間に、日本駆逐機の単機に、猛烈に追っかけられましたんです」

「マア」

「ところが、爆弾を全部ふり落しましたので、四八〇キロでました。それに、前部、後部の銃座をあわせて、火網《かもう》をはる。が、奴さん、たくみにそれをくぐって、ダニのように離れません」

「………」

「ところが幸い、どうしたことか昇降舵の引かたが急激に過ぎたと見えまして、宙返りの、楕円の頂上で失速してしまったのです。そこを……奥さま、ぐいと引き離しましたんですが……」

「そうお」

「いやはや、どうも大汗を掻《か》かされましたわい」

おそらくそのときが、疲労困憊の頂点にあったためであろうか、機銃の猛射も、ディタの昏睡を目醒ますことが出来なかったらしい。かえって、基地に近附き危険と騒音が去ると、ハッと目醒めて、あたまが冴え冴えとなってくるのだった。

しかし、シャルパンティエ氏はディタの浮かぬ顔を見て、説明不足とかんがえたらしい。

そこは、ホテル・リッツの棕梠園《パーム・コート》のなか——

いまやシャルパンティエが、此処を先途と口説き立てている。

「ああ、それから機銃で御座いましたですな、あれはどうも……、ただルウィスの双連旋回で、取りたてては申し上げられませんが……」

「ハア」

「ただ本機に、自慢できますのは速力の点で、優に軽装備ならば駆逐機と匹敵いたします」

「…………」

「それで奥さま……、どうか、フランス空軍制式機などという、レッテルにはお惑いになりませんように……」

そしてシャルパンティエ氏は、新優良機、シニョレXL4のまえに何するものぞという気配をしめすのだった。

しかしディタは、疲れているので夕食を断り、シャルパンティエ氏は、あとで、撮った爆撃鑑査写真をお目にかけるといって去ったのである。

しかしディタは、なんとか帰船しようと、危険な街路へ飛び出して往った。

陸戦隊の、警備線は乗船証でとおれたが、虹口《ホンキウ》区域は、あとからあとからの避難民でたまらない臭いだ。

と、ドスを腰にさした、青年に誰何《すいか》される。

北停車場から、雲仙閣《うんせんかく》あたりにかけ、さかんに弾が飛んでいる。ドスンと腹にこたえるのは、迫撃砲弾だろう。

しかしディタは、やっと命からがら、帰船することが出来たのである。

船窓からみると、焼けつつある上海は昔のローマのようだ。

火、天を焦《こ》がす紅蓮の焔《ほのお》。

砲声。

弧をえがいて飛ぶ砲弾が、ぼうっと黄色い水柱を立てる。

そこへ、叩《ノック》きもなしに、よく見かけるアマらしいのが入って来た。

「マア、あんた、出しぬけに……」

「ちょいと」

とつぜん、変った態度に啞然《あぜん》と眼をみはったところへ、

「あんた、化けてるんだね。ディタ・ザルキンドなんて云ったって私は承知しやしないよ。ねえ、あんたは、ナピエルコウスカだろう」

ディタは、みるみる顔が紙のように蒼《あお》ざめてしまった。

「そりゃ、私にだってカンがあるからね。だけど、別にどうこうと云うんじゃない、相

談にきたんだから……」

　と臆面もなく、持ってきた、カクテル・ビスケットをぽりっと前歯でかんで、

「サア、なんとか云ったら、いいじゃないの」

　ディタは、けんめいに耐《こら》えて、動揺を現わすまいとしている。

　これが、いくら強いられたこととはいえ、あまり深入りし過ぎてしまった、
　そして今、脱け出ようとする瀬戸際に、絶対の窮地がきた……

「相談よ。なにも私は、あんたを嚇《おど》しにきたんじゃないんだから……ねえあんた、あんたは私が、シャルパンティエのお目付けのように考えているんでしょう?」

　それは、ディタには、てんで予想もされない言葉だった。

　これがもし、単純な強請《ゆすり》で金で済むのだとしたら、おそらくは、この女の出現で好転機がもたらされるだろう。

　しかしディタの、その希望はやがてへし折られねばならなかった。

「つまりいうと、敵でも味方でもないって訳なの。そうねえ、あんたにこの意味が呑み込めるかしら」

「…………」

「それはね、こんな船なんていう国際的な場所にいると、ファッショも、人民戦線《フロント・ポピュレール》も一日でなくなってしまうの。あんなものは、個人の幸福になんの関係もあるこっちゃないわ。ただ私は、すこしは凝った浮気もしたいし、貯金もしたいしと思って……」

「では、私になにをしろって云うの？」

「ひとり、実はあんたに遇《あ》いたいって人があるの。ねえ遇ってもらえる？」

「だ、誰、それは？」

「カステーラン伯爵夫人《コンテス・カステーラン》……」

女は無造作に、しかも眼に、威圧するような光を罩《こ》めていった。

「それに、もう駄目よ。あんたは否《いや》だ、逢いたくないなんて、云える立場じゃないんだから」

カステーラン伯爵夫人？

社交室《サロン》や食堂で時々見かける、四十年輩の上品な婦人……それが何の用がある？

女は、ディタに観念の色がうかぶまで、じっと、腰を上げなかったが、

「じゃ、たのんで置くわよ。あした、あの方が主催の舞踏会《パル》があるの。そこへ出て、ねえ」

そして、扉がしまった。

ディタは、しばらく痴《うつ》けたようにぼんやりと佇《たたず》んでいた。

ああ、あたし、出過ぎてしまった。

けれどもう、靖吉にもこの事はいわれない。

この時ほど、ディタは靖吉が恋しいと思ったことはなかった。

すがりたい、云いたいことが込みあげてくるが、すべては砕け、ただ胸をしめつける悔恨のみが残っている。

やがて翌夜――

出船をまえに外人だけの、砲煙をうそぶく舞踏会が催された。

それは、ホテル・リッツ。

「まア、いらっして下さったのね。ああしてお願いはしても、とうてい高名なマダムにお越しねがえるとは思っていませんでしたわ」

ディタは、ひと目伯爵夫人《コンテス》をみただけで、征服されそうな気がした。

すべてがどっしりと、量的な感があり、黒い目も、誘うようであるが、威圧するようでもある。

「でも船のあれから、お聴きで御座いましたでしょう。私、ナピエルコウスカどころか、名無しのものですわ」

「そう。では、ただ、御尊敬だけ申しあげますわ。私には、奥さま、お隠し立て御無用なんですのに。御苦心は、ほんとうにお察しして居りますわ」

伯爵夫人は、てんでディタの釈明を訊《き》こうともしなかった。それは、ディタにとって、まったく意外であった。

きのうは、ああして、贋者《にせもの》呼ばわりをされ、それと、一脈通じている筈《はず》の伯爵夫人には、真物《ほんもの》に扱われる。

ディタには、それが狂言であるのか、計画的なものだか――

いかにも、伯爵夫人には隙《すき》がなく、見きわめることが出来なかった。

「ねえ、よろしいんでしょう。今夜はぜひ、御悠《ごゆっ》くりと遊ばしてね」

そこへ、ホテルの番頭が、式部官のようにお辞儀をして、

「香上《こうじょう》銀行の、ヘミングウェー様で御座います」

それを皮切りに、やがて広間《サロン》は嬌声《きょうせい》でうずまった。

ディタは、ポーランドの貴族でピアニストとして紹介され、弾《ひ》かされたが、もともと

ボロ映画館のピアノ弾きだけの経験で、指はすべらずたいへんな不出来だった。

しかし、拍手はいつまでも鳴り止まなかった。

それから、ディタは恥らいと疲労とで一口もきけず、とにかく落ち着こうと合《あ》い戸《ど》にもたれていた。

「お疲れ……」

伯爵夫人が、いたわるように、かるく肩を抱えた。

しかしディタは、こうした不安に過しているのが、耐え切れなくなった。

「夫人《おくさま》、今夜の御用件というのをお伺いしたいと思うんです。私にもし、お訊《ただ》しになりたいことがあるなら、それを仰言ってください」

「おや、それ、何のことでしょう。御用件とか訊すとかって……私には分りません。此処は、よう御座んすか、御遊びになるところ。皆さんが、お家《うち》のようにして、おくつろぎになる所ですよ」

（分らない）

しかし、夜が明けそめ微光がただよってきた。

ついにこの夜は、ディタの身辺に何事もなく終ったのである。

「どうぞ、奥さま、お懲《こ》りにならずね。それから、これからの航海中もお話し相手になってね」

そうして、一沫の不安を感じながら車に乗りこんだとき、座席に光る四角なものが載っていた。

開いてみると、それがカステーラン伯爵夫人からの手紙だった。

――昨夜は、お引きとめ申してたいへん失礼でございましたが、どうにも、船にいらっしゃるのでは計画が立ちません。

此処で、一切を簡明に、飾らず申し上げることにいたしましょう。

私はさいしょから、あなたがナピエルコウスカでないのを知って居りました。けれど、シャルパンティエがああした態度に出るし、これはと、思うと共に計画が立ったのです。

ナピエルコウスカは、一英婦人の名で、一等船室に居ります。

それを私は、匿名でシャルパンティエに告げ、――今夜、来船すれば、網のなかへ飛び込むのです。

おそらく、シャルパンティエはナピエルコウスカを訪《おとの》うでしょう。そのとき、一時眠るだけの毒瓦斯《ガス》をもちい、二人は、永遠に陽の目を見ることはないのです。

われわれのつとめ。

コミンテルンの、行き進むところを、うち砕くのが義務です。

どうか……ディタさん。

帰船のうえは、二等運転士の西塔靖吉氏に、よろしく、お伝えください。

あの方には、今度《このたび》一方ならぬお骨折りを願いましたから。

では、残る旅路の御快通のほど祈りあげます。

ディタは、胸をしずめるとは云え、亢奮《こうふん》は押えられなかった。ただ、明るい前途にあげる悦びの声はようやく、自分に対するスパイ嫌疑が霽《は》れたことだった。

魔都上海

「あたし、ねえ、上陸してみたいんだけど……」

弓子が、ベッドに腰をおろして坐っている仲子にいった。

仲子はもう、大分快《よ》く立居《たちい》も自由になっている。

「マア、なんてこと……」

仲子は、眼をくりくりっとさせて驚いてしまった。

「死ににゆくようなもんですわ。よく行って、命からがらに駆け込むくらいのもんですわ」

「でも……」

と弓子は、ぐっと唾を嚥《の》んだ。

こう云うとき、弓子の、もの好きいっぱいの向《むこ》う見《み》ずは、搗《か》てて加えてアマゾン的な勇をも伴うのであるから、いま戦火に、紅蓮《ぐれん》の焔《ほのお》をあげている大上海を見ては、まっしぐらに飛び込みたくなってくる。

「ディタさんも、今朝がた出かけたようだったけど、無事に戻って来てるわ」

「いいえ、あの方は外国人ですわ」

伸子は、なかば呆《あき》れ顔であったけど……、

「日本の女が、見付けられたらどんな目に逢うか知れませんわ。あの方なら、そりゃ眼色もちがうし、無事にもどれましょうけれど……」

「心配性ね、あんたは」

あの出来事以来、弓子は伸子に一度も伸やといったことがない。

親愛と、友情でかたく結ばれ、いかに、父十八郎はああでも、この娘だけは別であった。

「あんたのような純日本的な顔じゃなし、あたくしは、どうにか胡麻化せそうだと思うわ」

「いけません」

伸子は、叱るようにきつく云う。

「あなたは、支那人というのを、知らないからですわ」

「そうねえ。いわば、あんたは、此処育ちなんだから、どこかに、土地の色に染《なじ》んだところもあるでしょうし……」

弓子は、洒々《しゃしゃ》として、訊きながすようであった。

「でも、その顔じゃ、一度で駄目よ。あたくしが、メーキャップをしてペラペラっとやれば、きっとスペイン人あたりに間違えるでしょうしね」

「…………」

「でも、あの音を訊くと、ちょっと首がすくむわねえ」

「…………」

砲弾が、ときどき近くに落ちるらしく、ぐんと腹にこたえる。

「それ、御覧なさい」

伸子は、ホッとしたように、わらった。

「カセイ・ホテルへ爆弾を落してみたり、いま上海じゃ、安全の地ってありませんわ。それよりも支那人ってやつが、いちばんいけないのです」

「分った、大分り……」

弓子は、ポンと床を蹴って、男のように立ちあがった。

「もう、むずからないから、安心してね。あたくし、今夜ねむいから、あしたの朝早くくるわ」

しかし弓子は、灯火《ともしび》に誘われる蛾のそれのように、渦巻く冒険心に抗し得なくなってしまった。

（事によったら、篤志《とくし》看護婦にでもなって、帰らなくてもいい）

そうして、日本女性の熱血とスリル好きの性質とが、弓子をそっと陸へのぼせてしまったのである。

五尺六寸――

ちょっと、筋骨質で、典型的なスポーツ型《タイプ》。

弓子は、もしメーキャップさえすれば、日本人とは見えない。

彼女は、避難民の蝟集《いしゅう》する雑踏にまぎれ、こっそりと、郵船埠頭に下り立ったのである。

その頃靖吉は、和賀船長、見知らぬ男二人と卓子《テーブル》をかこんでいる。

「お手柄、西塔君」

一人の、××機関らしい男が、ポンと肩を叩いた。

「伯爵夫人《コンテス》と、しめし合わせての、防共大芝居だ。お蔭で、間諜《スパイ》ナピエルコウスカをふん縛れたし……だが、処置に困ったのはシャルパンティエの奴だよ」

「なるほど」

と、四人は黙々と瞳《め》を合わせる。

船窓からみえる、北停車場あたりは星まで燃えている。

たった一夜で、船長も靖吉も砲声には馴れてしまった。

シニョレ航空機製作所外国部主任シャルパンティエは、まだ魔睡ガスが醒《さ》めず、昏々《こんこん》とねむっている。

といって、この男をどうこうする、法的根拠はない。

釈放するか。

それとも、このまま横浜まで持って行ってしまうか。

いずれにしても、彼の船室へはこんでおけば、魔睡から醒めて、前夜のことは仇夢《あだゆめ》と思うに違いないのだから……

が、無償《ただ》ではいかにも惜しい。

四人の、鳩首協議はそれにあることだった。

「あっ、こりゃどうです?」

とつぜん、靖吉が膝をたたいて、乗りだした。

「僕は、あの男を釈放してみたいですな」

「ふん」

それには、というような眼で、また額がせばまる。

「僕は、張り番から訊いたのですが、囈言《うわごと》をいうというのです。シャルパンティエが、しきりとなにか喋っている」

「ホウ、夢にも夢を他人《ひと》にかたるなと云うが、敵中……いや、無意識じゃ、災難だけのもんだな」

和賀船長が、膝を灰だらけにして、ワッハッハッハッハッと笑う。

「で、奴はどんなことを云うね？」

「それが、八時に聯明社《れんめいしや》に逢うというのです」

「ホウ、聯明社」

四人の、感に耐えたような声が、一時に発せられた。

聯明社――

これは、いわゆる上海ギャング団の一つである。

藍衣社《らんいしゃ》や、その他の国府御用団とちがい、例の李宗仁《りそうじん》、白崇禧《はくすうき》一派の広西派《カンシー》に所属している。

いわば、反蔣《はんしょう》の旗幟《きし》をかかげたギャング団ではあるが、事変とともに、抗日一色となり、目的も一つになってしまった。

ことに、それが邦人居住区域に散在しているせいもあって、着弾信号や、灯火標識などをする。なかなかうるさい虫どもである。

それに、シャルパンティエがこの夜の八時に逢うという。

あるいは、巧みに討れば、一掃の機会ともなるのだ。

四人は、そう考えると、ちょっと言葉も出ない。

やがて、靖吉が微笑みながら、云う。

「つまり僕は蹤《つ》けようと思うんです」

「えっ、君が?」

三人は一斉に驚きの声をあげた。

「殺《や》られる!! これだけは保証付きだからなア」

「しかし、男子死所を得るということが、ありますよ」

靖吉は、一歩も退《ひ》かなかった。

「どうせ、シャルパンティエが逢うというからには、首領株でしょう。ですから、この機会に根絶《ねだ》やしが出来れば……」

「やれるか？」

「………」

「君独力かね？」

危ぶむ、三人の眼が、一斉に靖吉の顔にあつまる。

「むろん、僕、独力じゃありませんがね。

中原社《ちゅうげんしゃ》、あれを御存知ですかね？」

中原社――

さきに蔣介石《かいせき》の北伐完成とともに、旧安福《あんぷく》派の勢力が完全に叩きつぶされ、その末葉分子が、上海にとどまって妄動していたのである。

おそらくは、下野隠遁したはずの段《だん》一派の陰謀で、その手先となって上海治安の攪乱を、中原社は一手に請け負っているかたちだった。

すなわち、事変になっても支那人間《かん》にのこる、唯一の反蔣団体なのである。

したがって、これと藍衣社と聯明社とは、いきおい、上海に於いてしのぎを削り合う、不倶戴天《ふぐたいてん》の間柄なのだった。

靖吉は、してみるとそれに知己があるらしい。

「僕に任せて頂けませんか？　損しても、こっちは僕一人の損害です。運よくいきア、作戦上多大な附与《プラス》となるでしょうが……」

しかし、船長とも三人は、しばらく黙っている。

みすみす、靖吉を死地に追いやることは、情として忍びないことではあるが、万一の成功の際の光明にもいざなわれる。

「南京虫です。あいつらに、しょっちゅう咬まれていちゃ、戦いも不自由です。どれ僕がこれから燻蒸《くんじょう》してやりますか……」

「それもいいが……」

三人は、またなにかと腹を決めかねている。

「だが……どうも考えると、成功はおぼつかないな」

「しかし、私人としても、僕のようなのはいるでしょう」

「そりゃいるとも」

一人の××機関らしいのが、昂然《こつぜん》と眼をあげる。

「居留民にも、そりゃ話があってね。どんなに、われわれ軍関係者が感謝していいか分らぬものがある」

「ハハハハハ」

靖吉は、とつぜん笑い出した。

「それ御覧なさい。予測は、どうでも死地をひらく途《みち》がありますからね」

「そりゃ、そうだ」

「では、いちばん遣ってみることにしましょう。成功、不成功は、賭けた運にあります」

「よろしい」

そこで、四人が盃を手に立ちあがった。

厳粛な、しかも神聖を絶する乾盃。

祖国のため、一私人とはいえ、拱手《こうしゅ》のときではない。

靖吉は、立ちあがったが死地に入るものとは思われない。

「もう、そろそろ魔睡が醒めるでしょうね。七時か。今夜はこれで。お三方には、お目にかかりません」

×　　×　　×

共同租界の外れ、もの淋しい地点——

左右の工場を抜けるとそこの角に建物を取りつくしにかかった骸骨ビルが立っているが、立ち止まった灰ソフトの男がさっとマッチを擦《す》ると、

途端に、

「おい」と、鉄骨の中から鋭く声を掛けたものがある。

すると莨を点けた男は別に驚くでもなく、何かを予期した風で、じっと顔をあげる。

と、そこに、背の高い男の姿があらわれた。

「鍵は？」

「満州王にある」

「隊は？」

「娥山《がざん》SL9号」

「そうか、マア、ずっとこっちへ来い」

と黒い影に云われて、街の左右を見廻《まわ》した灰ソフトはスウッと、舗道ぎわの建物の側《そば》まで身を寄せた。

「松花飯店《ソンホー》の景気はどうだ？」

「へい、上吉でさ」

以上が合言葉である。

そして黒い影の肩のあたりがサッと動いたと思うと、何やら灰ソフトの前へカサッと落ちたものがある。

「ふむ、君か……」

顔が近附くと、緊張がやわらいで了《しま》った。

「御用はなんで？」

「…………」

「手ぶらでいいんですか？」

「さあ、どうせ荒仕事だが……」

「…………」

「フフフ」と黒い影が笑って、

「カセイ・ホテルの廻廊《ロビー》の三番目のテーブルにいる男を注意する。それから、その男を蹤《つ》けて、俺に報《しら》せるのだ」

「ヘエ」

「僕はこれから本部へゆく」

「ところが……」

と灰ソフトの男が突然遮《さえぎ》るのだった。

「いけませんよ。本部は愚か首領まで片なしでさア」

「なんだ？」

驚いた、はずみでそれが靖吉であるのが分った。

まだ此処は警備区域。その支那人も顔の売れている中原社の一人である。

「何《ど》うしてだ？」

「なぐり込みです」

「相手は？」

「聯明社」

「そうか」

靖吉は、予期していたかの如く驚かない。

「では首領の李想《りそう》はどうしたね？」

「殺《や》られましたよ」

「副首領の王《おう》は？」

「おんなじで……」

とようやく靖吉の声には狼狽《ろうばい》の色が濃くなって来た。

（いかん。中原社の援助がないとすりゃ独力でやらねばならん）

それも雲霞《うんか》の如き敵中、ひとりの日本人として、

「だが、妻君の艶蓮《えんれん》さんは無事だろうね？」

「ええ。ですがね、実はその起こりというのが、首領にありまして、大将、聯明の泰大《たい》将の嬶《かかあ》と満更ではなかったんで。どうも箸まめなんで、それが起こりでしたよ」

と、ギャングの死闘の様《さま》を語りだすのだった。

地軸をふるわす、日支の砲声がつたわってくる地下室で、この二日、食物にありつけなかった空腹へ詰め込んでいるところへ、聯明社のなぐり込みがあったのだ。

たちまち機銃が火を吹く。

あかりが消える。

せまい、地下室の暗がりのなかで、まる一時間というもの大修羅場が展開された。

が、中原社は全員斃《たお》されてしまい、わずかに銃火をかい潜《くぐ》った十名たらずの者が、地下室の窓を叩き破ってクリークへ飛び込んだ。

ところが、あらかじめクリークにも銃が待ちかまえていて、後から後からとクリークへ飛び行《こ》む中原社の一味へ、猛烈な火玉の矢を吹かせた。

水まで、とどかないうちに鉛弾丸《なまりだま》の洗礼を受ける。

ところが、その物凄い殺戮のまっ最中、たった一人だけ、どこをどう攀《よ》じのぼったのか煉瓦壁の切立ったようなところへジッと身を伏せて、聯明社が、引き上げてゆくのを、待ち兼ねている男がある。

その男は、やがて天地をゆする砲声のなかで、聯明社が、引き上げたらしいのを聞きつけるとすぐ、器用に、窓ぎわへ降りて地下室へもぐり込んだ。

ちょうどその時、聯明社の首領泰自忠《じちゆう》は、椅子テーブルの、ひっくり返った惨澹《さんたん》たるなかで、妻君の華明《かめい》と二人でいた。

そこへ、物も云わずに飛び込んできた男は、ギョッと振り返る泰自忠の胸元へ、銃口を押し当て一発で射抜《うちぬ》いてしまった。

そして、立ちすくんでいる女をふり向くと、

「おい、こいつと共謀《グル》か……?」

　ポンと、床へ崩れた敵の首領を蹴りながら、まだ煙の出ている拳銃をにぎったまま訊く。

　李想、中原社の首領、李想。

　しかし女は、顔を見ながら首を横にふるのだ。

　すると男は、吐き捨てるように女から眼をはなして、プイとおもてのほうへあるいてゆく。

「李想」

　と、あとから女が声をあげた。

　黙って、ふり向く男のほうへ、二、三歩あゆみ寄りながら、

「射っておくれ!」

　と、胸をひろげるようにして、たたずんだ。

「射っておくれ。亭主のしたことは女房も一緒にしたもおんなじだから、あたしも此処で一緒に射ってしまっておくれ……」

　男は黙っていた。

石のような表情で、じっと女を見つめている。

その眼を、見かえしながら、続いて華明が云った。

「頼むから、私も一緒に殺しておくれ。私は、あんたにまだ惚れっぱなしで、あんたが、どう思っているのか、それも分らずに……」

「…………」

「ねえ、殺すまえに、それを云っておくれな」

「…………」

「私は、惚れっぱなしで、殺されたかアないよ」

「…………」

「李想、どうしたのさ、黙ってて。分らないのかい？」

と、女の眼が坐って、突然かがやきはじめた。

情熱と、捨てばちと殺されるならという気組《きぐみ》が、いきなり掌中のコルトにパチッと火を吐かせた。

こうして、中原社の首領李想が斃《たお》されたのである。

「ざっと、そんな訳で……」

灰色ソフトの男は、靖吉に一部始終を話したのである。

「むろん、華明のやつも親方のあとを追いましたがね。それでも、まだ向うには大分《だいぶ》残っているんです。副首領の、叙貫《じよかん》なんぞはピンピンしてますし。とにかく、中原社は全滅ってことになりました」

「ふむ」

と、靖吉は知られぬように、吐息をついた。

「そうか、李想とも長い交際《つきあい》だったがなア」

「じゃ、その用件というのは、止《や》めになりますんですかい？」

「いや」

靖吉が、きつくかぶりを振る。

「やって貰《もら》う。君は、誰にも顔を知られてない筈《はず》だが……」

「で、あなたは？」

「僕は、此処にいよう。たいていその仕事は二、三時間で済むだろう。君は、そうしたらまた、ここへ来てもらう」

戦火のなかにも、エア・ポケットのような区域がある。

ぽかんと、一部分だけは弾も降らず、兵士も居住者もいないといったような……この辺がちょうどそれである。

やがて、靖吉は鉄骨のなかへはいって往った。

そうして、じりじり危機をはらみながら、その夜が更けてゆく。

ところで、靖吉に頼まれた灰ソフトの男が、それからカセイ・ホテルでどうしたかと云うと……

やがて、その姿が、カセイ・ホテルにあらわれた。

盲爆を、くらったというように、なんという事か、
そこには、そんなことは昔の夢のように、さんざと、笑いさざめく嬌声が充ち充ちている。

その階下《した》の廻廊《ロビー》の三番目の円柱の、机というからには書信机であろうか、じっと見ると、いかにも靖吉のいう、それらしい男がいた。

シニョレ航空機製作所外国部主任の、武器売込人シャルパンティエ、
まさに、その人にちがいなかった。

と、ちょうどその時、

玄関から、廻転扉を押して、豪奢らしい支那人が入ってきた。

五十がらみの、脂切ったたるんだ頬をした、その癖、眼はちいさいが、厭に底光りがする。

生憎《あいにく》と、灰ソフトは下っ端《したっぱ》だったので、これが、聯明社の副首領叙貫であることは、神ならぬ身の知る由もなかった。

ただ漠然とくるそれらしい感じ、ちがっても、ほぼ遠からずというカンが、蛇《じゃ》の道は蛇《へび》で、その男にはそなわっていた。

叙貫は、帳場へはかるく挨拶をして、まっ直《す》ぐに、書信机にいるシャルパンティエのほうへ行く。

シャルパンティエは、その顔をみると、ニッコとわらい、ちょっと立ち話をしていたが、連れ立って外へ出て行く。

間もなく、靖吉は灰ソフトの注進で、車をキャピトル座につけ歩道に歩み立った。

四馬路《スマロ》の雑踏。

どうみても、萍郷《へいきょう》あたりのインテリらしい靖吉。

そして此処は、砲煙をよそに大歌劇《グランド・オペラ》がひらかれている。

ちょうど、第三幕が終ったばかりのところで、幕合いの廊下は、遊歩場《フォアイエ》のなかまで人の波であった。

わずらわしい、オペラの作法《エチケット》が、この騒ぎのなかでも、根気よく繰りかえされている。ところが、場内に入って最初の駭《おどろ》きというのは、意外にも、伊太利《イタリー》俳優が一掃されていることであった。

「なに、ヴェネチア艦隊司令官オテロ、ロムアルト・ジューベ——だと。驚いた、あの優男《やさおとこ》がオテロをやるなんて。声も姿も、女のようなジューベが……、演《や》るに事かいて、小山のようなオテロを……」

それは、防共一聯排撃の声であろうか。しかし、靖吉は素知らぬ顔で着席したのである。

そのとき、開幕をつげる、電鈴《ベル》が鳴りわたった。

楽士が、管絃楽席《ボックス》のなかで楽器をしらべる音が、しだいに高まる人声にまじって聞こえてきた。

やがて、譜台を叩く、指揮者の合図に灯りが消え、脚光《フットライト》がいっせいに緞帳を蹴あげた。

かくて、ヴェルディの「オテロ」の第四幕「デスデモナの寝室」の幕があがったのである。

「殿のおむつりは、いかが《イスト・エア・ベセンフテイヒト》？」

ちょうど、エミリヤに扮する、次中女音《メッツォ・ソプラノ》が唱《うた》いかけたときであった。

すぐ、虹の座《プラス・ド・ラルカン・シエル》とか云われる対岸の張出桟敷《バルコン》に、真白な、かがやく微妙な姿が現われた。

と、そのとき——

靖吉は思わず、あっと叫んだのである。

それは、夢ではないかと思われる——弓子ではないか。

（あっ、弓子？）

しかし、いくら眼をこすっても断じて夢ではないのである。

のみならず、背後にいる支那服の二、三人をみると、いまは、もう疑えぬ危険に落ちてしまったことがわかる。

（馬鹿！）

と、心のなかで叱りつけるように、さけぶ。

いつもの癖で、怖いもの見たさにやって来たのだろうが、どうして、そんな軽はずみを伸子は止《と》めなかったのか。

大児もいる。

あいつも、馬鹿図々しいが、常識だけはあるはずだ。

と、胸は湧きかえるが、なんの思案も出ない。

ただ、弓子がいま捕えられていること、それから、つかまえたのが闇の一味であって、殺すより富豪の令嬢と知り、金と代えようと計るのではないか。

と、その張出桟敷《バルコン》に、続いて意想外な人を見た。

シャルパンティエ。

もう、疑いもなく聯明社だ。

(よし)

と、眉宇《びう》を決して靖吉は立ちあがり、しばらく経ったころ、やっと坐席に戻ってきた。

(まだ、出ない。どうしたんだ。オテロのやつ、出場《でば》じゃないのか)

靖吉は、じりじりと口中が乾き、動悸がして舞台どころではなかった。

もうすこし、オテロが出れば、弓子奪還の火蓋《ひぶた》が切られる。

彼は、いま仕掛けた場所が間ちがいではなかったかと思い、気になるままに舞台裏へ降りて往った。

じつは、護身用として拳銃のほかに、ダイナマイトの原料である、ニトログリセリンを一瓶持っていたのである。

それは、うすく塗ったうえをパンと叩けば、ちょうど、銃声のようなあの音が出るからである。

それを彼は、オテロの出場《でば》に舞台裏で鳴らす、交代鐘《がね》の、擬音の鉄甲のうえへ塗って置いたのだ。

つまり、その音響による混乱を利用して、弓子を救おうとしたのである。

くらい舞台裏は、人影もまばらで、どこかにうそ寒い人声がするばかりであった。

背景や簀《す》の子《こ》から垂れさがる綱のしたをくぐり抜けて、やっと舞台の右端に立つことが出来た。数千の人の顔が、酔ったように、まるで見えない楽器の弓で、擦《こす》られているかのように見える。

しかし、演技は終りにちかく、時刻も、まさに十時五十八分だった。

爆音はどこにあがる――

奈落か、それとも、屋根裏にでも起これば、あの嵌硝子《キリコ》のシャンデリヤが、地震のように揺れるであろう。

そして、ついに、時のきざみがつきた……

オテロが出た……

しかし、一、二分のあいだはなんのこともなく、そろそろ期待が危ぶまれてきた頃であった。

とつぜん意外な場所から——じつに予想さえもされなかった、奇異《ふしぎ》な場所からあがったのであった。

ちょうど、幕切で、デスデモナが刺され、たすけて、たすけて、オテロさまがデスデモナさまを殺しちゃった——と、エミリヤの狂喚《きょうかん》がまさに幕を下そうとしたときであった。

いきなり、オテロの胸から、かすかな轟音《ごうおん》が発したかと思うと、みるみる、頸から顔にかけ、くるめきあがる焔《ほのお》につつまれた。オテロは、悲痛な呻《うめ》きをはっし顔をかきむしりながら、よろよろと緞帳《どんちょう》に倒れかかった。

「ああ、オテロの胸に……。どうして、あの鉄甲が、滑り込んだのだろうか」

と一時は、渦巻くような、疑惑に襲いかかられたが、それさえも目前の惨劇さえも、いつか深い深い放心のなかにうすれ消えてゆくのだった。

が、場内の混乱は、緞帳にうつって立ちあがる、舌のようなものを見たときはじまった。

流れ、ころがり、倒れ、押し合いする潰乱の観客席《オデイトリウム》を、焔が、赤く彩られた谿谷《けいこく》のようにうつし出したのである。

ちょうど、ふとい、筒のような虹が、突っ立ったかのように、装飾の金碧《こんぺき》に、シャンデリヤに、照り映えた焔の反映が、みるみる、たばね、きらめく金色《こんじき》の雨となって降ってゆくのだ。

が、やがて、緞帳はまっ二つに焼き切れた。

そして、裂け目から吹き出すすさまじい焔が、オテロの屍体のうえに、囂然《ごうぜん》と落下したのである。

(してみると、あの鉄甲のようなのは着附けだったんだな。しかしオテロになったジューベの奴は可哀そうな気がした)

靖吉は、あまりに混乱が大き過ぎたために、ついに、弓子奪還の機を失《な》くしてしまったのである。

それから、例の灰ソフトの男に逢う、牒《しめ》し合わせて置いた劇場裏へと往った。

しかしそれも、力なく緩慢なあゆみである。

「うまく、運んだんですがね」

灰ソフトの男は、靖吉をみると意味ありげにわらう。

「止《や》むを得ん。じゃ、二の段の仕事とするかな。時に、劇場へ来るまで二人が落合った、本部らしい場所というのを、君は知っているね？」

「大知りでさア」

「じゃ、案内してもらおう」

靖吉は、そのまえに自動電話に入り、どこへやら、電話をかけたあとで、連れ立ってあるき出した。

砲声が、一時に杜《と》絶《だ》えて、なんの物音もない。

上海はまさに、廃墟と云ったような気がする。

夜が更けると月が出て、屋並がくっきりと桝目《ますめ》形に描き出された。

そのころ靖吉は、とある一軒の門前に立って、なかを窺《うか》がうように気配をうかがっている。

ついに、輪贏《しゆえい》を争う最終の機会が来たのである。

素早く、石垣からはなれて、からだが宙に浮くと見る間に、二人は、枝から枝へと夜更けの庭を静かにわたってゆく。

ピシリ、

ピシリ、

かすかに、枝が斬《お》れるのも、ひやっとなるような気がする。

そうして靖吉は、木立の影を、注意深くよっては進んで行った。

ともすると、梢を滑って道を切る、光の縞が怖ろしかった。

僅《わず》かなそよぎにも、はっと地上に伏し、見られたのではないかと暗がりの方が不安になった。

やがてのこと、黒いかたまりが豹のように身軽くサッと手摺《てすり》を越え、フランス窓へ近づいて行った。

別に、硝子を切る様子もない。

しばらくコソコソとからだを動かしていたかと思うと、スウッと風穴みたいに口をあけた孔《あな》からしのび込むと、パタリとあとがしまった。

やがて、二人はその部屋を抜けて廊下へ出る。

建物のなかは、所々乾糧倉《ほしいぐら》のような大柱があって、一つの襞もなく、壁は氷のように規則的だった。

漠然とした、物の影が、みな怪しいもののように思われた。

そのうち、黒壁を繞《めぐ》らした一劃《いっかく》に出ると、ふと框《かまち》にある、群猫の像が眼に止った。

(なんだろう?)

しかし、扉を押すと、鍵がなくすうっと開かれた。

闇の向うから、かすかな黴《かび》の匂いが、ぷうんと鼻を打ってくる。

此処だけが、冷々とした石積《いしずみ》の室《むろ》だったのである。

しかし、そこにはなんの事もない。

もちろん、目当ての弓子がそこにいる道理はないのである。

では何処にいる?

やがて、靖吉がニッと微笑《ほほえみ》を洩らしたのであった。

「さあ、ミミー、今度は君に働いてもらおうか」

と云い、持った包みを解くと、そろりと下りて背を丸くした、一匹のアンゴラ猫。

弓子が、妙な迷信で、纈草《かのこそう》の根を持っているので、彼は、猫の尿に似た香りを嗅ぎ分けさせようとしたのである。

此処へくる途中、灰ソフトに猫泥棒をさせた——いやはや、となるが決して喜劇ではない。

それから猫の跡を蹤《つ》け、夜の廊下を忍びやかに歩きはじめたのであった。

やがて、大きな鉄扉のまえに出ると、猫は爪を立てて、ガリガリっと引っ掻いた。

いよいよ、扉一重《ひとえ》のむこうに、弓子がいるのだ。

と、たか鳴る胸をおさえて鍵を択《よ》り、肱《ひじ》で押しながら、鍵孔に突っ込んだときであった。

いきなり、扉が、向うから開かれたのである。

靖吉は、不意を突かれ、思わずタタラを踏んで室《へや》のなかに蹌踉《よろめ》き込んだ……

「ああ、これはよくお出でなすった。実は、君、纈草《かのこそう》を並べてね、君のお出でを、千秋の思いで待っていたんだ」

叙貫。

聯明社、副首領の叙貫だった。

とたんに、靖吉は、裏切られた——と、一瞬頭のなかへ火花のようなものが散った。

(迂闊《うかつ》だった。うっかり、信じていたが、やはり支那人だ)

もちろん、あとへ蹤いているはずの、灰ソフトの影も見えない。

「さア、ずうっとお入り」

叙貫は、故意《わざ》とぎごちない、お辞儀をして云った。

幾度か遁れ、また張られる穽《わな》に靖吉はまんまと落ち込んでしまったのである。

しかし、自失のあいだにも、叙貫の声が、鞭《むち》打つように聴こえていた。

「御紹介しよう。此処が、君の捜して止《や》まなかった、聯明社本部なんだ。見給え。彼処《あそこ》には陰顕インクの顕出装置がある。それからこのカード函《はこ》は、暗号の度数表《フリクエンシー・テーブル》だ。しかし今夜は、きのうシャルパンティエが逢った、あの礼をしたいと思うのだ。いやさせて貰う……」

そう云って叙貫は、蜘蛛のような、毛だらけの手でかたわらの釦《ボタン》を押した。

間もなくシャルパンティエが悠然と現われたのである。

「シャルパンティエ君、弓子はどうしたね?」

靖吉はすっかり冷静になり、親しげに問いかけたのであった。

「気の毒だが、君の手には及ばんところにいる。しかし、君の行く銃殺所とは、ちと違うでな」

「だが大将」

叙貫は、幾分からかい気味に云った。

「今夜も、また瓦斯《ガス》じゃ、ちと……」

「いや大丈夫。今夜はこの男に、怖ろしい烙印《やきいん》を押してやるのだ。死ぬか、一生この儂《わし》に、鎖を持たれるかだ……」

シャルパンティエの声に、かつてない異様な響きがこもり、それから、こそこそと耳打ちをはじめたのであった。

烙印とは――靖吉も唯ならぬ気配を感じて、一生この男に、鎖を持たれるとは何事かと惑いはじめた。

やがて、明け方近く、月が沈んで、ただもう彼の眼前には、暗い深淵しかなくなってしまった。

すると間もなく、隣室でがやがや騒ぐ、人声がしたかと思うと、たしか灰ソフトと思われる男が手取り足取り連れ出されて来た。

死闘

「大将、こいつだよ。俺達を裏切り、いまも西塔靖吉をまた裏切った、奴だ。どうだ、俺はこいつ等に、闘雞《けあい》をさせようと思う」

叙貫はシャルパンティエの顔をほくそ笑みつつ窺うのだった。

しかし灰ソフトの男には血の気がなく、総身が恐れて鞭縄《よりなわ》のように慄《ふる》えている。

シャルパンティエは靖吉とその男の顔を等分に見比べていたが、

「では靖吉君、名射手として名高い君の腕前を拝見するかね。君には一発の弾丸《たま》、この男には五発の弾丸を与える」

「それで?」

「つまり、最初君が射って、当らなければ次にこの男の五発の中《うち》いずれかで斃《たお》される。判ったね。斃れるか、それとも殺人者の烙印《らくいん》を額に捺《お》されるかだ」

靖吉は容易に驚く男ではなかったが、流石にこれには戦《おのの》く動乱を抑えつけられなかった。

殺人者か、死か――。何《いず》れを撰《えら》ぶにしても、前途が悲惨な闇黒《あんこく》であるには変りないのだ。

その灰ソフトの男は靖吉と対峙《たいじ》する、向う側の壁に立たされた。しかし勝敗は行わずして明らかである。靖吉の持つ一発が、恐らく相手の銃口に、口を利かせることはないであろう。

暫く二人は、相手の異様な形相をじっと見守るのみだった。眼を据えて、ぼんやりと白みはじめた薄闇の中に泛《うか》び上っている。

すると、靖吉の手が、とつじょ上《あが》ったかとおもうと、銃口がうえを向き、弾丸《たま》は、ごうぜんと反響《こだま》して、天井に発射されたのである。

「き、君は……」

シャルパンティエは、茫然と、ただ曳《ひ》きずられるように喘《あえ》いだ。

それを、叙貫が小気味よげにかい見やって、

「大将、こんどこそは、空弾《からだま》じゃないからね。腕はなくても、五発あれば、一つくらいは……。ハハハハハハ」

靖吉は、ちらりと叙貫を見たが、なにも云わない。

死ぬ、死んでゆくと云う考えが、いまは彼を恍惚とさせている。

しかし弓子の呼吸《いき》に、この室《へや》の空気はともどもかよっている。こんな悦びが、いま死をまえにした苦痛のなかにあろうとは思われなかった。

「オイ、黄淵《こうえん》」

とその男の名を呼んで……、叙貫は、知らず知らずにほころんでくる、微笑をおさえることが出来なかった。

「急《せ》くな。拳銃を悠《ゆっ》くりあげて、こいつの苦痛を増してやれ。味わうんだ。いいか、うまくいけばきさまは逃がしてやる」

秘密結社という、悪逆の権化、副首領の叙貫は、いまや眼が爛々《らんらん》と燃え、仇敵《きゅうてき》の苦痛にあじわう快感が、いつもの百倍にもまして感ぜられるようだ。

そして今や遅しと、引金の引かれるのを待っているのだ。

「おい、西塔、遺言はないか」

ちょっと、叙貫があざわらったように云った。

「あるね」

「なんだ？」

「蒋と、宋美齢《そうびれい》のやつにこう云ってもらいたいんだ。惜しいことをしたって!!　いつか、打《ぶ》っぱたいてやろうと思ったのを、死んでしまうんだから……」

「ふむ、吐《ほざ》け」

靖吉の、案外平然たるのにおどろいてしまって、それだけに、叙貫は憎さがいっそう募ってきた。

「生きたいだろう。えっ、貴様。さぞ、貴様は死にたくないだろうというんだい」

「しかし……」

靖吉は、臆す色もなく云う。

「僕は、死ぬのはなんともないがね。ただ、生きられないのが、いちばんの苦痛なんだよ」

「ふむ、口は減らんな」

「これを、とくに弓子さんに、つたえて貰いたいんだ。どうせ君らは、社長に身代金を請求するつもりだろうが」

「もちろん」

叙貫は恥ずる色もなく云う。

「なにしろ、此処は支那だからな、ハハハハハハ」

「それから、シャルパンティエ君にはこれをお願いしたい」

靖吉は、微笑をふくんで、シャルパンティエを見た。

「なんだ、フランスにでも、情人《いろ》がいるのかね」

「それは、あのディタだが、あれにも、僕がいったと同様のことを伝えてくれ給え。いいかね、君が軽爆を見せた、ポーランド人のディタだ」

「ふん、馴れ合いだったのか」

シャルパンティエは、ようやく悟って、きりきりと歯噛みをした。

「いや、さいしょはちがうが、結局はおなじになったね」

「おなじことだ」

シャルパンティエは、まだ前夜のことで、ぷりぷりしている。

しかし、靖吉の出過ぎと弓子のもの好きが、まんまと二人《ふたり》を掌中のものとしたわけである。

やがて、叙貫がやおら立ちあがって、云った。

「おい黄淵、さっきも云ったとおり、こいつの胸をぶち抜くんだ。いいか、弾は五発あるから、ふるえては駄目だぞ。一発でも胸なり心臓なりへ当てればいい。そうすりゃ、貴様は自由になるし、団員にもしてやるぞ。いいか……」

と彼は眼を据えて片手をサッとあげた。

合図——

叙貫は、もちまえの残忍性でうれしそうに身ぶるいしている。

「いいか、この手が下りたら、がんと、やれ」

そのおそらく二、三秒のあいだ。

とおく腹のそこへひびくような砲声と爆音。

靖吉は相手に胸をはだけたまま無言のまま見つめている。

(死ぬ)

(おなじ時刻に、忠勇なる陸戦隊員はなん人が死ぬであろう。いやなん十人、なん百人かもしれぬ)

とたんに、叙貫の手がサッとふり下された。

「ゆけ!!」

銃声がした。

黄淵の腕があがり、やきもきしていた一同が、ぐいと唾《つば》を嚥《の》んで鎮《しず》まりかえったとき……

意外にも……弾丸《たま》はおなじく天井に飛んだ。

シャンデリヤが、パリンとくだけた。硝煙《しょうえん》の匂い、閃光《せんこう》の強烈さ。重いシャンデリヤが落ちて、あがる悲鳴——

「あっちだ」

「間違えるな」

「此奴」

「野郎」

「ううむ」

と、断末魔のうめき。

それらは、ことごとく闇のなかでおこなわれた。

押し合い、へし合い床を踏む音、たおれる響き。その狂喚《きょうかん》のしたをかい潜って、靖吉は廊下にのがれ出たのである。

そのとき、柘榴《ざくろ》のように割れた一人の頭蓋に触れたような気がした。踵《かかと》の下で、なんとも嫌なグニャリとしたものを踏んだとき、

「アッ、副首領の頭が……」

と、とつじょあがる叫びに、叙貫の急死を知ったのであった。しかし彼にとると、シャンデリヤが落ち、叙貫の頭蓋を割ったと云うことよりも、彼に発砲せず、この危機を救ってくれた黄淵と云う男――が、そうして、罵りさわぐ声を背後に聴き、出口をあちこちと、捜しもとめていたときであった。

不運にも、かれの姿が結社員のまえに曝けだされた。ちょうど、猫室《ねこべや》のまえを過ぎて窓際にさしかかったとき、背後から、ごうぜんたる射撃をうけたのである。

と、窓硝子《ガラス》を割り、マルコ・ポーロの像とともに、彼はもんどり打って、クリークのなかに墜落した。

ほのかに、底をみせた二つの靴が、泥を、こまやかに揺《ゆる》がせながら、深みへともぐってゆく……

ああ読者諸君よ、靖吉は、クリークの泥のなかに踠《もが》きもだえて、はかなく埋もれ去ってしまったのである。

そうして、すべてが沈黙にかえった。

ただ、冴えた早暁《そうぎょう》の月のしたでにぶい、若人を呑《の》んだ泡の音がきこえるだけだ。

「沈んだようだぜ」

「当ったのかな」

「そりゃ、むろんだろうとも……」

眼が血ばしって、たださえ人相のよくないところへ野獣のように凄《すご》まったのが、四、五人あつまってクリークをのぞき込んでいる。

「とにかく、こいつ……副首領と引きかえになってくれたので、拝みてえような野郎だよ」

「まったくだ」

「叙貫ときたら、おれたちを霑《うる》おそうなんて、心掛けでもねえやつなんだから……。しかしまあ、これで、シャルパンティエからはふんだんにいたぶれる」

「そうだとも」

「兎に角、副首領は死んだし、吹っかけようぜ」

そういってドヤドヤ引きかえす跫音《あしおと》がすると間もなく、クリークの葦の一本がスウッと動き出したのである。

靖吉は死んではいなかった。しかも身に数弾どころか、微傷《かすりきず》も負っていない。射たれたと見せかけてドブンと落ち込み、手早く靴を脱いで、沈みゆくように見せ掛けた。そして彼は葦《あし》を一本取って、呼吸笛《いきぶえ》にし、久しい間、水中に隠れていることが出来たのである。

(早く陸戦隊警備区域に逃がれねばならない。いや、それ以前に弓子を助け出さねば……)

靖吉は死の町と、砲声の中で、支那服を着て、異様な変装の姿で、徒《いたず》らに彷徨《ほうこう》していた。漢奸《かんかん》狩りが盛んに行われていて、彼はその犠牲者らしい老人の屍体から支那服を剝《は》ぎ取ったのであったが、屍臭がこびりついているし、夜が明ければ、彼の変装の如き一眼で見破られて、彼自身漢奸狩りの血祭にあげられるだろうことは、火を見るより明らかだった。彼の命は夜明け迄と約束されている。靖吉は気許《ばか》り憔《あせ》り乍《なが》ら、星もない闇夜の敵地を、当てどもなく歩き廻っていた。

そうしている裡《うち》に、いつか靖吉は四恩《しおん》の橋へ来て了った。長い陸橋で、下は十字架の林立する外人墓地になっている。

と、橋の恰度半《ちょうどなか》ばへ来た頃、向うの外れから、濡れた舗石を流れのように乱して殺到して来る一団……

「アッ！」

と、思うと同時に、直感がピインと来た。

(奴等《やつら》か)

それは考えるとふり向くのとが、ほとんど同時だった。

けれど、背後にも……橋梁灯《きょうりょうとう》の灯影《ほかげ》に多数のうごめくものがいる。

(ううむ、見付かったか。もう、度胸を決めるよりほかにない。なまじ踠《もが》いて、醜をさらすよりも凝《じ》っとしていよう)

ところが、その一団はなにゆえか近附いて来ないのである。

とおくで、がやがや喚《わめ》きながら、とり囲んでいるだけ。それもやがて、彼らのなかで争いのようなものが起こったようだ。

一人は、叙貫のあとを継ぐ、兄貴分らしい男。

もう一人は、夜目にもわかる、シャルパンティエである。

どうやら、シャルパンティエが一同を制しながら、あまりに、靖吉の度胸がよいので、味方に欲しくなったらしい。

「だから、さっきからあっしが云うんですよ」

その兄貴分らしい男が、なかなかに承服しない。

「あんたは、あの猛獣を飼い馴らそうと、力味《りきみ》かえっている。だが、それはとうてい出来ますまいぜ。一ばん、あたりまえの事を考え直してもらいましょう」

しかし、シャルパンティエの影は、凍ったように動かない。

ただ、聴こえるのは、その男の声だけだ。

「とにかく、あんたは夢を見ていんだ。あまり、御自分を買いかぶると、飛んだ目に逢いますぜ」

「いや」

シャルパンティエが、やっと口をひらいた。

「あの男の骨は鉄の箍《たが》だ。君たちの手では、どうにもならん」

「ヘッ！」

と、唾をペッと地上にするようなのが、見える。

「とにかく、いま、あんたは金をくれるし、お首領《かしら》だと思っているだが、あっしらの顔もちっとは考えてもらいたいね」

「………」

「知ってのとおり、副首領の叙貫は殺され、四、五人の手負《てお》いも出ている。そこへ、助けて味方というんじゃ、丸つぶれでさあね」

「なにが？」

「あっし等の、顔がってんですよ。とにかく、この儘《まま》じゃ胸がおさまらない。あっしはとにかく、若い奴らはこのとおりですからね」

「ふむ」

「とにかく、シャルパンティエの大将、これを見てください」

といわれてみると、日鬼《にっき》云々《うんぬん》のさらし首の札である。

しかし、シャルパンティエは、冷然とうごかない。

「そうか。だが、こんな芝居がかった道具立てで、なにをする積りだ」

「………」

「わし達は、ただあいつを屈服させて使ってやりゃいい。それを、君等は……」

「ハハハハ」

その男は、さも面憎《つらにく》そうな笑い声をたて、シャルパンティエの顔をクスンというふうに見あげる。

「そりゃね、あんな奴にも、墓だけは必要です。だからこれを、まだぴくぴく動いているやつに、括《くく》りつけるつもりです」

「ふむ」

「分りましたね。今夜はこの月で大将、きっと青い血がながれますぜ」

その声は、
ひくいが、かすれていやに鋭い。

「そうか」

シャルパンティエは、さすが貫禄を見せて、動ずる色もない。

「それで、手を引けというのだな」

「そうですよ。あんな青僧に、いやに感心しっこなしにしましょうぜ」

「ふむ」

シャルパンティエの声がちょっと杜絶えた、その沈黙《しじま》のなかを、殺気の、いとも寒々としたものが流れてゆく。

と、突然、

ガリッと、顎骨《あごぼね》のはためく音がした。

男のからだが、板のように急に宙に浮き、ガンと鋪石《ほせき》のうえに叩き付けられたのであった。

「馬鹿め、今夜は、わしが買ったこの一団だぞ。やりたくば、明日にでも勝手にやるがいい」

が、そうされても、金をもらっているだけに、誰も逆らおうとはしない。

夜明けがちかく、閘北《ザホク》の火災の余映《よえい》でぼやっとして明るい。

が、人影は、まだ影絵のようである。

とそこへ、シャルパンティエが歩みよって来て、

「西塔君、まだ機会はあるぞ——あの問題を、ここでもう一度かんがえなおしたらどうだ——」

「あれとは？」

靖吉は、ただクスンとわらい、相手にしない。

「サアサア、強情を張らずに、命がけのこったぜ」

「…………」

「わしは、どうにも君の才幹《さいかん》が惜しくて仕様がない。どうだ、いちばん気持を入れかえて、わしを助けてはくれんか」

「すると、この僕にスパイをやれというのか？」

「……」

「祖国を、おれに売れというのか」

「…………」

「ハハハハ、ねえ君、なにより君は、僕が日本人だというのを計算に入れていない」

「では、どうしてもか」

シャルパンティエは、彼に似げない迫るような呼吸《いき》をした。

しかし、最後に靖吉はじつに穏かにいった。

「とにかく、僕は、誇らしげに死のう。これで返事もしたくないし、……君も、もうなにも云ってくれるな」

靖吉に、きっぱり云い切られて、シャルパンティエの顔には、ただならぬ苦悩の影がさした。

やがて、頭《こうべ》を垂《た》れて黙々ともどっていったが、そのとき、銃尾が肩にかかって、あらゆる物音が止《や》んだ。

「打て！」

靖吉は、釦《ボタン》をかきむしって、胸を露《あら》わにはだけた。

とその瞬間、どうしたことか、橋梁灯の灯《ひ》が消えた。

一時《いっとき》に、闇。

おそらく、皇軍の砲火に発電所がやられたらしい。

その隙に、靖吉は身を躍《おど》らし、欄干を越え、橋梁の鉄骨に猿渡りをはじめたのである。

そうなると、商船校当時の習練がものを云う。

帆桁《ヤード》を、するするわたるあの芸当が、いまは飛んだところに役立ってしまった。

しかし、上では湧きかえるような、騒動だ。

「何処へ行った？」

「火を、はやく」

「橋裾《はしすそ》をかためろ」

と、したの墓地をめがけて、火光が糸をひく。

銃を、真下にむけて、めくら撃ちに射つが、そのころ、靖吉は安全地帯にのがれ去っていた。

「馬鹿奴《め》！」

と、彼は橋上のさわぎを、せせら笑っている。

靖吉には、これが天祐《てんゆう》であるような気がした。

ああして、あいつらが橋上で途惑《とまど》っているうちに、こっちは、本部へ先まわりして、弓子を助けよう。

そうして、彼の姿は、風のように消えてしまったのである。

靖吉の父

やがて靖吉は、本部をかこむ石垣のうえにいた。やもりのようにじっとへばりついていたのだ。

ちょうど目のしたの、空地の奥のほうにある繁みをとおして、いままでチラチラ見えていた洋館の二階の灯《ひ》が、消えてから大分《だいぶ》になる頃だ。

と、頭だけもたげた靖吉のからだが、きゅうに蛇のようにうねりはじめたかと思うと、闇に腕が延び、ちかくへ繁みを出している枝の端をとらえた。

と、素早く、からだが石垣からはなれて宙に浮くとみる間に、靖吉は、枝から枝へと猿渡りをはじめた。

ピシリ、

ピシリ、

かすかに、枝の折れる音を伴奏のようにして……

バルコニーへ、近づいてゆくとヒラリと反動をつけ、彼は素早く手摺を摑《つか》んでいた。

やがてのこと、黒いかたまりが、豹のように身軽くサッと手摺を越え、フランス窓へ近づいていった。

だが、別に硝子《ガラス》を切る様子もない。

しばらくコソコソとからだを動かしていたかと思うと、スウッと風穴みたいに口を開けた暗い孔《あな》から、しのび込むと、パッタリとあとがしまった。

（さて、さっきとおなじ経路だが、どうも広過ぎて見当のつかん家だ）

そして彼は、どこにいる、弓子はいずこの部屋にいると、呟きながら念じながら、あるきはじめた。

と、そこへ、すぐ間近な部屋から、話し声がきこえて来た。

「それにしちゃ、よく、帰ってきたのがおめえに分ったな？」

「なに、云ってるんだい。寝ようと思って階下《した》からあがって来たところへ、泥棒かエロすけか知らないが、ピシピシと木の音がするから、ぶっ殺してやろうと思って待ってたんだ。フン、首尾がよくてようござんしたネ……」

やがて、廊下灯の蔭を拾うようにして、その部屋のまえにまっ黒な影が突っ立った。靖吉だ。

女も、帰ったらしく寂《ひ》っそりと人気《ひとけ》がない。間もなく部屋の扉がかるく叩かれはじめる。

「シャルパンティエさん、電報です。シャルパンティエさん」

「誰だ、ふむ給仕か」

その、扉にはしっかと廻転錠がかかっている。

それを、捻《ひね》るまえにもう一度声をたしかめ、やがて弾条《バネ》の音がすると、細目に開きかかった。

と、その瞬後、わずかな間隙をついて、サッと光るものが突き出された。

まるい、小さな閃《ひら》めきにあっと声を立てる間もなく、銃口は脇腹に、扉は、肱《ひじ》ではねられ、ズズズズと入ってきたものがあった。

「ふむ西塔靖吉!?」

シャルパンティエは、ちょっと舌打ちはしたが、動じたような気色《けしき》はない。

両手で隠しを引きだしてなにもないと示すのも、一々図太さというより嘲弄《ちようろう》のように靖吉を衝《つ》いてくる。

そうして、たがいに腹をさぐり合い、隙を窺うような沈黙が、シャルパンティエの吐き出す紫煙のなかで続けられて行った。

「やっと来たよ。君は、来て欲しくはないだろうが、俺はそうはいかん。で今夜は、全部いままでの懸案を清算して貰おうと思ってな」

「よろしい結構だ」

シャルパンティエは洒々《しやあしやあ》と莨《たばこ》をすすめながら、相手の顔を覗きこんだ。

「だが、此処ですっぽりと、仮面を剝《は》ぐこったな。わしには、高級船員《オフィサー》としてより、××機関員のほうが骨耐えがある」

「ふむ、どっちとも君の想像に委《まか》せるがね。実をいうと、どうにも今夜は××機関員になりたくてならんのだ。僕が、そうであっても必ずしも不自然ではない」

「吐《ほざ》いたな。そう、すばすば云うようじゃ、おれに陽の目はあるまい。分ったよ、君の執念にはまったく恐れ入った」

「サア、もう話すこともなし、立ちあがってもらおうか」

「こうか」

シャルパンティエは、素直に相手の云うままにすっくと立ちあがったが、ふと靖吉が取り出した作業衣のようなものに眼をくれて云った。

「ははあ、搾衣《さくい》だね、君。狂人が着る、ながい袖のあまりでぎゅうぎゅうに絞めつける。ふうむ……儂も業《わざ》くれながら、ちと哀れな気もするな」

やがて、靖吉は搾衣を着せたシャルパンティエを寝台に転がすと、ながい張りつめていた気が弛んで、がっくりとなった。

あれから廿余《にじゅうよ》時間、ついに、待ちに待っていたあの時間が来た。

そこへ、冷笑味たっぷりなシャルパンティエの声が響いてきた。

「おい靖吉君、こうして儂《わし》を不自由にして、君はどうするつもりだね」

「なアに、明日は、トランクに詰めて、ふんわり船積みにしてやる」

「そうか……、わしがこの儘《まま》、動けないと思うのも笑止《しょうし》なこったが、一ばん、そのまえに君を躍らせてみようか」

「なに？」

「ハハハハ、どうだ、此処《ここ》でわしを埋めて、あの踪跡《そうせき》を失うつもりか……おい」

「あの踪跡？」

「ハハハハハハ、弓子さ、あの娘さんだよ」

一言ごとに、搾衣のシャルパンティエが眼光を迸《ほとばし》らす。

靖吉は、罵倒され、揶揄されながらも、もう一歩が踏みこめなかった。

こうして、搾衣のなかのシャルパンティエを、どうすることも出来なくなった。

(弓子を救う)

(彼女を見す見すのこして、此処を去ることは出来ない)

それには、せっかく捕《とら》えたけれど、シャルパンティエを放す。そして地の果までもこの狼の跡を追う……

暗い旅路だ。いまは、すべてがこの搾衣中の手で握られている。

靖吉は、これからの流転を思うと、力尽きたように感じた。

「おい、話をしてやろう、おれが君よりもどれほど偉いか。君に、指一本触れられぬような、おれだということを話してやる」

「………」

「いいか、よく聴け。結社の連中は、朝になるまで此処へは帰らんからな」

と、いまは囚人であるシャルパンティエのほうが、靖吉を見据え威丈高《いたけだか》に見くだすのである。

（以下シャルパンティエの話）

×　　×　　×

アントワープで、リッドコッドという英系猶太《ジユウ》人が殺された。その男は、とうにスパイ嫌疑があり、しかも、コミンテルンを裏切ったという噂さえある。

以前、大戦時に、英国義勇兵となりダーダネルス攻撃に参加したシャルパンティエもその中隊にいたのである。ところが、アントワープ警察に、ワン・ロワイアンという警部がいて、その事件を担当することになった。

その夜から警部の活動がはじまって、まずロンドンの大戦資料部に打電された。

その回答は、翌夜電送写真となってきた。

それには、シャルパンティエの略歴はもちろん、写真も、二十年まえだが、明瞭なものが送られてきた。

しかし困ったことは、シャルパンティエという名のものが、在仏ソ聯人にはなく、白系も、しらみ潰しにしたが、それも空しいのであった。結局警部は、ただ一つの微光のようなものに、頼るほかなかった。

それはあの夜、逃げだした男が乗ったルノウのタクシーで、その運転手の口から、次のようなことが述べられた。

——顔は忘れましたよ。どんな男だったか、しょっちゅう俯向《うつむ》いていたし、帽子の蔭でね。

だが、降りたのは、亜細亜濠《バシン・アジア》のそばです。御存じでしょう、彼処にはわんさと屑鉄《くずてつ》が積まれてますがね——

そんな訳で、事件から数えて三日目の夜に、警部の影が凍てつくような濠端《ほりばた》にあらわれた。

濠は、星をうつしたように、一面に小蒸汽の灯。

が、その北側には濠の水よりもさらに冷々とした屑鉄の置場がある。錆びた汽罐《ボイラー》や、帯鉄の山が、埠頭をへだてて、檣頭灯《しょうとう》もみえない。

とその奥に、警部の眼をちかっと射る灯があった。

「はてな?」

跫音《あしおと》をしのばせ近づいた警部のまえには、やがて、なんとも奇妙な形をした、鉄船のようなものが現われた。

それは、中央から舳《へさき》にかけ箆形《へらがた》の窪みがついていて、なにか特殊な船の、外殻のように思われた。

そして、にぶい反射が……船体のうえに赭《あか》い半円をえがいている。

(なんだろう、ついぞ見かけない型だが)

しばらく、ぐるりと廻っていたが、七、八〇米はある。それに、切り口は楕円で、吃《きっ》水《すい》もあさい。

と警部が、好奇心半分につと伸びをしてみると、意外にも、なかはがらがらの船殻《せんこく》だけである。

そして更に、指を縁にかけ覗きこんだとき、カンテラの油煙のなかに、骨々《ごつごつ》とした顔が見える。

とたんに、警部の全身が、かっと熱しはじめ、鉄の、千切《ちぎ》れるような冷えをわすれ、む、むっと唸《うな》りはじめた。

「ああ、奴だ!! シャルパンティエの奴だ!!」

この二日のあいだ、三十六時間ぶっ通しに睨《にら》みつづけていた、その顔の記憶がいまは群箭《ぐんせん》のように飛びついてくる。

と鉄板を掻《か》く、がりがりっという靴の音。

警部は、ものすごい反響をさせて、いきなり内部へ飛び下りた。

「おい、なんだ君は?」

油煙がみだれて、反響が谺《こだま》をかわし合うごうごうたる響きのなかで、二人はただ睨《にら》み合ったまま動かなかった。

「警部ワン・ロワイアン、アントワープ警察のものです。あなたに少しばかりお訊ねしたいことがある。国籍は、お名前はなんという?」

「ふむ、警察……ははあ、夜中此処で仕事をするのに届がいるんですね。こりゃ買った廃船ですし金属《かな》撰《よ》りをしているんですが。いや、国ならエストニア、名はベーゲルマンといいます」

「黙れ！　儂《わし》はベーゲルマン氏にではなく、シャルパンティエに用があるんだ!!」

「そうですか、もしも……」

突然、影が巨《おお》きくなってシャルパンティエが近寄って来た。

「だが警部、あんたはあれを知り度《た》くないかね。西塔さ。私を躍らしているようなことを云って自分が躍らされている……」

「西塔？……それが何《ど》うしたというんだ」

とたんに恐ろしい気力で殺したように男の顔からは、表情が消えた。しかし影はぴりりと動いて明らかに顫《ふる》えた。警部は拳銃に手を掛けて身構えたが、男は意外にも、不逞《ふて》不逞《ぶて》しく空呆《とぼ》けたように振る舞っている。

「判りましたよ。夕刊でセシル・リッドコットのやつが殺されたのを読みましたが……。あなたは私がシャルパンティエなのを、いったい誰に聴きましたね？　プトナムか……それとも彼奴《あいつ》にですか？」

「あのプトナムは翌晩自殺している。そして、君のいう彼奴は二十年前にこの世を去っている」

「………」

「判るかね。人形師が君でなけりゃ、西塔の幽霊は踊らんよ。ねえ君、君はあの晩、プトナムの遺書を認《したた》めてから、此処へ逃げて来たね」

×　　×　　×

「オイ、一寸待ってくれ！」

靖吉が話の中途でいきなりシャルパンティエを押しとめた。

「君、いま西塔といったな」

「ふむ」

「その西塔というのは、日本人のことか」

「そうだ」

「名は何という？」

「たしか、十三《じゅうぞう》といったがね」

と突然、靖吉の呼吸《いき》づかいが変って来た。その十三は靖吉の死んだ筈《はず》の父である。欧洲を流浪し遂に行方知れずになったその父の名が、いまシャルパンティエの口の端《は》に上《のぼ》ったのである。

「オイ、いまの話はどうでも、その日本人のをしろ！」

「いや違うんだよ、君、日本人にはサイトウという名が、相当多いそうじゃないか。違う、君の親類じゃないよ。しかし、これが済んだらそのあとで話そうか」

×　　×　　×

「あの晩!?　すると、リッドコットが浮き上ったその夜という意味ですか？」

ちらりと見えない位の赭《あか》みがシャルパンティエの顔に浮んだ。

「いやお気の毒なこった。こりゃ、私の口をかりる迄《まで》もない。ひとりでに不在証明《アリバイ》があるわい。実は警部さん、あの夜は八時から翌朝まで『快々楼《ドーコムフオール》』にいましたよ」

「…………」

「髪は御覧の通り半白髪《まじり》でも軀《からだ》は若僧でね。敵娼《あいかた》はおりんという日本娘でした」

「…………」

「警部、生きているんだよ。俺がもし万一に本当のことを云ったとしたらこれがそうだろう。ねえ警部さん、どうして生きられたもんか、西塔は生きているんだ。そしていまは葡萄牙人《ポルチユゲー》に化けて……ねえ、考えりゃ人種の穴だね、葡萄牙人にならば日本人は化けられる」

「信ぜられん。兎《と》に角《かく》、儂も君からは納得する迄離れんからね。不在証明でなしに、幽霊が此の世にあるという証明が立つ迄は……」

「よろしい。では無国籍者《エミグラント》西塔を紹介しよう。そして警部は海上で驚くんだね」

×　　×　　×

「と、そんなことで、旨《うま》く作り話でその警部を捲《ま》いて了った。どうだ。こんな腕を見たら、怖ろしくなっただろう」

「いやヨーロッパには馬鹿が多いんで呆れたところだよ」

靖吉はしかしシャルパンティエを促すように急き立《せ》てる。

父の死とこの男に何等《なんら》かの関係があるのではないだろうか？

「兎に角、サイトウという男に就《つ》いて、おれに喋って呉《く》れ」

と、シャルパンティエは何も知らずに喋ろうとした。

「おい待て」靖吉が突然止めた。

「察するところ、君は同じ中隊にいたという、何とかいった……」

「リッドコットだろう、いかにもそれは俺が殺してやった。あの時、ダーダネルス攻撃の時一寸した事があったのだ。それを種に、強請《いた》ぶって聴かなきア、殺す。プトナムという奴はとうとう、自殺して了《しま》ったがね。いや、総《すべ》てがダーダネルスのあの時にある。いや、サイトウという日本人にある」

×　　×　　×

（以下、警部の手に入った、自殺したプトナムの遺書である）

それは、一九一五年四月二十五日のことだ。

われわれの乗船「クライド河《リヴアー・クライド》」号はテネドス沖を出発し、まさにセッド・エル・バールの敵前を去ること三カイリの海上にあった。

静かな海、つよい濃い鹹《しお》気《け》、そして闇のなかで、船はなにかの夜鳥のようにうずくまっていた。

しかし、いまに天明までにパッと飛びたつ時機がくる。

そして、そのとき、われわれには死がくる……

ところが、三時ごろに、各中隊の代表を決めよという伝令が飛んできた。

それは、死の先鋒――第一回上陸部隊をきめることだった。

そして、中隊からえらばれた私をはじめにして、リッドコット、キャムプレー、ビーミッシュの四人、それから、ニュージーランド義勇工兵大隊からは二人ということになって、都合六人のものが、くらい船艙《せんそう》にはいって往った。

そこで始めて、白色外人中隊のシャルパンティエという露人、有色中隊からの西塔という日本人をみた。

いずれも、義勇兵になるような食い詰めもので、夢から魂までも売りつくしたような荒くれだ。

そして十二の眼が、六枚のカードをならべ睨《にら》みあうことになった。

ほの暗い、ランプの下で油汗《あぶらあせ》をうかべ、スペードの女王《クイーン》を引けばいっさいが決せられるのだ。

しかし、たとえどんな場合でもわれわれは英人である。

自己保存の本能、術策をわすれるものではない。

われわれは、シャルパンティエを語らって白色だけの団結をつくり、ひそかに贋札《にせふだ》をもちい、西塔をおとしいれようとした。

それが、いわゆる時計模様《ティック・タッキング》の札だった。

つまり、うらの模様の隅が盤面様になっていて、その黒星に空いた丸で、表の番号がわかる。

一時は一、二時は二、十一時はジャック、十二時はクイーン。

それから、内円にもまた、五つの黒星がある。

上から、ダイヤ、クラブ、ハート、スペードの順で、もちろんキングは中心の星であらわされる。

だが、そうしてさえもわれわれは顫えていた。

ところが、西塔は泰然といちばん最後に引くという。

「さあ、まやかしがないなら、サッサと明け給え。僕には、だいたい興味は持てんし、さっぱり意味がわからんよ。故国《くに》じゃね、敵前上陸先鋒などとなれば、全隊が志願する。犠牲を、運に賭けてのがれようなどとは、決してせんからね」

それで、ホッとなって拳銃の手をゆるめたが、もし見破られるようなら、その場で射殺して、いっさいを、この贋札を種に西塔に負わせてしまうつもりだった。

そうして、ついに西塔は陥穽《わな》に落ちこんだのである。

私はハートのジャック、リッドコットはダイヤの四、キャムプレーはスペードの九で、ビーミッシュはダイヤの二だ。

それに、シャルパンティエの札も、あけるとハートの女王《クイーン》である。

西塔は、顔色も変えず札も手にとらず、ただくすんと笑った膽力《たんりょく》には、底気味悪いものがあった。

が、こうして、第一回の上陸部隊が決定した。

ニュージーランド義勇工兵大隊中の有色部隊《ダーク・バテリヤン》が、先鋒となって、死の艀《はしけ》にのりこむことになった。

やがて、暁《あけ》ちかいころ、戦艦「アルヴィオン」が援護砲撃の火蓋をきった。

と、闇のかなたに、陣地らしい角面の頂きがパッパと明滅し、やがて土砂の崩れる音が、地鳴りのように谺《こだま》してくる。

そうだ、じつに此処までは戦いは美しかった。ところが、間もなく甲板をふむ霰《あられ》のような靴鋲《くつびょう》の音だ。

それ、有色部隊がゆく。

あがってみると、ふかい痲痹《まひ》におちいったような連中が、黙々と鉄梯子を下りてゆく。

赭《あか》い印度《インド》、まっ黒なスーダン、メラネシアンもいれば興凱蒙古人《ハンカー・モンゴール》もいる。

そして奴らは、大英帝国のもとに、奴隷となる宿命を背負っているのだ。

此処でも、そうだ。

奴らが、土耳古《トルコ》軍を相手に先鋒となることは、結局、白い後続の犠牲を一人でもすくなくすることになる。

私は、それが本来当然の姿のように、見ていてもなんの感情もおこらなかった。

屠獣《とじゅう》……白人の楯《たて》だ。

そうして眼のまえを、ぞろぞろ感覚もなにもない呆《ほう》けきった顔がゆくとき、ふと、耳元でむっと脂《やに》くさい息がした。

ふり向くと、鋭い、底光りする西塔の眼が見据えているのだ。

彼は、私をひっぱって舷《ふなべり》にゆき唾を水面に落し、そして云うのだった。

「あれが、見えるかね、君」

それを、正直にわたしが見えないと云うと、彼は意味ありげにわらってポンと肩を叩いて、

「そうかね、君は見えないと云うが、僕には見えるんだ」

それを聴いたときの、いまでもあの気持は、とうてい忘れられるものではない。慄《ぞ》っと、冷水《れいすい》を浴びたようにくらくらっと眩暈《めまい》がし、気がつくと西塔の姿は隊列に加わっていなかった。

ワン・ロワイアン警部――

あなたには、いまの西塔の一言が何を意味しているか、分るだろう。

知っていたのだ――

あの贋札の詭計《きけい》を西塔は知って、ただ私たちの気配に黙々と従っただけだ。

西塔よ、もしも怨念があるなら地獄から飛んでこい。

それが五時十分――色付いた海霧《ガス》をみだして推進機《スクリユウ》が掻きはじめ、八隻の小蒸汽が蜿々と艀《はしけ》を曳《ひ》きはじめた。

ところが、ただ艦砲のみが唸《うな》るもの懶《う》い一刻後に、とつぜん紅玉《ルビー》のような閃光が、ダダダダと走りはじめた――

土《ト》軍の掃射だ。

そこで、混乱がはじまった。

「クライド河《リヴァー・クライド》」号の首脳部には、応急策もなく、ふらふら急潮をわすれて、海岸に近附いてゆく。

そして、操舵を失し坐礁したあとは、この標的船をめがけて弾丸で水煙を浴びるばかりだった。

突梁《とつりよう》がくだける。

船橋《せんきよう》の、鉄板が肉片とともに見えなくなる。

もうそこには、耳も聴こえなければ、命令もない。

大隊も、中隊もなにもない。ただ混乱した烏合《うごう》の衆だ。

そしてわれわれ兵は、ぎっしり船艙《せんそう》に詰《つま》ったまま、狂乱の叫びをあげている。

どうにかしろ。

戦艦「エリザベス女王《クイーン・エリザベス》」「コンバース」はどうした？

あれしきの、野砲や機関砲《ポンポン》の制圧ができんようなら、砲術長くたばれ。まったく、船はうごかず、渡渉はできず、むざむざ生きながらの鉄火の地獄だった。

とそのとき、夢とも思われるシャルパンティエの声を聴いた。

「君、こんな最中に廊下鳶《ろうかとんび》をしちゃ、悪いがね。だが、君にみてもらって、相談したいことがあるんだ」

連れられて、廊下にはでたが、眩《くら》んだように分らなかった。

私はそれから、這い這い舷側に積まれている土嚢《どのう》のそばまでいって、倒れている、機銃手の双眼鏡をシャルパンティエからあたえられた。

そこで始めて、第一回上陸部隊の、むごたらしい最後を眺めることができた。

海は、浅瀬のところどころに、土饅頭のようなものがあり、そこが血膨《ちぶく》れの、蛭《ひる》の背のように、それは厭な色をしている。

つまりそこには部隊全部を呑んだ水面下の鉄条網がある。

そして屍骸の層は、しだいに手前にかけ浅くなって往って、やがて艀《はしけ》の破片が、ばらまいたコルクのような、碧《あお》い、澄んだ海峡の水となっている。

だが、さっきから、私の眼はじっと一点に据えられている。

篤志看護婦

それは砂丘がつくった天然の遮蔽下に、一人やもりのようにじっと張りついている兵士がいるからだ。——じつに死の世界の彼方《かなた》の只《た》だ一人の生存者。

しかも褐色の砂地に兵装もさだかでなく、死んでいるのか生きているのか微動もしない。

「判るだろう!!　あいつだよ、西塔十三だ。一番君を救けてやろうか?」

「救ける、それは何のことだね」

「あれよ、西塔十三さ。日本人という怖ろしい人種を君は知らんことはないと思うが……あの手が見ろ、救《たす》かるまで吸盤のように張りついているぞ」

「…………」

「弾も当らん。君がいまにというなら、そりゃ空頼《そらだの》みだ。弾なんて何だ!　と思えば向うの方で避ける。俺を見ろ、こう露《む》き出していて当《あた》らんことったら……」

そのとき、機関砲弾が水面をうち、破片が機銃手のこめかみにぐさりと突き刺した。

しかもそれが、シャルパンティエの心臓とは二吋《インチ》と隔たっていない。

これも一人だ、偶然に恵まれる奇蹟のなかの一人だ。

だがもし、西塔がそれと同じだったとしたら——

わたしは、その後にくるおそろしいものを想い、じりじりと、硝煙のなかで堪らなくなってきた。

「じゃ、ぜひ頼む。だが、ああ遠くては、殺《や》れんと思うが……」

「いや、この船は退散にきめたよ。ナピーア少将《さん》のような、結構な御人を思うと、空怖ろしくなる。いまも、誰か少佐らしいのが、廊下で怒鳴っていたがね」

「………」

「渡河《とか》にも、上陸にもいろいろがあって、本上陸点を知らさんための欺騙《ぎへん》陽攻なんてある。

それだのに、敵に砲撃で知らせておいて、そこへ向けるなんて、考えると、どうも頼りなくて心細くなってきたよ。ねえ、君、ハハハハハ」

「………」

「それで当分、ふわふわ海のなかで浮いてるつもりだがね。いや、もちろん、ありゃ、そのあいだの仕事さ。

そこで、取引だが……

幾らといわず、持ってるだけとして……。ふん、ほかの連中とも均一でやがるな」

そこへ、砲声が息をついて、たまらない静寂がくると、絶望を、きゅうに思い出したような一かたまりが、ばらばらっと艙口《そうこう》からこぼれる。

しかしそこには、土《ト》軍の照準が正確に据えられていて、桟橋は血を吸った綱が切れ、屍体とともに漂流をはじめる。

と、その瞬間、シャルパンティエの姿が、掻き消えたように見えなくなった。

水音がする。

そして艀の縁をすうっと摑《つか》んだ二本の手。

ワン・ロワイアン警部――

そうして、西塔はついに殺されたのである。

わたしは、シャルパンティエの銃から閃光が発したことや、その直後、砲弾が落ちてその砂丘がくずれたこと、また占領後に、屍体がその弾片でくだかれ血みどろになっていて、わずかに所持品によって、西塔と判明したこと――。

すべてが、西塔の死を裏付け、否定の余地はないといえる。

それだのに、その十年後に何事が起こったろうか。

アバージンで、キャムプレーが不思議な死を遂げた。

むろん、他殺だが……

ほんの些細なことに気がついて疑念を湧きおこすようになった。

それは懐中のも、室内のもみな時計が九時を指していることで、それは間もなく、ビーミッシュが殺された、カレーの事件で明らかになった。

そのとき、すべてが二時――それから、今度のリッドコットにはそれが四時となっている。

警部よ。

あなたには、冥路からさしてくる、太陽の影が感じないか。

なぜなら、九――二――四というその時計の数字は、ちょうど、クライド河号《リヴアー・クライド》で、めいめいが取った時計模様《テイツク・タツキング》のそれである。

また同様に、いま私に迫まり来る十一時も、思えばハートのジャックで、贋札のその時刻だ。

そうして私は、聖書の応報をおもい、おそれ戦く身になった。

眼にて眼を償《つぐ》ない、歯にて歯を――それからの、見えぬ影にせまられる苦しさは、死にまさるものだったろう。

そして終りがきた。

ワン・ロワイアン警部——

なにより、幽界《よみじ》の人を相手に、闘う愚をやめることだ。西塔の死は、あらゆる手段をつくしたが、むろん確実で、げんに、仏国在留日本人間には該当するものがない。

それに——シャルパンティエだ。あの、酷薄無残な男には、決して保護の必要はない。

最後の、瞬間まで復讐鬼にさいなませ、しかも、そのあげく極刑にあたいする……

だが、死後のことは……警部よ。

嗤《わら》うだろうが、もうあと、私の命は二、三行で終るはずだ。

しかし、くるしみ終え、ねむりを待ついまは、魂の安けさ、諦観のうつくしさに酔っている。

悦《よろこ》びだ。

そして、おもえばこれも運命《さだめ》のような気もする。

われわれの死も、シャルパンティエがやがてそうなることも、また偶然。われわれ三人がこの市中に落合ったことも、すべてが、神の摂理であり、免がれ得ないような気がする。

では、さようなら警部。

――毒は、コップとともに卓上にある。

×　　×　　×

「こんな具合だ」

シャルパンティエは、身体をもじもじさせて、誇らしげに笑う。

「その、サイトウという男は、おれが手にかけた。その事件で、かれこそ五、六百ポンドは儲《もう》かっているぞ」

「そうか」

靖吉は、シャルパンティエの顔をまともに見ていられなかった。

父の仇。

と、思うものの、この男に手は付けられない。

弓子の、ありかを探り、救い出すまでは、彼の脳天に加える鉄槌《てっつい》をひかえねばならない。

じつにそれは、臓腑が煮られるような苦しさだったのである。

「オイ、妙な顔をするね」

シャルパンティエが、やがて嘲《あざけ》り顔に云った。

「おなじサイトウでも、君の西塔とはちがうサイトウなんだぜ」

「……」

「日本人って、同じ音《おん》でもいくつもあるそうじゃないか」

サイトウにも、斎藤あり、才東あり、西塔ありというのを、シャルパンティエは知っているらしいのだ。もちろん、そのサイトウが西塔だということは、外人の彼には知る由もないのである。

ただ、彼は、こうして無為に時間を延ばそうとするのだろう。その間に、結社の連中が此処へ帰って来れば、一財合財が大々吉におわってしまうのだ。

それとて、靖吉が知らぬわけがない。

しかし彼には、なにより弓子を救い出す義務がある。

(どこにいる)

この、広大な建物のなかは、迷宮のように漠としている。

船中では、まる一昼夜、弓子と靖吉の姿が見えないので大騒ぎだった。

それに加えて、弓子の父十八郎の急死が伝えられたのである。長江航路の優秀汽船爆沈の報が、動脈癌の十八郎を、一時のショックで斃《たお》して了った。

しかしその訃報に、ひとり異常な衝撃を受ける女がある。

「仲子さん、まだお悪いんで御座いますの？」

ディタは、靖吉の行衛《ゆくえ》に心掛り乍《なが》らも、彼だけは、どんな場合であっても、決して死なぬという確信があった。

が、どうしたことか、仲子の姿が昨夕以来見えないのである。ディタは心配になって、そっと船医に訊いた。

と船医は、

「実はね」と非常に複雑な表情をして、

「昨夕あの人は流産したんですよ」

「えっ、じゃあの方、妊娠中だったのですね」

「そうなんです。唯これは個人の秘密に属することですから内密にして下さい。しかし当人は非常に元気なんですよ。西塔君に、是非そう告げて、悦んで貰《もら》い度《た》いと云っている」

これで仲子を覆うていた暗雲が霽《は》れたのである。母の仇、恋人の敵《かたき》十八郎が、いまその胤《たね》と共にあの世に去って了ったことは、すべてを平和な白紙に戻したことになる。

「いずれ事情は西塔君が帰れば明白になるでしょう。しかし大丈夫とは思いますが、何処へ行っているのかなア」

が、靖吉にはないが、弓子には只《た》った一つ手掛りがある。それは上陸すると、極東汽船の支社へ行って、その時紛《まぎ》れ犬の獺用猟犬《オッターー・ハウンド》種を見つけ、鎖を引いたまままそれなり見えなくなったというのである。

しかし拐《さら》ったのが聯明社だということは翌朝判った。即《すなわ》ち、身代金の莫大な額を請求して来たからである。

その東京からの返電が来る迄に、出来るものなら、ディタは救い出そうとしたのである。

「大児さん、これ見てよ。これを機会にあの結社の所在《ありか》がきっと判ると思うわ」

大児の呆れている鼻先にディタはこれ見よとばかりに新聞を突き出した。

それは北　支　日　報《ノースチャイナ・デーリイニュース》のよろず案内欄で、中に赤鉛筆で枠取りをされた行があった。

×　　×　　×

獺用猟犬《オッター・ハウンド》。当年十六歳、全身黒色にして右半面のみ白斑《しろぶち》あり。右失踪したるに付き、お気付の方は早速御一報を乞う。

　発見報酬金三百元（ポーランド領事館迄）

×　　×　　×

「こりゃディタさん、大変なお手柄ですよ。これならまさに確実に所在が判る。殊に、ああいう特殊な犬ですし、ザラにはない。セント・バーナードとかルヴリエとか獺用猟犬《オッターハウンド》なんてなりゃ、直《じ》きに分って了《しま》う……そりゃいいところに気が付きましたね」

「どう偉いでしょう」

　すると果せるかな、それから二、三時間後に船室の扉を叩く女がいた。

　ディタが出て行って見ると、ブテブテした何処かそれ者あがりに見える広東人の年増が立っていた。しかも、連れて来た薄汚ない犬を差し示して、獺用猟犬とはこれではないかと云うのである。

「大児さん来たわよ、候補者が」

　やがて二人がためつすがめつ繁々《しげしげ》眺める段になると、何ともそれが珍妙な犬なのである。

　猟犬というからには、せめてグレー・ハウンドの親戚ぐらいかと思っていたのが、あに計らんや大きさは綿毛《わたげ》の橇曳《そりひ》き犬の程度。

　おまけに顔と来たら聖《セント》ユーベル犬などにある人々とした老人面で……、眼はしょぼつき一見紛《まご》う方ない動脈硬化犬であった。当年十六歳、獺用猟犬《オッターハウンド》の無名氏は犬相よりして何《いず》れとも極めることが出来なかったのである。

「そうだディタさん、僕は迂《うっ》かりしてましたよ。これには前肢《まえあし》の附け根の所に剃り毛があった筈だ。うむ、あったぞ。これで弓子さんの犬はこれに違いないと云うことになった。ところであなたは、この犬を何処でお拾いになりましたね？」

　その女の話によると、愛多亜路橋《あいたあろきょう》の袂《たもと》と云うのであったが、兎《と》に角《かく》、来た方向は就黄《しゅうこう》浦灘《ほなん》路側で、余り見掛けない犬でもあるし、広告を想い出したと云うのであった。

　やがて女が帰って了うと、大児は丹念に犬の全身を調べはじめた。

「こりゃ非度《ひど》い。頭の血管がコチコチに硬化している。酒の毒、莨《たばこ》の毒、女の毒、この無名氏もふる血に悩まされていると見えるな。だがこの犬には流し眼で見る所なんぞ、相当に人間じみている。オイ、あんまり見ないで呉れよ、気味が悪い……」

　そうして翌日、ディタはこの犬を連れて、愛多亜路橋の袂へ赴いた。

（一日でもお前の主人《あるじ》だったお嬢さんを知ってるだろう？　よく嗅いで……）

彼女はそこで犬を離したのである。

するとと犬はよろよろと黄浦《こうほ》灘路《なんろ》の方へ歩いてゆくのだったが、やがて、工場地帯に入ると、動作が幾分敏活になって来た。所が暫くそうして行く裡《うち》に、犬は先のとまった袋小路に入って了ったのである。

両側と突き当りは工場の塀で、右は中国電球、左は極東無線、正面は蓄音器会社のマスチッフであった。

犬はそこでつく念と立ちすくみ、何処《いずこ》へ行かばやと、とつおいつ思案気の様子である。

しかもこの老犬にはもうそれ以上の記憶がないようなのである。

ディタは頭を撫《な》で乍ら、いい加減な名を呼んで見た。

「ねえルルや、おまえ、何処から来たのさ。御覧、塀には三つとも通用門があるでしょう。お前はこの何処から出て来たの。マアこの犬、てんから耄碌《もうろく》してるよ」

しかし、略《ほぼ》それによって、ディタは一つの確信を植えつけることが出来た。

と云うのは、その三つともが、それぞれ外国の資本による会社だからである。

中国電球は××のコスモス電機系で、社長はトビアス・ツェルデルバウム。

極東無線は○○系の、ギデオン・レーゼンフェルト。

そうして、最後のマスチッフ・レコードは、フィニアス・ブロンシュタインが社長である。

その、トビアス、ギデオン、フィニアスと云い、ツェルデルバウム、レーゼンフェルト、ブロンシュタインと云い、いずれも歴《れっ》きとした猶太《ユダヤ》名である。

そうして、ディタは、敵ちかきを知って、心臓をとどろかしたのである。

中国電球か、マスチッフ・レコードか、極東無線か――結社の本拠が、この三つの孰《いず》れかにあるにちがいなかった。

そこへ大児がきた。

「考えがあるんです。一番そいつを、あたしに任せてくれませんか」

「なんで?」

「と云うわけはね……。あるいはもしやすると結社の所在がわかる。まず、そっちのほうを片附けて邪魔をとり除いて置いてから、靖吉君のほうをゆるりと退治にかかりましょう」

「だけど、そんなことを云って、成算がありますの?」

「その御心配は御無用——。事によると、今夜あらましのことが分るかも知れません」

「でも、大丈夫？」

「なアに……、ではこれから、一緒に出かけましょう。なに、どこへ行くって？　いいからついてくりゃ、いずれ分るこってすよ」

ディタは、その行先が気にかかったけれど、やがてふたりは車上の人となった。

その頃は、小雨も霽《は》れ……、濡れた瓦が、鱗《うろこ》なりに輝いている。

が結局、大児の努力も無駄であった。

「あんた、駄目な人ね」

ディタは、絶望のなかで、怨《えん》ずるかのように呟いた。


沈黙が、靖吉とシャルパンティエのあいだに、よほどまえから流れている。

自由を、うばわれたシャルパンティエは生々《いきいき》と、靖吉は、生死の鍵をにぎっているにも拘《かかわ》らず彼の弄《ろう》するままになっているのだ。

「どうするんだ、君」

シャルパンティエが、嘲笑《あざわら》いながら、云った。

「なんなら、この窮屈なやつを解いてもらいたいもんだな」

「いかん」

「ふむそうか」

（この儘《まま》でも、おれをどうにもできないのじゃないか。弓子の、行衛を知りたくて、おれを殺せない莫迦奴《め》）

と、思うと、さらに一嬲《なぶ》りからかいたく、なってくる。

「じゃ、君には失礼だが、寝かせてもらうことにするよ。一昨日《おととい》から、三十六、七時間ぶっとおしに睡らん。失礼する」

「待て」

靖吉の、声はするどいが、嗄《か》れきったようだ。

「なんだ？」

「弓子はどこにいる？」

「ふむ」

「弓子はこの建物のどこに隠されている。それを云え」

「さもないと、か……」

先手をうって、シャルパンティエは、ごろりと靖吉のほうへ寝がえりを打った。

「…………」

「さもないと……、おれを殺してしまうと云うのだろう？」

「…………」

「ハハハハ、とにかく、わしは口を割らんから、君の勝手にし給え。殺すなら、殺すでいさぎよく殺《や》られよう」

不逞不逞《ふてぶて》しく、シャルパンティエはごろっと大の字になった。

（すべてが、終る）

やがて、結社の連中が此処へ帰ってくるだろう。

闇が、白みはじめた東の空には、一筋二筋、紅い縞がたなびいている。

殺すに、殺されず、探ろうにも探る由がない――

いま、靖吉は絶対の土壇場に立たされてしまった。

するとその時、どこかの部屋でアアーと欠伸《あくび》の声がすると、柱時計が、チンジイ、チンジイと異様な鳴りかたをしたのである。

それは、一つが長く、一つが短く……。

それと同時に、欠伸もなにも消え、ひっそりとしてしまった。

が、しかし、靖吉のカンにぴいんと響いてきたものがあったのである。

（ことによると、あれは催眠法ではないのだろうか）

（音を聴かせて、眠らせる催眠の法があるとかいう――それではないのか。あの、柱時計の特殊な鳴り方。それとともに、起きたらしい欠伸の声が消えてしまった。つまり、あの音を聴くと、また眠ってしまうのであろう!!）

まさに、弓子をさぐり当て、心動を聴く心地がした。

とたんに、彼のからだが、もの凄い勢いで、シャルパンティエのうえに、ガンとかぶさって往《い》った。

×　　×　　×

そうして間もなく、黄浦江の水を切り、日本駆逐艦へさして泳ぐ、弓子と靖吉の姿がみられたのである。

巻末資料

作者の言葉

小栗虫太郎

青年と若い女性――。それに共々、新時代を牽いてゆくような、才能、性格があるとすれば、否が応でも、その恋愛面には激しい摩擦《まさつ》が起らねばならない。そしてその火花は旧時代の、モラル、伝統にはない不思議な閃めきを立てるだろう。すなわちそれは、次に来る時代文化の精神であり、新時代に、随喜《ずいき》渇仰者《かつごうしゃ》を湧《わ》かせる、恋愛指南書にもなるであろう。私は、戦争という大舞台を背景にして、新しい恋愛精神を築きあげたいと考《かんが》えている。

（「徳島毎日新聞」昭和十三年一月十五日付）

推薦の辞

甲賀三郎

鬼才、小栗虫太郎！

彼がもしもう少し多作ならば、或いはその声名江戸川乱歩を凌《しの》いではいないだろうかと思う。現実の世界に中世紀の危げな絵を嵌《は》め込んで一大パノラマを見せて呉れるのが彼だ。四次元の世界で、現実の幻影を見せて、吾々を恍惚とさせて呉れるのが彼だ。

多彩陸離《りくり》、晦渋艶麗《かいじゅうえんれい》、あらゆる美と醜《しゅう》と、アイロニイとパラドックスと、恋と酒と、虫太郎の手品箱にはいつまでも種が尽きないだろう。

（「鹿児島朝日新聞」昭和十三年二月六日付）

百の顔をもつ小説

海野十三

大鬼才小栗虫太郎が、あらたに『女人果』の新聞連載を始めるときいて、僕は昂奮《こうふん》を禁じえない。これは虫太郎が始めて書く新聞小説だ。この大鬼才は一体なにを描きだそうとするのか。実に興味ふかきことだ。虫太郎の小説は百の顔をもっているといわれる。しかも彼はこれまでに、百のうちの八ツか九つかを出しているにすぎない。『女人果』は恐らく彼が今までに誰にも見せなかった新しき顔を、読者の前にぬっと出し、必ずやあっといわせることと信ずる。僕の昂奮も、実はそこにあるのだ。

（「鹿児島朝日新聞」昭和十三年二月六日付）

連載最終回（第219回）

篤志看護婦（九）

その翌々朝、船は微風を切って長崎へと走っていた。空には、亜熱帯の秋ちかい光がいっぱいに広がっていて、鷗《かもめ》が小魚をあさって群がる幸福な影だった。

靖吉と、仲子が展望室から凪《なぎ》の海を見ている。

「女でも、現地へゆくと私もと思うそうじゃ御座いませんの。弓子さんが、篤志《とくし》看護婦になるなんて羨《うらや》ましいと思いますわ」

「あの人は、日本女性の精気を代表してます」

靖吉の、莨《たばこ》の煙が、おなじ輪をかいて、窓からいくつも逃げてゆく。

「但し、誰か手綱《たづな》をひき緊《し》めていないと、飛んだことになりますがね。でも、あなたはまだまだ健康が……」

「あたくしも、成れるならと、そう思ってるんですけど……。弓子さんのような、ああいう勇気は、とうてい御座いませんわ。でも」

といって、仲子は胸迫ったような呼吸《いき》をする。

「ゆうべ、あの方ひと晩中泣いていていましたわ」

「なぜでしょう」

靖吉は、反問したが、訊かずとわかることだった。

彼と弓子とが、日本駆逐艦《くちくかん》へ泳ぎつくまで、中洲で明した一夜には、まさに、燃えんとする瞬間がなん度あったか分らない。

弓子の恋は、しかしあらゆる機会を不幸にも逸し、艦上へ、救いあげられたときはすべてを失っていた。

敗れた。

その胸の傷は……癒そうにもあまりに深い。しかし、その弓子を休《さいわ》い慰めるものが、日本女性としてのあの誇りであった。

彼女は、頑として乗船をこばみ、そのまま聖なる繃帯《ほうたい》をまく処女《むすめ》となった。

とすると、ディタは勝ち誇ったのであろうか?

いや、防共への聖戦を目《ま》のあたり見た彼女は、ポーランドという防共一聯《れん》のあの血のたぎりが、これも弓子を追うて赤十字のもとへ馳せ参じたのである。

そうして、靖吉をめぐる二人の女性が、此処しばらく、ぐるりから姿《すがた》を消《け》すことになった。

(助かったぞ)

私情として、靖吉はホッとしたように、呟《つぶや》くのだった。

(女なんて、うるさいばかりで、海員《マドロス》にはいかん。しかも、戦時だ。しばらく恋も情も休業ということにしたぞ)

そこへ、もじもじと伸子が身をくねらせていたが、

「あのう、さっき私、お部屋へ参りましたのよ」

「いなかったでしょう。きょうはズット、勤務ですからね」

「そのとき、じつはお机にある花瓶を割ってしまいましたの。ただ、二つに罅《ひび》いたのでくっ附けて置きましたけど、あのなかを……お帰りになりましたら、ちょっと御覧遊ばして……」

「内部《なか》……？　じゃ、なにがありますね」

「いいえ、なんでもないんですけど……ちょっと」

伸子は、そのまま、バタバタと駈《か》け出して往《い》ってしまった。

靖吉の眼には、四角い、真白な角封の姿がうかんでくる。

「エーイ、また女か？」（完結）

（「徳島毎日新聞」昭和十三年九月七日付）

『女人果』覚え書き

日下三蔵

小栗虫太郎が一九三五（昭和十）年に刊行した『黒死館殺人事件』は、同年の夢野久作『ドグラ・マグラ』、戦後の中井英夫『虚無への供物』（1964年）と並んで、国産ミステリの三大奇書と呼ばれ、現在も読み継がれている。

小栗虫太郎は一九〇一（明治三十四）年、東京に生まれた。本名・栄次郎。印刷会社経営の傍ら、探偵小説を執筆するも、本格的なデビューには至らなかった。

三三（昭和八）年、甲賀三郎の推薦で「新青年」編集部に持ち込んでいた中篇「完全犯罪」が、喀血で倒れた横溝正史の原稿の穴埋めとして急遽掲載されて、鮮烈なデビューを果たした。

以後、刑事弁護士の法水麟太郎を探偵役に、衒学趣味《ペダントリー》に彩られた本格ミステリを次々と発表。その集大成として「新青年」に連載した『黒死館殺人事件』で、人気作家の地位を確立した。

その後、伝奇ミステリ、時代ミステリ、秘境探検小説と作風の幅を広げ、四一年からは陸軍報道班員としてマレーに赴いた。戦後、再び本格ミステリに意欲を見せたが、四六年二月、疎開先の長野県で急逝した。作家としての活動期間は、およそ十三年だったことになる。

ちなみに、小栗の連載を予定していた探偵小説誌「ロック」に頼まれて、代わりに横溝正史が筆を執ったのが『蝶々殺人事件』であった。横溝は既に「宝石」で『本陣殺人事件』を書いていたが、「完全犯罪」の時の借りを返そうと、二作同時連載に踏み切ったという。

小栗の作品は、短篇、連作短篇、中篇が多く、長篇は少年向けの冒険SF『成層圏魔城』を含めても五作しかない。うち二作は法水ものの『黒死館殺人事件』と『二十世紀鉄仮面』だから、昭和四十年代の大衆小説リバイバルブームの際に、小栗作品のほとんどを復刊した桃源社のシリーズで、残る二作『紅殻駱駝の秘密』と『女人果』が合本で刊行されたのは当然であった。

このうち『黒死館殺人事件』は講談社文庫（１９７６年）、現代教養文庫〈小栗虫太郎傑作選〉（１９７７年）、創元推理文庫『日本探偵小説全集６　小栗虫太郎集』（１９８７年）、河出文庫（２００８年）、角川文庫『黒死館殺人事件・完全犯罪』（２０２３年）、『二十世紀鉄仮面』は春陽堂書店『日本探偵小説全集６　完全犯罪　他一篇』（１９５４年）、春陽文庫『完全犯罪』（１９５７年）、現代教養文庫〈小栗虫太郎傑作選〉『青い鷺』（１９７６年）、扶桑社文庫（２００１年）、河出文庫（２０１７年）、『紅殻駱駝の秘密』は春陽堂文庫（１９４０年）、河出文庫（２０１８年）と複数回文庫化されて、いずれも現在、新刊で入手可能であるため、今回の春陽文庫版には、初文庫化となる『女人果』を収めた。

この作品の刊行履歴は、以下の通り。

『女人果』大白書房／42年8月　※図1
『紅殻駱駝の秘密』桃源社／70年5月　※表題作との合本、図2
『女人果』桃源社／76年2月　※「海螺斎沿海州先占記」「巴奈馬朋次郎記」「極東」「成吉思汗の後宮」「新疆」「紅軍巴蟆を越ゆ」を併録、図3

『紅殻駱駝の秘密』桃源社／小栗虫太郎全作品1／79年4月
※表題作との合本、図4

『紅殻駱駝の秘密』沖積舎／小栗虫太郎全作品1／96年11月
※表題作との合本、図5

桃源社版は同一紙型の流用、沖積舎版は桃源社七十九年版をそのまま復刻したものであるから、実質的に『女人果』のテキストは大白書房の初刊本と桃源社版の二種類のみである。

図1

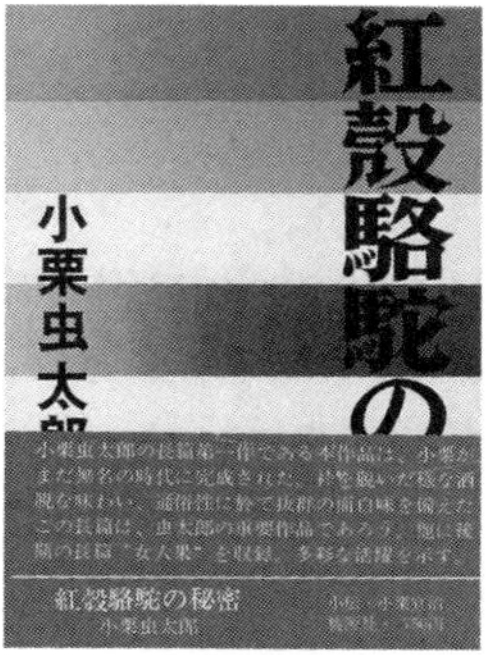

図2

図3

図4

従来の書誌では、『女人果』は書下し長篇とされてきたが、近年の研究によって、新聞連載作品であったことが判明している。

徳島毎日新聞　1938（昭和13）年1月16日～9月7日付
鹿児島朝日新聞　1938（昭和13）年2月13日～10月4日付
海南新聞　1938（昭和13）年5月10日～12月29日付
秋田魁新報夕刊　1938（昭和13）年7月19日～39年4月29日付
山梨毎日新聞　1938（昭和13）年11月21日～39年6月28日付

新潟毎日新聞　1939（昭和14）年1月1日〜8月8日付
四国民報　1939（昭和14）年1月22日〜10月11日付
※『大陸の麗人』と改題
大分新聞　1939（昭和14）年3月25日〜11月7日付

他に、三八年から翌年にかけて「大阪朝報」に『大陸一代娘』のタイトルで掲載されたとの情報があるが、詳しい掲載データは不明。

「徳島毎日新聞」三八年一月十五日付の新連載予告に「作者の言葉」、「鹿児島朝日新聞」三八年二月六日付の新連載予告には、さらに甲賀三郎「推薦の辞」、海野十三「百の顔をもつ小説」と二つの推薦文が掲載されているので、本書にも資料として再録した。

図5

「徳島毎日新聞」の予告では「時局を背景とせる小栗虫太郎氏の力作」、「鹿児島朝日新聞」の予告では「時局を背景とした新らしい恋愛小説」と紹介されていた。

また、単行本では新聞連載時の文章が、かなり省かれていることも判明したが、初刊本は著者生前の本であるため、その意向が反映されていると見なして、初出の復元は見送った。ただ、最終回だけはまるまるカットされており、最終節の章題「篤志看護婦」の由来が不明となってしまっているので、巻末資料として再録しておいた。

現代教養文庫版〈小栗虫太郎傑作選〉を編んだ松山俊太郎氏は、インタビュー「虫太郎研究という不可能願望」（「幻想文学　30号」90年9月）の中で、『女人果』をこう評している。

これは「完全犯罪」がおおもとになってるんだけど、それにもう一つ、虫太郎が非常に気に入っていたマックス・ミュラーの『独逸人の愛（ドイッチェ・リーベ）』という小説の筋を採用して、ほかにも自作の文章をいっぱいつぎはぎした奇ッ怪な本なんです。その意味で、虫太郎の研究をするなら非常に面白い材料になると思います。

『女人果』では、吹江仲子の手記パートの中に、デビュー作「完全犯罪」がまるごと取り込まれている他、『二十世紀鉄仮面』「青い鷺」の文章の一部も流用されている。

松山氏は現代教養文庫〈小栗虫太郎傑作選〉『青い鷺』（76年5月）の解説では、『女人果』を「自作の「コラージュ」で価値に乏し」い、と評していたが、探偵小説の世界では一度短篇として発表した作品を長篇に改稿することは珍しくない。横溝正史、久生十蘭、高木彬光、日影丈吉、鮎川哲也、土屋隆夫といった作家の愛読者であれば、実際の作例のいくつかを容易に想起されるはずだ。

先行作品を既にお読みの方であれば、どのように再使用されているか比較する楽しみがある訳だ。もちろん、初読の方は本書を素直に楽しんだ後で、その他の虫太郎作品に手を伸ばしていただきたいと思っている。

本稿の執筆に当たっては、黒田明、沢田安史、浜田知明の各氏に貴重な資料や情報をご提供いただきました。記して感謝いたします。

本作品中に差別的ともとられかねない表現が見られますが、著者がすでに故人であることと作品の文学性・芸術性に鑑み、原文のままとしました。

（春陽堂書店編集部）

春陽文庫

探偵小説篇

女人果《によにんか》

2024年11月25日　初版第1刷　発行

著者　小栗虫太郎

発行者　伊藤良則

発行所　株式会社　春陽堂書店
〒一〇四―〇〇六一
東京都中央区銀座三―一〇―九
KEC銀座ビル
電話〇三（六二六四）〇八五五（代）

印刷・製本　中央精版印刷株式会社

本書のご感想は、contact@shunyodo.co.jp にお願いいたします。

定価はカバーに明記してあります。
2024 Printed in Japan

ISBN978-4-394-98013-1　C0193